㈱総合勇者派遣サービス

綺麗なお姉さんと異世界《派遣先》無双ライフ

IF YOU REQUEST A HERO, WE SEND HIM!

BLACK? Co., Ltd.

目　次　IF YOU REQUEST A HERO, WE SEND HIM !

プロローグ

先日はお忙しい中、面接にお越しいただき、誠にありがとうございました。慎重なる選考を重ねましたところ、残念ながら、今回はご期待に添えない結果となりました。

多数の企業の中から弊社を選び、ご応募いただきましたことを深謝するとともに、柊《ひいらぎ》様の今後一層のご活躍をお祈り致します。


「またかぁ！！！　何でいつもお祈りメールしかこねえんだよっ!!　日本は今人手不足なんだろ!!」

オレは大学の学食で安いカレーを喰いながら、スマホの液晶に映し出された文字を読んで頭を抱えていた。一五〇社を超える企業を受けてタダの一つも内定がもらえないとは……ニュースが言っている売り手市場というのはフェイクニュース決定だな……。

ブブブとスマホが再び振動し、メールが着信したことを告げていた。開いたメールはまたも別企業からの『お祈りメール』だった。オレはスマホを学食のテーブルの上に投げ捨てると、大学生活を謳歌《おうか》する者達を恨めしく眺める。去年まではオレもあいつらと同じように好きなことに明け暮れていたな……ゲームしたり、ライトノベル読んだり、コミケ行ったり、バイトしたりと学生生活を満喫していた……。けど、他の奴等は遊びながらもしっかりと就職のことを考えてやがった。あの、裏切り者どもめ。

就活が上手くいかずに苦しんでいるオレに対して、同期の遊び仲間たちの会話が耳に飛び込んできた。

「お前も内定決まった？」

「おう、決まってるぜ。好きな業種なんだけど、中規模とは言い難い会社のがな。その他にも幾つかもらえた。大手を狙わなければ、採用枠余ってるんじゃね？　ところでお前はどうよ？」

「俺は公務員試験受かって、警察官よ。こんなFランクの大学じゃ、まともな就職先なんてねえから、気合入れて予備校に通わせてもらって何とか滑り込むのに成功した。採用通知もらっているから、俺様は来年度からは交番勤務のポリスメンになるのさ」

「マジか。地方公務員か安泰だな。うらやましいぜ」

「ところで翔魔《しょうま》の奴。また『お祈りメール』が来たみたいだぜ。さっきもまた頭抱えてた。あいつも何でこんな超売り手の就職戦線で受からねえのかな」

「あいつってもう受けたのは一五〇社を超えてるよな？　この時期に内定の一つもないなんてありえねぇー。もう、来週は卒業式だろ。あいつ就職浪人決定かよ」

　クソ、言いたい放題に言いやがって……。オレだって内定が欲しいんだよっ!!　もう三月末だし、大概の企業は採用終えているから焦ってるんじゃねえか。

　卒業を間近に控えた三月に入り、次々と企業が冬採用の試験を終えていく中で、六月から始めた就活戦線に対し、未《いま》だに勝ち星が挙げられず敗退を繰り返している状況だった。そのため、オレはかなり追い込まれて心身ともに疲れ果てている。実家に暮らして大学に通っているものの、お袋からは就職浪人することは認められておらず、入学の際に借りた有利子奨学金の数百万の返済があるので、是が非でも就職を勝ち取りたいのだ。ちなみに親父は高卒のノンキャリア国家公務員であり、経済的には水準以上の給料をもらっているらしいが、大学に行きたいと言った時は反対していた。それでも、お袋が親父を説得して、この聖光大学に入学させてくれた背景もあり、就職浪人しようものなら、お袋からも親父からも厳しい御言葉を頂くだけではすまない可能性が高い。

　ああっ!　三年の時にしっかりと就職対策をするべきだった……。大事な時期を遊び呆けるだなんてアホだろ、オレ。

　悪友達からの同情の視線に居心地の悪さを感じたが、無視を決め込むことにして、目の前のカレーを平らげようとスプーンを取る。その際、テーブルの上に投げ出したスマホが三度ブブブとメールの着信を告げる振動をしていた。オレは祈るような気持ちでスマホをタップすると、液晶に映された文面に眼をやる。

　お・い・の・り・メールきた――――!!　もうダメだ。ここは最後の頼みの綱だったバイト先の運営会社……。オレ、終わった……燃え尽きた……就職できねえよ……。オレはどこからも誰からも必要とされない人間なのかよ……。

最後の砦として期待していた企業からの『お祈りメール』に、心が折れたオレは味を感じなくなった舌で学食の安いカレーを食べ終えた。

失意のまま学食を後にすると、通い慣れた就職課の窓口に行く。就職課はすでに来年の採用試験に向けた準備を始めている三年生達でごった返していた。そんな中を就職課の大学職員である涼香《すずか》さんがオレを見つけて手招きしていたので、窓口へ向かい歩いていった。

「はぁ、その顔だとダメだったみたいね」

窓口の横に作られた応接スペースに向かいあって二人で座ると、涼香さんが盛大なため息を漏らして呆れていた。

就職課の職員である涼香さんは二〇代後半の綺麗なお姉さんで、一番親身になって就職相談にのってくれた大人でもあった。割とハキハキとものをいうタイプで姉御肌とでも言えばいいのか、不甲斐ないオレをいつも励まして就職活動に送り出してくれていた。男っぽいサバサバとした性格に、綺麗に結い上げられた髪の毛と、ぱっちりした眼をしている美人なので男子学生からの人気が高いが、当の本人は『ガキは相手にしない』と告ってきた学生をさらし者にする強者でもある。けれども、就職活動に落ち続けるオレには、優しく接してくれて、試験がダメだった日の夜は涼香さんの奢《おご》りで飲みに行くのが通例になっていた。そして、職場とはうって変わって色々と甲斐甲斐しくご飯を食べさせてくれたり、愚痴を聞いてくれたりして、甘えさせてくれるお姉さんをしてくれる人なのだ。

「ダメでしたー。終わった。オレは終わったよ。涼香さんの支援も虚《むな》しく全敗でフィニッシュです。卒業したら、バイトを続けるしかねえかな……」

「まぁ、今年度の学生で就職が決まってないのは柊君だけね。ふぅ、私も数年間、就職課で仕事してるけど、君ほど落ちる子は珍しいわよ。一応、単位揃えて卒業資格まで取ってるし、バイトもしてるし、最終試験まで行くのにね。何で不採用なのかしら、面接で何かやらかしてる？」

「やらかしてません！　キッチリとマニュアル本に書いてある通りに受け答えしてますよ！　もう擦り切れるくらいに熟読もしていますとも！

「ちゃんとやってますよ。はぁ、マジで親父とお袋に怒られる……。就職できずに卒業かぁ……人生詰んだなコレ」

来週には大学の卒業式が控えており、卒業単位を揃えて卒論を出し終えてしまっていたオレには就職浪人で卒業という選択肢しか残されていなかったのだ。

「君ねぇ……。はぁ、柊君……。仕方ない……どんな業種でも文句言わない？　あまりにも胡散臭い求人内容だから誰にも勧めなかった企業があるんだけど。時期も時期だし」

「は、はい。こうなっては背に腹はかえられません。『正社員』という肩書きを頂ける会社であれば業種は問いません」

ポリポリと頬をかく涼香さんが、今のオレには地上に舞い降りた女神のように、輝きのオーラを放っているように思えた。このタイミングで採用試験を実施してくれているありがたい企業の存在を知ると、絶望の暗闇に覆われたオレの周囲に一筋の光が差し込んだように思える。

マジかぁ……。ここから、奇跡の大逆転就職を勝ち取るパターンの降臨かよっ！　残り物には福があると言うしな。全力でその企業様に気にいってもらい、勝ち星を挙げるのだっ！

「そ、そう？　一応、求人内容は確認してみてね。あ、あんまり、期待しちゃダメよ」

求人票を取りにいった涼香さんが戻ってくると、手にした求人票を見せてくれた。

『（株）総合勇者派遣サービス』
業種：派遣業　本給一九万五〇〇〇円　夏季、冬季賞与あり（五カ月分支給）　制服貸与　社保完備
専用寮完備、寮費無料　年休一〇四日　各種手当あり　応募資格：日本人であること

求人票に書かれた内容は会社名と応募資格以外、まぁ納得できる内容になっている。業種は派遣業と書かれているが、肝心の派遣先が求人票に書かれていない。万が一、６Ｋ（きつい、危険、きたない、給料が安い、休暇が少ない、カッコ悪い）職場に派遣された場合は変更してもらえるのだろうか……。

「どう？　名前だけで怪しいでしょ？　やっぱ止めておいた方が無難でしょ。ごめん、返して」

無言で求人票の内容を食い入るように見ていたが、涼香さんがオレの手にあった求人票を取り上げようとした。

「待って！　涼香さん！　後生です！　ここの採用試験受けさせてください。お願いします。オレにはもうここしかないんです」

追い込まれていたオレは応接テーブルに頭を擦り付けて、涼香さんにアポを取ってもらうように頼み込んでいた。オレはこの最後の戦いにきっと勝って就職浪人を免れ卒業してみせるのだ。

「ほ、本気なの？　求人が来ていたから巨大掲示板で下調べしたけど。ここって何人も行方不明者が出ているって噂がある会社よ？　それでも受けるの？」

行方不明者ってマジかぁ……。仮に就職しても、やべえ職場に派遣されたり、するんだろうか……。だが、オレに残された道はバイトを続けるか、この会社に受かるかの二者択一しかなかった。

「本気っすよ。このままではオレは終われないんですよ」

「わ、分かったわよ。待ってて、今連絡取ってみるから」

しばらくすると、求人票を手に奥に消えた涼香さんから該当企業とのアポが取れたとの返事をもらった。オレはこうして『(株）総合勇者派遣サービス』の採用試験を受けることになった。

面接

翌日、涼香さんからもらった会社の所在地が書かれた場所へと、スマホの地図アプリを頼りに歩いていく。都内の駅から少し外れた狭く、入り組んだ路地の奥に築年数不明の雑居ビルがあり、地図アプリは、その崩れかけた雑居ビルを目的地だと告げていた。入り口と思われる階段には『3F(株)総合勇者派遣サービス』と表札が張り出されているが、所々ヒビ割れていたり、文字がかすれていたりしていて、頭の隅にやべえ所に来たなとよぎっていた。アポは事前にとってあり、何時に来訪してもいいと言われているが、礼儀として朝の業務が落ち着くであろう午前一〇時に来訪すると電話で一報を入れていた。

緊張の余り、三〇分も早く着いちまったぜ……どうすっかな……。あんまり早く行くのも相手の心証が悪くなるか。それにしても電話に出てくれた人は、綺麗な声をした若い女性だったよな……派遣業だから、秘書さんとかも派遣している企業なのかもしれん。女の子が多い職場だといいな。

「あのぅ……すみません……どいてもらえます?」

声をかけられたので、振り向くとそこには、自分と同じくらいか少し上の年齢で、黒髪を結い上げ、太い黒縁の野暮ったい眼鏡をかけた、事務服の女性が申し訳なさそうに立っていた。

「あ!? す、すみません。邪魔でしたね」

邪魔をしていたことに気付いて女性に会釈すると、その女性が何かに気付いたようにポンと手を打っていた。その仕草は、彼女の可憐な容姿とはかけ離れており、コミカルさを感じさせていた。

もしかして会社の人だろうか。雑居ビルの看板は試験先の会社名しか出てないし、事務服を着ているしな。それにしても野暮ったい眼鏡さえしてなければとても綺麗な子だよな。

「もしかして、今日、採用試験の予定の柊翔魔さんですか?」

じっと見てしまった女性から名前を呼ばれたため、テンパってしまう。

「あああ、あはひゃい!」

噛んだ。マジでオワタ。完全に試験前にやらかしました。試合終了です。ありがとうございました。

最後と決めた試験先の会社の人への対応をしくじったことで、真っ白な灰になりかけて倒れそうだった。

「フフ、何だか面白い人ですね。ちょっと早いですけど社長もいますし、採用試験始めちゃいましょうか」

事務服の女性はニッコリとオレに微笑みかけると、手を引いて崩れかけの雑居ビルの階段を上っていった。

「で、君がわが社に入社したいという学生さんかね。まぁ、寒い所、せっかく来たんだから茶でも飲んでってくれ。うちは面接といっても形式にこだわったりしてないのでな」

黒縁眼鏡をかけた事務服の綺麗なお姉さんに手を引かれるままに、試験先の会社のオフィスに連れてこられ、あれよ、あれよという間に始まった採用試験には筆記試験がなく、いきなり社長による面接試験であった。

オレの目の前には、テカテカと光るポマードをべっとりと撫でつけた銀髪、大きなレンズのサングラス、額から左目と右頬から唇にかけて見える何らかの傷痕、腹に響く重低音の声、筋肉こそ正義と言い出しかねない体軀、それらすべてを兼ね備えた社長は絶対に堅気の人ではないと思われる。

そんな社長との面接はオフィスが手狭だという理由により、応接スペースで行われているが、例の綺麗な事務員さんが淹《い》れてくれた紅茶を断る訳にもいかず、震える手でカチャカチャとカップを鳴らしながら頂くことにした。

やべえ……マジでやべえよ。絶対にヤの付く稼業の人だよ。万が一違ってもマが付く稼業なのは間違いないぞ。生命の危機を覚えたことで手の震えが止まらねえ。

「社長、ただでさえ強面なんですから、スマイル、スマイル」

事務服のお姉さんはお盆を胸に抱きしめて、この眼の前の殺し屋か、特殊部隊の最精鋭と言われても不思議ではない男性を励ましている。社長と呼ばれた人物は、その言葉の通りに口角を上げて笑い顔を作るが、どう見ても『お前の血は何色か確かめてみるか?』と聞かれているような恐怖しか感じられなかった。

やっぱり、辞退しておくべきだった……。怖えぇ……。これが俗に言う本当の圧迫面接か……。

「ああ、すまんな。昨今、職安や大学などに求人を出しても見向きもされなくてな。今年も採用ゼロかと諦めていたところだったのだよ。君が受けてくれて助かった」

社長がこんな人なら、よほど追い詰められない限り、この会社を選ぼうと思わないだろうさ。

「そ、そうですか?　そう言ってもらえると光栄です」

「じゃあ、まずわが社の会社概要と業務内容から説明していこう。我が社の創業は……」

「社長!　社長が話すと長くなるので、わたくしが代行させてもらいます」

事務服のお姉さんが社長の言葉を遮っていた。

「だが、エスカイアよ。それでは私の仕事がなくなるではないか」

ん?　エスカイア?　事務服のお姉さんは日本人じゃなかったのか?

「クロード社長が話すと絶対に採用辞退されてしまいますので、わたくしが代行いたします」

「ぬぅ……」

社長はクロードさんって言うのか……。もしかしてこの会社は外資系の派遣会社だったのだろうか。なんだか色々と謎すぎる。

そこから、エスカイアさんによる会社概要と業務内容の説明が始まった。

「我が『(株)総合勇者派遣サービス』は創業二〇年。社員数五〇名。この東京本社とは別に支社を五つ持っており、依頼に応じて派遣先に社員を送り、自治体様や企業様の困りごとを解決させてもらっています。取引先は官公庁様から自治体様、大手商会様など多様な得意先を持っている企業となっております。こういってはなんですが業界ではトップシェアを誇る企業なのですよ」

取引先が国とか自治体とかだとやっぱり安定して仕事をもらえるんだろうな。それにしても人材派遣業のトップシェアは話を盛り過ぎでしょ。

突っ込むべきか悩んだが、ここで相手を怒らせてもオレに得になることはないのでやめておいた。

「わが社は創業以来、常に黒字計上、右肩上がりの成長を続けており、業務の拡大を図ってきております。今期も黒字計上のため、期末に特別ボーナスの支給が決定しております。各種保険、手当、寮も完備して、派遣先でのお仕事時は出張手当も付きます。年休一〇四日、有給休暇年一五日、育休、忌引き等プライベートも充実できるようにしてあります。休日は派遣先様とのすり合わせになりますが、足りなかった分は依頼終了後に消化可能となっておりますし、超過勤務手当も付きます。それと各種資格取得の応援金制度も充実しており、キャリアアップの後押しは業界屈指と自負しております」

エスカイアさんの説明は業務内容から、待遇の方へと変わり始めていた。本給こそ低いものの待遇は社員五〇名の企業にしてはまぁいい方だと思う。

「就業時間は八時から一七時までの休憩一時間含む九時間となっており、残業は基本禁止となっておりますが、派遣依頼先様の都合により残業する場合、残業代を別途支給となっております。また、長時間残業が続いた場合は派遣依頼終了後にインターバル休暇もしくは、規定額の慰労金の支払いを受ける選択をできるようになっております」

残業は派遣先次第ということか……まぁ、相手先に都合もあるもんなぁ……。

「お給料の方も求人票の本給は少し低めに書かれておりますが、わが社の大卒者の初任給は諸手当含む手取りで二五万くらいになります。寮はこの近くにワンルームマンションを押さえてあり、希望者全員に無償提供です。後、我が社の特徴として固定給以外に派遣依頼先からの好評価や各種資格を取得することで『社員ランク』が上がり、固定給に上乗せされるランク給の一番上である『S』ランクの社員は手取り月額で一〇〇万円程度となっております。これは若い社員の方でも評価と資格があれば手にすることができるように給料設計されていますので、ご安心を」

待て！　手取り月額一〇〇万だと……手取りベースで年間一二〇〇万だとすると、超高給取りじゃねえか。この会社メチャメチャ儲けているのかよ。本社こんなにボロッチイのに……。

「それと賞与は夏と冬で合わせて五カ月分支給されます。これも創業以来、毎年支払われてきています。来期も好業績が期待されますので、キッチリと支払われますよ。以上が我が社の会社概要と業務内容と待遇内容となっております」

エスカイアさんが説明を終えると、強面のクロード社長がずいっと顔を寄せてきた。

「どうだろうか柊君。わが社の待遇は大企業にも勝るとも劣らないと思うのだが？」

ひゃああああ!? ちびった、ちびっちゃったかも。怖えぇ……怖えよ。これって断ったら、明日の朝にはゴミ捨て場に冷たくなって捨てられちゃうやつかな……。うぅ、泣きたい。

「ああ、あとエスカイアが忘れていたようだが、業務中に死亡した際の死亡弔意金は一律一億円が受け取り指定者に支払われるし、怪我した場合の入院治療費は全額会社負担となっているから、安心してくれたまえ」

あ、安心できねぇえー! 死亡とか、怪我とか、不穏すぎる言葉が並んでいるんですけど! やっぱこれってヤの付く人の企業なんだろうか……。鉄砲玉として使われるなんて御免だし、犯罪者になりたくねぇ。

「あ、あの。一応、確認させてもらいますが犯罪には関わらないですよね?」

相当に失礼な質問であったが、自身の将来のこともあり、精いっぱい勇気を振り絞り、クロード社長に質問をしてみた。

「犯罪者? そんなわけないじゃないか。わが社のモットーは『弱きを助け、強きをくじく』だ。人助けをすることはあっても犯罪行為には手を貸さない」

「そうですよ。我が社は犯罪には加担しませんよ」

エスカイアさんもグッと身体を乗り出してきている。二人とも顔が近い。距離感仕事して。

「そ、そうですか。それと、あと一つ気になる点があるので、お聞きします。御社の社員が何名か行方不明になっているとお聞きしたのですが、それは本当でしょうか?」

非常に聞きにくいというか、絶対に聞いたらマズい内容の質問であったが、オレの心は、この質問の返答次第でほぼ決まるので、思い切ってダメ元でぶつけてみた。

オレの質問後に身体を乗り出して距離感がおかしかった二人の視線がテーブルや天井へと向けられるようになった。明らかに動揺していると見て取れる。

やっぱ、後ろ暗い案件じゃねえか！　犯罪ではないが、かなりヤバイ案件だろ。真冬のオホーツク海でカニ漁とか絶対やだぜ。

「柊君の質問には依頼先の守秘義務に抵触部分もあるので、答えることができないが、一つ間違いを修正させてもらえば、彼らは行方不明ではなく、外国に在住しているのだ。これは、日本国も了承している案件であるとだけ伝えよう」

イカツイクロード社長が口元の前で手を組みサングラスを光らせる。ヤバイ、これは殺されちゃう前兆だよ。

「あ、す、すみません。凄く気になってたんで……。外国で暮らされているのですね。なら、安心です」

クロード社長の鋭い眼光に晒されたオレはテーブルに視線を落として、この地獄の圧迫面接が終わることを祈りまくっていた。

「クロード社長。今期は採用者数ゼロ名では機構からまた突き上げをくらいます。とりあえず、柊君に内定を出して、明日からバイト兼試用期間として働いてもらい四月入社してもらうのでどうでしょうか？」

「エスカイア、先走るなと言ったのは君であろう。柊君はまだ我が社に入るとは言っておらんのだぞ。彼に入社の意思があれば、すぐにでも採用通知が出せるように用意だけはしておいてくれ」

「それはもう面接前に準備しています。あとは社長の判子待ちですよ」

エスカイアさんとクロード社長が、オレ無視で面接結果の発表を行っていた。どうやら、採用はオレの返事次第ということである。一五〇社以上に渡り、討ち死にしてきたオレはついに念願の勝ち星を得る段階にきていた。けど、何かきな臭いというか、悪い予感がビンビンするというか、この会社を選んだら人生終わるような気がして返事をためらってしまう。

「エスカイア。柊君が我が社に入ったら君がサポート要員をしてくれるか？　事務員の募集なら、すぐに応募があるしな。君みたいな優秀な子をいつまでも事務員にしとくわけにはいかん」

「はぁ、柊君のサポートですか。いいですよ。わたくしがみっちりと鍛えて差し上げても」

え、エスカイアさんがオレのサポート要員。それって、業務をマンツーマンで教えてもらえるということかな……。あー、マジか。この会社に身売りすれば、綺麗な先輩社員と一緒に仕事できるのかぁ。

オレは条件反射で思わずエスカイアさんの手を握っていた。

「お世話になります。御社に就職することを決めました。今後ともよろしくご指導お願いします」

「本当にいいのですか？　わたくしとしては喜ばしいことですが」

「よし、採用。明日から入社前研修するから、明日は八時までに来てくれるかい」

エスカイアさんの手を握り締めていたオレに、クロード社長はすぐさま判子を押した採用通知をオレのポケットに突っ込むと、肩をバンバンと強めに叩いてきた。

「あ、あの。柊君。そろそろ手を放してもらえるかしら？」

手を握ったエスカイアさんがちょっと困惑した顔をしている。でも、手はとても柔らかく温かかった。

「ああ、すみません。すみません。つい、嬉しくて。エスカイアさん、クロード社長、明日からお世話になります」

エスカイアさんの手を握っているのが、照れくさくなって、ブンブンと上下に振ってしまう。

「こちらこそ。よろしく頼みます。柊翔魔君」

こうして、オレは卒業を間近に控えた最後の採用試験を合格することができた。最後の最後で奇跡の大逆転満塁ホームランを決め、長く辛い就職戦線に終わりを告げ、春から社会人としてスタートを切ることが約束されることとなった。

入社前研修

　翌日、オレは再び『（株）総合勇者派遣サービス』の本社前に来ていた。時刻はまだ七時を少し過ぎたくらいである。なぜこんな時間にいるかと言うと、内定がもらえたのが嬉しすぎて、あの後、就職課の涼香さんのところに直行して内定が取れたことを伝え、お祝いに飲みに行く話になり終電近くまで二人で飲んでしまっていた。そして、結局、家に帰った時間は二時を過ぎていた。けれど、眼が冴えすぎて寝られずに、約束の時間の前に会社の前でウロウロして時間を潰すハメに陥っていると、我ながら神経質な性分を恨めしく思う。

「あら、早いですね。おはようございます。柊君」

　昨日と同じく野暮ったい眼鏡をかけた美女事務員のエスカイアさんが、自転車に乗ってこちらに向かってくる。

　試験で緊張していてよく見てなかったけど、改めてエスカイアさんをじっくり見るとカワイイというか、もの凄い美女だよね。アイドルって言われてもおかしくないし。

「おはようございます。エスカイアさん。すみません。緊張してあんまり寝られなくて早く来ちゃいました」

「ちょうど良かった。研修前に色々と採寸しておきたかったんですよ。制服の発注とかもありますし……。社長はまだ出社してないようですから、先に採寸だけさせてもらっていいですか？」

自転車を駐輪場に停めながら、自然な感じでオレに話しかけてくる彼女に親しみを覚え始めていた。

先輩だし、今後色々とお世話になると思うから、キチンと言うことを聞いて気に入ってもらわないと……待ってろ。オレのバラ色の新社会人ライフ。

「あっ、はい。よろしくお願いします」

「じゃあ、オフィスにどうぞ。鍵はわたくしが開けられますから」

エスカイアさんの後に続いてオフィスに入ると、自分の事務机のひきだしからメジャーを取り出した。

「はい、じゃあ。測りますよー」

胸囲、腹囲、腕の長さ、股下、首の太さ等、色々と細かく計測されていったが、その度に彼女の身体が密着して、かなりいい匂いがオレの鼻孔をくすぐっていく。

「おほんっ！　私はお邪魔虫かな？」

背後からの咳払いに気が付いて振り向くと、強面の社長であるクロードさんが立っていた。

さーせん。めっちゃ調子に乗っていました。お願いですから殺さないでください。心を入れ替えてしっかりと仕事します。あひぃぃ。

完全に怒っているようにしか見えないので、死への恐怖で膝の筋肉がガクガクと震えるのが止められなかった。

「いいねぇ。実に仕事熱心でいいねぇ。柊君みたいな子を私は待っていたのだよ。さぁ、採寸は終わったようだから、ちょっと早いけど入社前研修を始めようか。こっちへどうぞ。エスカイアもこっちへきてくれ」

クロード社長はオレの肩を抱くと、引きずり込むようにオフィスの奥にある小部屋の扉を開けて入っていく。連れ込まれた室内はカーテンが閉め切ってあり、暖房が入っているのか三月下旬でもほんのりと暖かく、床には薄い光を発する魔法陣に読めない文字がびっしりと書き込まれていた。

「これは？」

「いーの。いーの。詳しい説明は派遣先の職場に行ってからね」

「お待たせしました。採寸データを一緒に持っていこうと思って遅くなってしまいました」

遅れてきたエスカイアさんは、あの野暮ったい眼鏡を外しており、黒髪から金色に光り輝く艶髪ポニーテール、二重の瞼《まぶた》と長いまつ毛をまとった翡翠《ひすい》色の神秘的な瞳、そして、三角に尖った耳を持った女性に変貌していた。この姿形どっかでみたことがある。そうだ！　ファンタジー小説のエルフだ！　あのエルフにそっくりなんだ！

「エスカイアさん？」

「ええそうよ。こっちにいる時は眼鏡をかけているのよ。尖り耳は困るからって日本政府に言われているの。本来の姿はこっちよ。あっちに行くから眼鏡を外してきたわ」

え!?　あっちってどっちよ？　マジで、そういう怖い発言はやめてくださいよ。嫌ですよ。片道切符のあっちの世界は……。

「さあ、いくぞ」

クロード社長がブツブツと呟くと、魔法陣から眩暈《めまい》がするほどの激しい光の明滅が始まり、オレの意識は遠のいていった。


「……くん……柊……柊君。起きて」

目覚めると金髪翡翠眼にモデルチェンジしたエスカイアさんに膝枕されていた。

「あ、はっ!?　すみません！　業務中に寝てしまうなんて……申し訳ないです」

「いや、いいさ。初めての転移で意識を保つ奴なんていないからな」

「そうですね。過去には失禁された方もいらっしゃいましたし」

目覚めた場所は先程までいた雑居ビルの一室ではなく、大理石や黒曜石といった装飾石で化粧された神殿のような場所であった。

「さぁ、我が社の派遣勇者登録をしてもらうか。立って、目の前の黒い石に触れてくれるか？」

隣にいたクロード社長が指差す先に黒い三角錐状の石が置いてあった。言われるがままに手を触れていく。

柊　翔魔（ひいらぎ　しょうま）　年齢23歳　人間　男性　国籍：日本
社員ランク：F　勇者適性：SSS
LV1
HP：20　MP：20
攻撃：20　防御：20　素早さ：20　魔力：20　魔防：20
スキル：スキル創造　スキル模倣　神の眼

オレの指が石に触れた途端、目の前に透過型ディスプレイのような表示が浮かび上がった。

「えっ!?　これって……」

「むぅ……これは……」

表示された文字を見た二人の顔つきが険しくなる。なんだろう、とても不安なんだが……。そもそも、色々と突っ込みたいことが山盛りだが、二人の真剣な態度に切り出すタイミングを失っていた。

「まぎれもなく、伝説クラスの『派遣勇者』だな……。私も二〇年この計画に携わってきたが、元々勇者の素質の高い日本人でも勇者適性が『SSS』なんて見たことないし、ましてや付与されているスキル三つとも前例がないスキルだな」

サングラスで表情を読み取れないものの、クロード社長の声色は驚きに満ちている。

やべえ、なんだろう。もしかして、能力的に物足りなくて入社前研修は受けさせてもらえずに、このままお帰りくださいと言われるのか……。ＬＶ１ってことはほぼ戦力外ってことだもんなぁ。確かに社会人としてはＬＶ１だと思うが、これでも結構バイトではリーダーとかして切り盛りしていたんだけどなぁ。

「……クロード社長、柊君はしっかりと教育する必要がありますね……。わたくし、久しぶりに身震いするような社員に出会いました」

エルフっぽくなったエスカイアさんが、何だか握り拳を固めて決意しているけど、しっかりと業務を教えてくれるならそれはそれで楽しくなりそうだ。

「あ、あの……それで入社前研修は受けさせてもらえますか？」

どうも、オレの頭越しに話が進んでいくような気がしたので、二人に研修を受けられるか尋ねた。

「ああ、問題ない。むしろ、しっかりと研修を受けてほしい。そうすれば、柊君はすぐにでも『Ｓ』ランク社員になれるだろう。君のような逸材が我が社に入ってくれたただなんて……。長くこの業界をやってきたが、こんなヨが来るとは……」

な、泣いちゃったよ。オイ。別に泣くほどのことでもないでしょ。たかが、就活に失敗しかけた学生を一人獲得できただけで、即戦力のトッププレイヤーが入社した訳じゃないんだから。

「とりあえず、クロード社長の承認印をもらえますか？　社員身分が確定しないと色々と研修が始められませんよ」

「そ、そうだな。よし、『(株)総合勇者派遣サービス』社長、クロードの命により、柊翔魔を我が社の派遣勇者と認める」

透過型ディスプレイに社長が手を添えると、眩しい光を放ち、やがて光が収まると社員証のようなカードが浮かんでいた。もちろん、社名とオレの顔写真入りである。

「はい。これで、柊君はうちの社員よ。まだ、研修期間だけどしっかり頼むわね」

カードを手に取ったエスカイアさんがニッコリと笑って社員証を手渡してくれた。その笑顔はやっぱり、アイドルと言われてもおかしくないほど、魅力的である。

「あ、ありがとうございます。柊翔魔、この『(株)総合勇者派遣サービス』にて一生懸命に頑張ります」

「期待しているぞ。柊君」

クロード社長も満足そうな顔で肩をポンポンと叩いてきた。

社長にも気に入られて、美人の先輩事務員さんの入社前研修も受けられるなんて……やっぱ、残り物には福があったなぁ。オレの就活一五〇敗超えも無駄じゃなかったんだ。

「さぁ、柊君、社員登録も終えたから研修室に行くわよ。これから終業時間までわたくしがキッチリ教えてあげるわね。フフ」

「お、お願いします」

オレは妖しく笑ったエスカイアさんの後について、神殿のような場所から研修室に向けて歩き出した。

研修室はそれまでの神殿のような場所とはガラッと変わって、普通の白色を基調とした一〇名ほどが入れる部屋で、カーペット敷き、ホワイトボード、パイプ椅子、二人掛けのテーブルが常設されていた。

企業の会議室まんまだな……。さっきまでの西洋ファンタジー風の神殿とは全然違う。というかここはどこだろうか？

「柊君、一番前に座ってね。本年度の研修は君一人だから」

エスカイアさんに促されて一番前の席に腰を下ろす。

「さて、じゃあ入社前研修を始めさせてもらうわね。講師はわたくしエスカイア・クロツウェルが務めさせてもらいます」

エスカイアさんは小脇に抱えていたテキストをオレに手渡してきた。表紙には『業務内容研修テキスト』と書かれて、剣と盾のイラストが描かれている冊子だった。

「テキスト一ページ目。わが社の主業務である『派遣勇者業』の説明をさせてもらいます。まず、この『派遣勇者業』とは、エルクラスト大陸における国家機関、自治体、商会様よりの派遣依頼を受けて、依頼主様の困りごとを我が社の社員が解決し褒賞を得ることを主たる業務としております。主な依頼内容は害獣討伐、要人護衛、古代遺跡探索等となっていますね。ここまではよろしいですか？」

え!?　ちょっと待って……官公庁、自治体って日本のじゃないの。え!?　え!?　エルクラスト大陸ってどこよ？

「特に質問がないようなので、次テキスト二ページ目。『派遣勇者』制度についてです。こちらは日本国とエルクラスト大陸各国が批准した『日エ友好条約』に基づき、勇者適性平均値が高い日本人を我が社が雇用し、エルクラスト大陸全土に蔓延《はびこ》る害獣討伐・要人護衛・古代遺跡の探索を請け負うことで、この地と日本との交流を円滑に行えるようにしております」

ちょ!?　待って！　勇者ってなんですか？　意味が分かんないっす！

「続いてテキスト三ページ目、『勇者』についての説明です。エルクラスト大陸では、すべての人に『勇者適性』と『スキル』が付与されるようになっております。まず、『勇者適性』についてですが『F～SSS』までランク分けされており、ランクが高いほど、LV上限と成長値が高いことが判明しています。現在、エルクラスト大陸生まれの方は最高Aランクの方が確認され、平均ランクはDランクですね。種族によっても若干違いますが、平均はそれくらいです。それに対して日本人の方は平均Bランクと高い方が多く、本日めでたく最高ランクと思われる『SSS』ランクが誕生することになりました」

ん？　確かあのディスプレイには勇者適性『ＳＳＳ』と書いてあったような……？

「続いて『スキル』ですが、これは何百種類も確認されており、色々な効果を持ったスキルがありますので、詳しい説明は『ステータスの確認の仕方』の項で教えます。ここでは割愛しますね」

まぁ、ゲームのスキルと同じようなことか……。というか、ここはゲーム世界？

「五ページ目、主たる依頼内容『害獣討伐』について、エルクラスト大陸では『害獣』と呼ばれる生物がたくさん生息しており、普段は魔境と呼ばれる特別生息区域に住んでおりますが、人里に出てきた場合、その強さと影響範囲に応じて『Ｆ～ＳＳＳ』までランク分けされて、わが社に討伐依頼が出され、ランクが高いほどその褒賞金が高く設定されます」

ということは、この会社は勇者として社員を派遣して、魔物を倒して金を稼いでいるということか？

「六ページ目、『ステータスの確認の仕方』です。先程発行された社員証ですが、エルクラスト大陸共通の身分証でもあります。基本的に体内に収納されているため、取り出す際は『オープンメニュー』と言ってもらえば、体内から排出されます。一度試してみてね」

エスカイアさんが自分の手の甲の上に先程の社員証を浮かび上がらせていた。ポケットにしまった社員証を探したがなくなっていた。そのため、半信半疑であったが取り出してみることにした。

「オープンメニュー」

手の甲の上に先程の社員証が現れていた。さすがにここまでくると、オレは何か違う世界に訪れている気がしてならなくなった。ヤバイ、オレとんでもない会社に就職を決めてしまったかもしれん。

「はい、上手にできましたね。身分の提示を求められた場合はそのようにして社員証を見せていただければ、犯罪者、盗賊、暗殺者等の敵対勢力以外の方は協力的になってくれます。続いて、ステータスについてです。『オープンメニュー』された状態で『ステータスオープン』と言っていただけますか？」

エスカイアさんの社員証から先程の透過型ディスプレイが飛び出し数字の羅列が表示されている。

「ステータスオープン」

エスカイアさんと同じようにディスプレイが展開される。おおぉ、カッコイイかもしれないな……。

「柊君、呑み込みが早いわね。じゃあ、氏名、年齢、性別は省きますよ。まず、種族ですね。日本人の方は人間、エルクラスト生まれの人は『人間』、『エルフ』、『ハーフエルフ』、『ダークエルフ』、『獣人』、『小人』、『ドワーフ』、『竜人』、『有翼人』に分類されます。それぞれ色々な特徴がありますが、ここでは割愛します」

エルフやダークエルフがいるのかぁ……。となるとエスカイアさんってエルフなのかな？　おおぉ、投影されているディスプレイ見たらエルフだった。いやマジで、現代日本でエルフに会えるだなんて、マジかぁ……。それに獣人ってことはケモノ娘とかもいるのかよ。なんという天国……。

というか、本当にここは日本じゃないんだな……。

「続いてHP《ヒットポイント》これは本人の生命力残量を表示してます。ゼロになったら気絶に陥り回復措置を取らないと死にます。尚、日本人勇者の方はエルクラスト大陸在住時には気絶のみで死亡することはないと確認されてますが、死亡前の半日の記憶が吹っ飛ぶことが確認されていますので、あまり死なないことをお勧めします。過去の最大復活数記録は一人で八回ですね。一部記憶障害が発生したとの事例もありますし、日本では普通に死にますから、勘違いして日本国でTUEEをしないようにしてください。二〇年間で一名だけ、日本国でもTUEEと勘違いして死亡された方がいます。MP《マジックパワー》、こちらは後でお話しする魔術に関連するもので、精神や気力といったものです。魔術やスキルを発動させる際に消費します。なくなるとこちらは昏倒しますが、時間経過で回復しますのでご安心を」

こっちの大陸だとTUEEけど、日本国ではTUEEわけじゃないんだな……。勘違いしちゃった奴がいたんだろうな。うへぇ、マジかぁ、オレ何だかしくじりそうだよ。

「あと攻撃力は物理的なダメージ力、防御力は物理的ダメージへの耐久力、素早さは行動速度、魔力は魔術的なダメージ力、魔防は魔術的ダメージへの耐久力。まぁ、このあたりはゲームと同じような仕様です。数字が高いほど強いことになっています。とりあえず、わたくしのステータスを確認してみてください」

自分のディスプレイをエスカイアさんが指先で触ると、文字が裏返って読み取りやすくなる。

エスカイア・クロツウェル　年齢１２３歳　エルフ　女性
国籍：エルクラスト（聖エルフ連邦共和国）
社員ランク：Ａ　勇者適性：Ｂ
LV32
ＨＰ：５６８　ＭＰ：２０４６
攻撃：１４６　防御：２２８　素早さ：４６７　魔力：６９２　魔防：７０１
スキル：精霊魔術＋＋　ＭＰ増加＋　風属性＋　交渉　教育＋　情報収集　索敵　軽装鎧
弓術＋＋　読解＋＋

やっぱり、ベテラン社員なだけあってエスカイアさん……。え!?　年齢１２３歳？　オレより超年上かよ!?　やっぱエルフは年齢チートな種族なんだな。それに社員ランクＡってことは結構な高給取りか。

「エスカイアさんは強いんですね。仕事もできるし、尊敬します」

「いえ、わたくしは一〇〇年以上の自己研鑽《けんさん》の賜物です。けど、柊君はきっとすぐに強くなるわよ。なにせ世界初の『ＳＳＳ』勇者ですから」

エスカイアさんは何だかウキウキした様子でこちらを見ているが、『ＳＳＳ』の勇者が凄いのかどうかがよく分からないので、曖昧な愛想笑いに終始してしまう。

とりあえず、期待されているようだけど、たいしたことないのになぁ。

「さて、最後はスキルだけど、これは内容を知りたければ、ディスプレイのスキル名をクリックすれば説明書きが出るようになってます。柊君の三つのスキルは初出のスキルですから、新スキル発見報告書を書きたいので、今から確認してもらえるかしら？」

「あ、はい」

促されるまま、自分のディスプレイに映されているスキルを指先でクリックする。『スキル創造……MPと既存スキルを使用して新たな統合スキルを作り出すことができる』、『スキル模倣……他人の持つスキルをMP消費することでコピーして取得できる能力』、『神の眼……真贋、人物、宝物、毒物、魔物の鑑定を行う能力』とポップアップされて表示された。

むぅ、凄いのか凄くないのかよく分からん。頭の作りはそんなに上等でないしな。

オレがスキル説明文と格闘していると、ポップアップを覗き込んできたエスカイアさんが持つボールペンがカランと音を立てて地面に落ちていた。

「……ひゃあああっ!?　なんですのっ！　この壊れ性能のスキルは!?　事件よ。事件だわ!!　こんなスキルが存在するだなんて……。しかも世界初の勇者適性『ＳＳＳ』の子がこんなスキルを持っているだなんて……あぁ、気が遠く……」

オレのスキルを見たエスカイアさんがフラッとしたので、思わず席を立って彼女を抱き留める。

ふわりと微かな香水の匂いが鼻孔に飛び込んだ。

「だ、大丈夫ですか？　まさか、オレのスキルってダメダメスキルですか？　首ってことないですよね？　エスカイアさん!?　ちょっと、起きてください」

「あぁ、ごめんなさい。わたくしは見てはならないものを見てしまったようですね。統合スキルを生み出すスキルと、他人のスキルをコピーできるスキル、そしてすべてを鑑定できるスキル持ちだなんて……」

若干蒼ざめた顔色のエスカイアさんを近くのパイプ椅子に座らせる。

「なんかオレ、マズい感じですか？　エスカイアさんが気絶するくらい社員として使えない奴ですかね？」

「え？　いいえ。むしろ、逆よ。たぶん、わが社始まって以来の大人材よ。わたくし、柊君の教育係になれて嬉しいわ。歴史に名を残す勇者のサポート職員だなんて……。あぁ、夢のようね」

何だか、違う世界にイってしまっているようなエスカイアさんをジト目で見る。オレの視線を受けてハッと我に返った彼女は研修室の時計を見た。

「あぁ、ごめんなさいね。何だか、研修に夢中になり過ぎてもうお昼だわ。とりあえず、座学はこんなものね。基本的なことは教えたから、分からないことは随時わたくしに聞いてね。さて、これから食堂でご飯食べて、午後からは『魔術適性試験』、『武器適性試験』を行ってもらうわよ。質問がなければ、ご飯食べに行くわよ」

「あっ、はい。ぼんやりと業務内容と勇者について理解できたと思います」

「そう？　色々とうちは普通の企業と違うからね。あっ、こっちにいる際の食費は会社負担になっているから、お昼は好きな物食べていいわ。こっちでも二〇年で日本食は普及してね。みんなが食べるようになったの。今やパンを駆逐してご飯が主食になりつつあるわ。あ、そうそう。ここの食堂の料理長は元高級ホテルの総料理長だった人よ。こっちに誘ったら、食材の新鮮さに魅了されたようで移住しちゃった人よ。結婚もこっちの子としちゃったし。その彼が、柊君の言ってた行方不明案件の人なの」

ご飯の話になったら、俄然エスカイアさんが幼くなったように感じた。きっと、ご飯を美味《おい》しく食べる人なんだろう。それに行方不明の人が移住していただなんてなぁ……。こっちってそんなにいい所なのかな……。

「さぁ、食堂に行きましょう。わたくし、今日は何を食べようかしら……」

キリッとしたかと思えば、コミカルな動きをしたり、ビックリして気を失っちゃったり、ご飯を思い浮かべてニンマリするエスカイアさんは見ていて飽きなかった。

「エスカイアさんのお勧めあったら、教えてくださいね。期待してます」

「え!?　アレとアレは外せないし、いやー待ってよ……。あぁ、柊君に何を勧めようかしら」

オレ達は研修室を出るとエスカイアさんの先導で食堂に向かった。

神殿のような場所の中を歩き、到着した先はホテルのビュッフェのような場所であった。すでに時刻は正午を越えており、食堂では三〇名ほどの人が食事を楽しんでいた。

「色々と見慣れない姿の方がいますね？　皆さん社員ですか？」

「え？　ああ、あの人達はエルクラスト害獣処理機構の職員さんですよ。我が社のお得意様です。各国から派遣されている貴族の方達ですよ。だから、ご挨拶だけは欠かさないでください」

エスカイアさんの後について、食事をしていた職員さん達に挨拶回りしていく。エルフの男性、有翼人の女性、ドワーフの女性、ダークエルフの男性など多種多様な職員さんとご挨拶を交わさせてもらい、終えると例の日本人の料理長を紹介してもらうことになった。

「おぅ、エスカイアか。今日は……新人のお守りか？」

コック服を着た三〇代後半の精悍な表情をした男がこちらを見ていた。

この方が例の移住しちゃった人かぁ。職人っぽい人だな。けど、さっきから視線の端に出る☆マークは何だろうか……。

気になったマークに意識を向けたら、唐突にステータスが目の前に公開された。

天木　志朗（あまき　しろう）　年齢38歳　人間　男性　国籍：日本
社員ランク：S　勇者適性：S
LV98

ＨＰ：３５６８２　ＭＰ：２４９９８
攻撃：１８９９７　防御：１６７７８　素早さ：１９８６２
魔力：１２３４５　魔防：１２５６０
スキル：料理＋＋　料理知識＋＋　味覚＋＋　神剣＋＋　剣術＋＋　ローブ＋＋　抜刀術＋＋
魔物鑑定＋＋　みかわし＋＋　解体術＋＋　切れ味＋＋　遠距離防御＋＋
経験値効率＋＋

この料理長のおっさん只者じゃねえ……Sランク社員だった。うへぇ、超レベル高けぇ……。

「よろしくお願いします。天木料理長。新人の柊翔魔です。今日から入社前研修に入りましたので、以後お見知りおきを」

「あれ、わたくしがお名前……はっ!?　まさか人物鑑定しました？」

「え？　ああ、☆マークが気になったんで……」

「ほー、面白いスキル持っているなー。坊主。人様のステータスを覗き見るとは……いっぺん死ぬか？　人物鑑定されると、俺からはステータス見られているのが分からねえから、人によったらトラブルになる。鑑定をするなら黙ってやれ！」

持っていた肉切り包丁をオレに突き付けて睨《にら》む料理長の額には、青筋が走っているのが見て取れた。

ヤバァイ、眼がイってる。この会社の男性は怖い人しかいない……。ヤの付く企業ではないのは理解したが、バイオレンス臭のする社員が多くいることは理解できたぞ。

「死にたくないです。すみません、すみません。ご忠告承りました。以後気を付けます」

オレが人物鑑定してステータスを見ていることは相手には分からない様子だった。なんにせよ鑑定は黙ってやった方が無難だな。やり方は分かったし。

「まぁ、いい。初めてじゃあ仕方ねえな。柊だったな？　久しぶりの新卒が入社すると聞いてたが、お前みたいなボサッとした坊主で務まるのかね……。ここの業務は気合入れねえとやっていけねえからな」

「志朗さん、あんまり苛めないでくださいね。わたくしの久しぶりの教育担当なんですから。それに志朗さんも食材を取りに行くと言って勝手に魔境に入るじゃないですか。アレも機構から嫌みを言われるんですよ。まぁ、その分社食が美味しくなるからみんな口を噤《つぐ》んでいますけど」

「エスカイア、俺はそういう条件で派遣勇者兼任の料理長を受けたはずだが？　違うのか？」

「違わないです……」

あ、あのエスカイアさんがやり込められている……。このおっさん意外とやるな……。それに派遣勇者も兼職してるのか。あの強さなら頼まれるよね。

「まぁ、それは置いとくとして。エスカイアは柊が心を病まないように気を付けてやれ。それこそ俺の教育担当だったアッシュのように手取り足取り、ベッドの中までってな」

天木料理長の言葉を聞いたエスカイアさんは、ブワッと顔を真っ赤にしてアワアワしていた。
「ななな、なんてことを言うんですか！　そりゃあ、アッシェ先輩は超肉食系のダークエルフですし、志朗さんを積極指導してましたけど……。それにしたって……草食系エルフなわたくしが……そのような……。というか！　そんなことはまだ早いですわ！　そういったことはキチンとお付き合いしてからです」

き、気になる……ベッドの中のご指導って……教育担当はそっちの教育までしてくれるのだろうか……。

アワアワしているエスカイアさんの容姿をあらためてじっくりと観察する。金髪ポニテ、くっきり二重の翡翠色の眼、肌理《きめ》の細かい色白な肌、おっぱいはそこまで大きくないけど、スレンダーな体型の割に出っ張っている。カワイイというのは失礼だな。綺麗すぎる……。でも表情がコロコロと変わって見てて飽きないなぁ。こんな子が彼女だったらどんなにか人生が楽しくなるだろうか……。

「アッシェも言ってたぞ。『いい男は早めにツバを付けとかないと、誰かに掻《か》っ攫《さら》われる』ってな」
「ひえぇ！　無理ですから。もう、その話はなしです。それ以上言うなら、社長に志朗さんからセクハラされたって言いますわよ」
「おっと、それは困る。査定で社員ランク落とされるとアッシェに叱られるからな。よし、やめた。お前等も早いところ飯食わねえと休憩時間終わっちまうぞ」

天木料理長の言葉で時計に目をやると、すでに一二時半を回っていることに気が付いた。このまだと、飯を喰いそびれてしまう。

「ああ！　柊君。早いところご飯選んで食べよう。日替わりメニューのビュッフェ形式だから、好きなのをとって食べていいわ。煮込みカレーと和風唐揚げ、あと石窯ピザだけは食べてみてね。めちゃくちゃ美味しいから」

そう言ったエスカイアさんはお盆を手に取ると、数十種のメニューから嬉々とした顔で選んでいた。オレもお盆を手に取ると勧められた三種に加え、野菜サラダ、スイーツにシュークリームを取ると、エスカイアさんの指定席だという窓際の席に移動した。窓から見える景色は東京では考えられないほど緑の量が圧倒的であった。

おお、絶景かな、絶景かな……これがエルクラフト大陸ってとこかぁ。自然に溢れた風光明媚《めいび》なところだ。日本じゃないよな、絶対。東京近郊にこんな広い大地はねえもん。異世界というやつだな……ゲームやラノベの世界かと思っていたけど東京から行けるだなんて……。

「素敵な景色でしょ？　この大神殿は元鉱山の廃坑を利用して建てられているの。食堂は展望室も兼ねているから、最上階に作られているわ。日本じゃ見られない景色でしょ？」

「ええ、マジでここは異世界なんですね。半信半疑で聞いていましたけど、これ見て一応納得しました。ところで、帰れますよね？　こっちに来たら、帰れないじゃあ困るんですけど」

「ええ、帰れるわよ。とりあえず、社員証があれば帰還の魔法陣が使えるしね。ただ、こっちにいる間は、スマホは圏外だから気を付けてね。午後からこっちでの通話手段を教えるわね。さぁ、冷めないうちに頂きましょう」

「あ、はい。お願いします」

勧められた煮込みカレーをスプーンですくう。溶けるまで煮込まれた野菜の旨味と極限まで柔らかい牛すじとスープの旨味が癖になるルーに溶け込んでいて、次の一口を呼び込んでしまう。

うめえ……美味《うま》すぎる……。カレーが飲み物だなんて与太話だと思っていたけど……このカレーならオレは飲める。これがタダで食べ放題だと……なんという恐ろしい会社……。

和風の唐揚げも一つ摘まむ。サクサクとした衣と弾力のある鶏肉から出た脂が、醤油ベースの出汁《だし》にショウガ、ニンニクを加えたつけ汁を絡めて飛び出してくる。一気に口の中が和風な味で占拠されていった。

止まらねえ……。この唐揚げなら山盛り一皿でもペロリと喰える気がするぞ。あのおっさんすげえな……。

石窯ピザも一切れ取って口に入れる。クリスピータイプの生地はサクッとしており、オリーブオイルやバジル、トマトの具材とチーズが合わさって、次の一切れを手に持ってしまう。

三種類とも激ウマかよ。親と行った高級ホテルのビュッフェもここまで美味いとは感じなかったぞ。ああ、ヤバイ中毒になりそう……。

オレが天木料理長のご飯に蕩けさせられている間、エスカイアさんも同じように幸せそうな顔で頬に片手を当てて食事を楽しんでいる。

「はぁ、美味しいよね……。この会社の何がいいって、このご飯が食べられることよね。八年前に志朗さんが転職してくる前はマズい仕出し弁当だったし……。やっぱ、ご飯美味しいと仕事も捗るわよ」

「おっしゃるとおり……。美味い物が喰えると分かれば、オレ頑張れそうです」

サラダもシュークリームも絶品であった。いささか、欲張りすぎて食べたため、腹がパンパンになっていた。だが、いつもみたく空腹を満たすための食事ではなく、空腹と脳を満たすとても幸せな食事時間であった。

「ごちそうさまでした。ああ、美味かった」

「でしょ。日替わりだから、まだまだ美味しい物もあるし、新作も結構並ぶの。期待してね」

「期待します。マジか……」

食べ終えたところで休憩時間も終わりかけていたので、お盆を厨房に返すと、天木料理長にお礼を言って、午後の研修予定である『魔術適性試験』、『武器適性試験』を行う試験場へ連れていかれた。

規格外派遣勇者爆誕

昼食で腹が膨れたため、座学は嫌だなと思っていたが、連れてこられた試験場は体育館のような場所であった。

「さて、お腹も膨れたし、座って話を聞くのも飽きたと思うから、これからは試験もしながら説明してくわね」

このエルクラストには魔術があると聞いていたが、一体どのような物かイメージが湧かなかった。

「この世界の魔術は六系統の素養と、六つの得意属性が存在しているの。魔術の系統については『攻撃魔術』、『防護魔術』、『召喚魔術』、『回復魔術』、『精霊魔術』、『隠蔽魔術』の六つね。これは色々な種類があるので、実地訓練にて教えます。あとは得意属性で火・水・風・土・光・闇の六属性から得意な属性がスキルに付与されます。わたくしは風属性が得意なので、風の精霊魔術をかなり得意としていますね」

エスカイアさんはステータスで確かに『風属性』というのを取得していた。魔術は『素養』と『得意属性』で大まかなところが決まるのか。オレも一つくらい使えるといいなぁ。

「へぇ、その魔術の素養は誰にでもあるんですか？」

「素養は素養がある人が人口の半分くらいで、二系統以上だと更に半分になって、一つ増える度に半減していきます。全系統の素養を持つ方は現在一人しか確認されていません」

確か、天木料理長は魔術系のスキル持ってないから素養がなかったんだよな。

「で、その素養を調べるのが『魔術適性試験』というわけですか？」

「そうよ。試験は簡単よ。あそこの宝玉に触れるだけだもの。あとは勝手に判断してくれてステータス欄に記載されるから」

体育館っぽい試験場の片隅に、派手な装飾が施された台座が置かれており、その台座に大きな水晶球が置いてあった。エスカイアさんの説明によれば、アレに触れれば試験結果が出ると言っていた。

「じゃあ、触れればいいんですね？」

「ええ、できればステータスオープンしておいてもらえるとありがたいわね。サポート職員として柊君の能力を把握したいし」

「あ、はい。オープンメニュー。ステータスオープン」

言われるがままにステータス画面を表示すると、台座の宝玉に手を触れていった。触れるとパァッと光が宝玉から溢れ出し、ステータス表示していたディスプレイが切り替わる。

柊翔魔……魔術適性試験機接続ＯＫ
試験プログラムスタート　系統試験開始
攻撃魔術……ＯＫ
防護魔術……ＯＫ
召喚魔術……ＯＫ
回復魔術……ＯＫ
精霊魔術……ＯＫ
隠蔽魔術……ＯＫ
系統試験終了　付与スキル　全系統魔術適性
属性試験開始
火属性……ＯＫ
水属性……ＯＫ
風属性……ＯＫ
土属性……ＯＫ
光属性……ＯＫ
闇属性……ＯＫ

属性試験終了　付与スキル　全属性適性

宝玉から放たれた色々な色の光がオレの身体を包み込んでいったが、それが終わる都度、試験結果がディスプレイに書き込まれていった。結果は『全系統魔術適性』、『全属性適性』だった。

「あ、あれ？　壊れているのかしら……。おかしいわね。最近、採用者がいなくて使ってないから……壊れちゃったのかもね」

その後、二度ほど繰り返したが、結果は同じく『全系統魔術適性』、『全属性適性』と表示されていた。

「あぁぁあ。柊君……。君はなんて子なの……。両方とも全部兼ね備えた人なんて初めてよ。ああ、本当に伝説クラスかも……フゥウ……」

「ああ！　エスカイアさん、しっかりして！」

倒れそうになるエスカイアさんを抱き留める。オレとしても試験結果には驚くが、二〇数年ふつうに日本で暮らしてきただけの男なので、凄い伝説クラスの勇者だと言われてもピンとこなかった。

「ああ、ごめんなさい……。わたくしとしたことが二度も倒れるだなんて……。柊君のすさまじい素質に身震いしちゃうわ……あぁぁ、これでわたくしの宿願も……」

もたれかかっていた身体を起こしたエスカイアさんは、うっとりとした眼でオレを見ている。

ちょっと、そんな眼でオレを見られるとプレッシャーが半端ないっすけど……。美人の先輩社員に期待されるってのは、結構なハードルの高さですよ。初仕事でヘマして掌返しされて蔑まれると、精神的ダメージがでかいので、期待値上げはやめてくれ。

「ああ、オレなんてまだ何もしてない見習い社員ですから……エスカイアさんの方が凄いですよ」

「今はそうかもしれないけど、数カ月したら抜かれちゃうわ。それくらいの素質だもの。柊君は、わたくしがビシバシと鍛えていきますからね」

できれば、長くお付き合いして鍛えてもらえるとありがたいなぁ……。そういうお願いってSランク社員になったらお願いできるのかな……。

「じゃあ、次は武器適性試験を始めるわね。これは、得意武器と防具の系統を検査する試験で武器は、『剣』、『槍』、『弓』、『短剣』、『斧』、『銃』、『杖』、『槌』の八系統、防具は『軽装鎧』、『重装鎧』、『ローブ』、『盾』、『大盾』の五系統から、それぞれもっとも得意な武器と防具の一系統がスキルとして付与されるの。得意武器防具はその武具の基本性能が上がるから、みんな得意な物を装備するわ。適性なくても装備できるけど、あるものに比べれば見劣りするわね」

こっちは一番得意な物が付与されるのか……おおぉ、銃とかあるな。銃いいな。けど、オレ武道の経験なんてないけど……使えるのか？

さっきとは別の場所に設置された宝玉に手を触れていく。同じようにステータス画面の表示が切り替わっていった。

柊翔魔……武器適性試験機接続ＯＫ

試験プログラムスタート　武器適性試験開始

剣……ＯＫ

槍……ＯＫ

弓……ＯＫ

短剣……ＯＫ

斧……ＯＫ

銃……ＯＫ

杖……ＯＫ

槌……ＯＫ

武器適性試験終了　付与スキル　全武器適性

防具適性試験開始

軽装鎧……ＯＫ

重装鎧……ＯＫ

ローブ……ＯＫ

盾……ＯＫ

大盾……ＯＫ

防具適性試験終了　付与スキル　全防具適性

「……待ってください。これは完全に壊れていますわ。なんで、得意武具が全部なんですか？」

「いや、オレに聞かれましても……分かりませんとしか……」

　魔術に続いて武具もオール適性が出てしまったようで、五度ほど再試験を行ったが、やはり『全武器適性』、『全防具適性』と表示されていた。

「ふぅ……」

「おっと、倒れるなら倒れると言ってもらえますか。オレがキッチリと支えますから」

　三度、気を失ったエスカイアさんを抱き留める。ＴＶで見たことがあるが、人は強いストレスに晒されると失神することがあるという。オレのステータスはエスカイアさんに強いストレスを与えるほどなのか。

「ああ、醜態を晒しました。わたくしとしたことが……。認めるしかないのですね……。勇者適性『ＳＳＳ』、統合スキルを作り出す能力、他人のスキルを模倣する能力、すべてを鑑定できる能力、そして、すべての魔術を操り、すべての武器を使いこなすという史上最強の勇者の存在を……」

　なんだか、エスカイアさんが言っている勇者が、とってもオレのこととは思えない……。

「今はただの見習い社員ですから……」

　こうして試験を終えたオレはスキルに『全系統魔術適性』、『全属性適性』、『全武器適性』、『全防具適性』が追加されていた。

「ＨＡＨＡＨＡ、それは凄い逸材だったな！　柊君は我が社のエースになるかもしれんな。私もこれで機構の人間に大きな顔で交渉ができるというものだ。ご苦労だったな、エスカイア。君の待ち焦がれていた伝説クラスの勇者がやってきたということだ」

「ク、クロード社長!?　べ、別に柊君に対してそんな気持ちを微塵も思っていませんわ」

試験を終えて、最初に来た社員登録をした神殿のような場所に帰ってきたところで、クロード社長と出会い、エスカイアさんがオレの試験結果を伝えていた。

……オレとしては非常に高い期待値は困るけど、エスカイアさんから好意を持ってもらえるなら……。それはそれでやぶさかでもないけど……というか嬉しいです。はい。

「それはそうと、柊君はうちの社員寮に入るかい？　それとも実家から通うのかい？　私としては社員寮からの通勤をお勧めしたいが……。ああ、うちの社員寮はワンルームマンションを借り上げているし、大概の物は備え付けてあるからすぐにでも住めるよ。エスカイアも住んでいることだし、そっちに住んでみたらどうだい？」

イカツイ顔のクロード社長に近寄られると、背筋がゾクゾクして膝もガクガクと震え始めていた。社長に顔を寄せられると無条件で身体が恐怖を示す。

怖ええぇ。これ、断ったら、絶対に明日の朝迎えられないやつだよね。死にたくないので、頷《うなず》くしかない。実家ではお袋に就職したら家を出て行けとグチグチ言われていたのもあるし、一人暮らしもしてみたいから、そう悪い話でもないか。

「あ、はい。クロード社長のご厚意に甘えさせてもらいます。でも今日は一旦家に帰って、両親に伝えます」

「なら、手続きはわたくしが進めておきますね。部屋は明日からでも使えますから、当面の手荷物を持ってきてくれれば明日の朝に案内しますよ」

「だそうだ。明日は着替えとか持ってくるがいい。その他の荷物は休みの日にでも運べばいいからな。おおぉ、そろそろ終業時間だな。帰るとしよう」

来た時と同じように文字の書き込まれた魔法陣の所まで歩くと、エスカイアさんが何かを思い出したような顔をしていた。

「あ!? ビックリすることが多すぎて忘れていました。こっちでの通話方法の説明を完全に忘れていましたわ。今から手短に説明しますね。オープンメニューで社員証を出したら『トーク』と呟いてください。登録者の一覧がディスプレイに表示されるので、指先でタップしていただければビデオ通話みたいに通話できるようになります。ただし、遺跡内、魔境、極地では通話不可になることがありますので気を付けてください」

すげえな。スマホより進んでいる機能のような気もしないでもないが……。そういえば、登録はどうすれば……いいんだろうか？　考えるより聞いた方がいいな。

「あの、登録は？」

「はいはい。登録はどちらかが相手の社員証に触れるとリストに登録されますよ。えい」

使い方をマスターしようと出していた社員証にエスカイアさんが指を触れる。


エスカイア・クロツウェルが登録されました。


「私もついでに」

クロード社長もゴツイ指先で社員証に触れた。


クロードが登録されました。


ああ、やべえよ。社長と直通のホットラインが登録されちまった。これ、ブロックできねえのかな。

「ちなみに着信をブロックしたい時は登録者一覧の所の×マークをタップしておいてもらえば、着信ブロックできますが、お勧めはしませんけど」

「まさか、柊君が私からの着信を拒否したいだなんて思うわけがないだろう」

す、すみませんっ！　実はメチャメチャ着信拒否したかったです。けど、拒否するとヤバイ場所に飛ばされる気がするんで着信拒否諦めました。速攻ゴマすりモード発動です。

「クロード社長と直通でお話ができるだなんて、ありがたい限りです。はい」

「HAHAHA、困ったことがあれば、すぐにかけてくれたまえ」

恐れ多いというか、無理というか、恐怖というか……。絶対にオレからはかけませんからね。

「これで、完全に入社前研修は終わります。後は帰還の方法だけど、この魔法陣で社員証を出して『リターン』と呟くと説明をしていたエスカイアさんが、魔法陣から発生した光の粒子に包まれて姿が消えていった。

「といった具合に日本へ帰れるわけだ。ちなみに、この世界の身分証ではこの魔法陣は使用できず、わが社の社員証を持つ者と同行者一名しか転移できないから忘れないようにね」

ああ、なるほど。朝来た時は社員証のなかったオレは社長の同行者として転移したのか。

「ありがとうございます。では、今回は自分で帰ります。リターン」

足元の魔法陣が白く発光すると、光に包まれエレベーターに乗った時のようにフッと身体が軽くなった。


「おかえりなさい」

出迎えてくれたのは先に帰っていたエスカイアさんだった。二度目だったたんで最初みたいに気を失うことはなく無事にオンボロオフィスの一室に戻ってきていた。

おお、帰ってきた……。

時刻はちょうど一七時を指していた。すぐに魔法陣が光り、クロード社長も帰還してきたところで全員揃った。

「よし、本日の業務はこれにて終了。お疲れさん」

「お疲れ様でした。明日もお願いします」

その後、みんな一緒に会社を出てそれぞれの自宅へ向けて帰っていった。


「ただいまー。はぁ、疲れた」

都内の会社から電車を乗り継いで一時間、更に駅からチャリで三〇分かけて埼玉の実家に帰宅する。家に帰ると我が家では珍しく全員が揃っていた。

「おかえり、どうだった会社？」

今日は練習がなかったのか、食卓でぶらぶらとしている妹の玲那《れいな》が会社のことを聞いてくる。一つ違いの妹であるが、オレと違いメチャメチャ運動神経が良いので、中学から陸上一本で特待生として優秀な成績を収めてきていた。今、大学三年だけど、すでに何社もの実業団からスカウトのオファーが来ているらしい。容姿も優れているため、アイドル選手として専門雑誌の表紙を何度も飾っているのだ。オレが就職戦線で瀕死の思いをしていたのに、目の前のリア充妹はすでに内定を何社ももらっているのも同然の存在だった。

このリアルチート妹め。お前のお陰でオレがどれだけお袋から嫌みを言われたことか……。

「ああ、メチャメチャいい会社だった。そこで社長さんに気に入られてさー」

「へー良かったね。じゃあ、兄さんの就職浪人は回避できるね。おかーさん！　兄さんは就職できるみたいよ！」

「はぁ、良かった。おとーさん。翔魔も四月から社会人になれそうよ。本当に就職浪人するかと思って焦ったわ。のんびりしているなぁと思って放任していたけど、ここまでギリギリになるとは思ってなかったわよ」

「かーさんもそう言ってやるな。翔魔も就活で苦しんだんだ。祝ってやるべきだろう。翔魔、ビールでいいか？」

家族みんなが散々ないいようだが、オレとしてもギリギリまで内定一つない状況を続けて心配をかけていたので、あらためて社会人なれることを報告できたことは嬉しかった。

「親父、お袋、心配かけたけど無事にオレは四月から社会人になれるよ」

その後、家族四人で食卓を囲んで夕食となったが、会社の業務内容や今日やった試験のことだとかを伝えると、微妙な雰囲気が食卓に拡がる。

「に、兄さん……ちょっと、頭大丈夫？　勇者とかエルフとかマジ意味分かんないんだけど？　就活のしすぎで頭がおかしくなった？」

「そ、そうね。あたしもそんな会社のこと聞いたこともないわ……。翔魔……病院行く？　あたしが就活でガミガミ言い過ぎたのがいけなかったのかしら……」

妹とお袋は怪訝《けげん》そうな顔をして、オレの顔を見ている。一方、親父はビックリしているものの、何かを知っているような気配で目を逸らしていた。

「まぁ、いいじゃないか。いろんな会社があるってことさ。翔魔も会社員になるのだから、しっかりしないといかんぞ」

「おとーさん！　そんな変な会社に翔魔を勤めさせるわけにはいかないわ」

「まぁまぁ、かーさん。落ち着いて。せっかく、翔魔が決めてきた会社を私達の意見で辞めさせるわけにはいかん。祝って送り出してやるのが、親の務めだ」

普段はお袋の言うことに口を出さない親父が、珍しくお袋を諭してくれていた。

珍しいな……。いつもはお袋の言うことに頷いているだけなのになぁ……。まさか親父は会社のこと知ってるのかな……。ああ見えても外務省に勤める国家公務員だもんな。ノンキャリアだけど。

「おとーさん……翔魔、変な会社だったらすぐに辞めなさい。母さんの親戚で機械設備会社している人いるから紹介してもらうようにしておくわ」

「それがいいよ。絶対、その会社怪しいよ」

妹も普段はオレのことは気にしないのに、今回はなんだか妙にオレのことを気にしている気がする。まぁ、気がするだけだが。

「はいはい。お二人の忠告は心に留めておきます。でも、いい人が多いから大丈夫さ。ああ、それと明日から、会社の寮に入ることになったから」

「「はぁああ!?」」

お袋と玲那が素っ頓狂な声で驚いていた。

そんなに驚くことか？　さすがに毎日通勤で三時間は辛いぜ。しかも、満員電車で通うだなんてオレは嫌だぞ。それに、あのクロード社長に断りを入れることだけは死んでも無理。

「悪いけど、通勤遠いし、社長には手続き頼んじゃったから。都内のワンルームマンションで一通りの家具は揃ってるって言ってた。とりあえず、着替えだけ今日詰めて、休日にまた取りに戻るよ」

「そんな話、なんで急に決めてくるの。まだ、卒業式もあるでしょ!?」

「ああ、それもあっちから出るよ」

お袋は卒業式のことを持ち出したが、都内の社員寮の方が大学まで近いのだ。それに、社会人になったら家を出て自活しろと言っていたのはお袋のような気がしたが……。

その後もお袋と玲那はなんやかんや言って、オレの入寮を止めようとしていたが、普段は黙っている親父の鶴の一声で入寮することの許可が下りた。そして、帰り際にエスカイアさんからもらった入寮申請書の保護者欄に名前をもらうことに成功した。

夕食を終えて部屋でスーツケースに着替えととりあえず持っていくものを詰めていると、親父が入ってきた。いつも帰りは遅いのに今日に限ってはオレより前に家に帰っていた。

「翔魔。ちょっといいか？」

「ああ、いいよ。どうしたのさ。親父？」

ドアを閉めて親父がベッドに腰をかける。

「まさか、お前が『(株）総合勇者派遣サービス』に入社するとは思わなかったぞ……。さっき話していたことだが、お前はエルクラストに行ったんだな？」

最近になって灰色の髪が増えた親父は若干困ったような顔をしていた。リビングでの会話の端々から親父は会社のこと知っているみたいだったけど……。

「ああ、さっき言ったとおりだよ。社員として『派遣勇者』やることになった」

「そうか……まさか、息子が『勇者』をやるとはな……」

「親父は会社のこと知っているのか？」

気になったので、核心を突く質問をぶつけた。途端に親父の眼が今までに見たことないほど、鋭いものに変わっていた。こんなに真面目な顔の親父は今まで一度も見たことない。

「知っている。二〇年前、突如つながった異世界との交流と、その後に結んだ日エ友好条約及び害獣討伐協定の策定チームに参加してたからな。あっちに行ったことはないが、お前の所の社長のクロードさんは、私の職場の関連企業だ。あの会社は日本とエルクラスト害獣処理機構の両方から出資されて運営されている企業だぞ。まぁ、これは機密事項が関わるから、社員になったお前にしか話さないぞ。母さん達のことは私が何とかしてやるから、精いっぱい仕事に励め。あの仕事ほど人のためになるものはないからな。父親としては困った気もするが嬉しい限りだ」

ビックリしたことに外務省に勤めている親父が社長と知り合いであり、あっちの世界のことを知っていたのだ。けれど、オレは親父があの異世界と関わっていただなんて全く知らなかった。

「機密事項って会社の業務内容のこと？」

「ああ、それも含めてエルクラスト大陸のことは機密事項に指定されている。あの会社に就職すると公安警察に情報が行くからな。不用意な発言は控えろ。表向きは日本の一般企業だから仕事の話は誤魔化すように。私の権限でも多少なら誤魔化せるが、致命的なことは守り切れないからな。それだけは心に留めておけ」

あまりに真剣な表情の親父に思わずゴクリと生唾を飲む。

「クロード社長もその辺を考慮して、翔魔に社員寮を勧めたのだろうさ。あそこなら、公安警察の防諜要員も常駐しているから、他国のスパイから身を護れるし、家より安全だ」

どうやら、話が大きくなってきているが、どうも日本国はあのエルクラスト大陸との交流を機密にしているようだった。確かに、異世界と繋がったなんて世界に発表すれば、総理大臣の頭がおかしくなったと思われたり、物見遊山の人達がたくさん集まったりする可能性もあるしな。

「どうして日本はあの大陸のことを黙っているのさ？」

「翔魔……あの大陸には希少金属、未発見の微生物、未知の素材等、日本の国益に直結する物が大量に眠っているのだ。それを他国にバラす訳にもいかんだろう。だからこそ、この二〇年間、内閣総理大臣、外務省事務次官と公安庁長官とでの引継ぎ事項となっている」

確かに社員証の技術とかエルクラストには色々と凄そうな物がいっぱい眠っていそうな気もするが……。オレは日本国最大の機密事項に関わってしまったのかもしれない。

「分かった……。母さん達や友達には仕事のことは誤魔化しておくよ。親父、助言ありがとな」

「おう、お前も身体に気を付けてな。それと休みの日は母さん達に顔を見せてやれよ」

「ああ、そうする」

険しい表情をしていた親父がフッと表情を緩めた。そして、その日の夜は親父に対して、エルクラストで体験したことを全部伝えるために夜遅くまで語り合うことになった。

VS多頭火竜《ヒドラ》戦

「ホントに着替えと身の回りの品しか持ってこなかったとはね。柊君は決断力があるというか……なんというか……。それに柊君のお父上があの方だったとは……」

今日からの家となるワンルームマンションの部屋へ行くと、本当に身の回りの物だけを旅行鞄に詰めて持ってきたオレをエスカイアさんが少し呆れた顔で見ていた。言われた通りにしてきただけなのに、そんな目で見られると辛い。

「それにしても柊君が、あの外務省異世界情報統括官の柊室長の息子さんだとは知らなかったな……。お父上には色々とお世話になっているので、今度あらためてご挨拶に行くことにしよう。君のお父上が言ったとおり、日本国との密約は我々の希望を汲んでもらったものだ。こちらも勇者は喉から手が出るほど欲しいが、大挙して異世界人が来ることは望んでいないのだよ」

荷物を部屋に置くと、クロード社長達と一緒にそのまま会社まで歩き、すぐにエルクラストの大聖堂に飛んでいた。その最中に昨日親父から言われたことをクロード社長達に質問をしていたのだ。

やっぱり、親父の言ったことは本当だったか……。日本はエルクラストとの交流を世間に秘密にしているのをエルクラスト側も受け入れているらしい。

「そういう訳だから、業務やこっちの世界のことはなるべく内密にしてくれよ。あんまり、ベラベラしゃべると公安警察の怖いお兄さん達にどっか連れて行かれちゃうからね。ＨＡＨＡＨＡ」

クロード社長は冗談で言っているつもりかも知れないが、この容姿でそのセリフを吐かれると、確実に実行されると思ってしまう。

「は、はい。心得ました。口外は死んでもいたしません。父にも念押しされていますのでご安心を」

「二人とも着きましたよ。クロード社長は機構のお偉いさんに頭下げておいてくださいね」

「はいはい。機構の管理区域の魔境に入る許可はもらっておくよ。しっかりと戦闘のコツをエスカイアから伝授してもらうようにね」

「はい、ご配慮ありがとうございます。頑張ります」

クロード社長はそう言うと手を振って別の場所へ歩き出していった。

「柊君はわたくしとこれから実地訓練に入るのでよろしく。とりあえず、制服を置いておくわね。今のところストックのあった剣と服しか用意できなかったけど、入社式までには希望の武具は調達できるはずだから、希望があったら帰りまでに教えてね。じゃあ、わたくしも着替えてくるから」

エスカイアさんが部屋の左奥にある女性用ロッカールームに消えた。どうやら、ここは制服に着替えるための更衣室らしい。男女別に分かれているが、シャワー室も完備されており、フィットネスクラブのようなトレーニング機器が奥の部屋に設置されてもいる。オレは白い詰襟の学生服っぽい制服と剣を持つと右側の更衣室に入り、着替えを始めた。

なんとか、詰襟の学生服っぽい制服を着て、剣帯に剣を佩《は》くとさっきの場所に戻る。目の前に現れたのはエルフだった。淡い草色のワンピース風の衣服に、銀製っぽい胸当てと肩当て、そして革の小手とブーツを履き、腰に小剣、背中に弓と矢筒を背負ったファンタジー小説に出てくるエルフそっくりのエスカイアさんが佇《たたず》んでいた。

おおぉ、やっぱ似合うな。事務服もいいけど、こっちの制服も似合っている。さすが、エスカイアさんだ。

「あ、遅かったわね。剣がつけにくかった？」

「い、いえ。それほどでもなかったです。ところで、その恰好メチャメチャかっこいいですね。さすがエスカイアさんだと思いましたよ」

「え!?　ほ、褒めても何も出ないわよ」

「いや、マジでファンタジー小説のエルフそっくりだ」

急に顔を真っ赤にして照れ始めたエスカイアさんが、なんだかカワイイので、もう少し褒めてみたい気もする。

「エスカイアさんが、その恰好でコミケとか行ったら、一発でスカウトされて芸能界デビューしちゃいますよ」

そわそわと服を気にし始めたエスカイアさんが慌てている。

「べ、別に、その、あっちの世界のエルフを真似たわけじゃないのよ。ただちょっとわたくしの趣味に合ったから試しに作ってみただけなの。そう、別にコスプレに興味がある訳じゃないの」

アワアワとした表情で弁明しているため、彼女の言い分を推測すると、『日本でラノベ見た時のエルフの恰好が凄いカッコよかったからコスプレしちゃった』と言いたいらしい。

でも、似合っているからいい。元々、スラリと手足が長く、色白、金髪ポニテと二重の翡翠眼な正真正銘のエルフなんで本職と言っても良かった。

「似合ってますよ」

「柊君！　年上をからかわない！　もう！　雑談はここまで。はい、今から実地訓練に入ります。本日は、主な業務である『害獣討伐』に対して実地訓練しますね」

照れて真っ赤な顔のエスカイアさんだったが、すぐさまお仕事モードのキリッとしたキャリアウーマンな顔に変わっていた。

どっちのエスカイアさんもええなぁ……。

「柊君！　聞いてるの？　オープンメニューから『クエスト』と呟いてみて」

言われたとおりにすると、ディスプレイが展開されてクエストが表示された。

「オッケー。このクエストは機構が、各所から受けた依頼をランクに応じた勇者やサポート職員に、割り振られて配信されるようになってるのね。依頼拒否の場合は通話と同じように×マークをタップすれば、他の職員に再配信されるけど、拒否が続けばランク査定に響くし、最悪解雇も在りうるので気を付けてください。じゃあ、表示されているクエストをタップしてもらえる？　訓練用に機構に配信してもらったのがあるはずだから」

エスカイアさんに言われるがままに、クエスト欄の一番上に出ていた赤文字で『緊急』と書かれたクエストをタップした。

緊急クエスト『多頭火竜《ヒドラ》討伐』が受注されました。

「受注できましたよ。それでどうすればいいんですか？」

「では、クエスト対象のいる最寄りのゲートまで『ジャンプ』します。こっちでは勇者の移動は基本転移ですね。歩くことや馬を使うのはゲートから現場までか護衛依頼だけです。表示されている受注クエストをタップすれば転移します。発生した魔法陣の範囲にいる人は一緒に転移しますので、巻き込み転移だけは気を付けてくださいね」

「はい。気を付けます。じゃあ、転移しますよ」

エスカイアさんに注意されたので、彼女以外が周りにいないことを確認してから、受注クエストをタップする。会社からこっちに来る時と同じような魔法陣が床に浮かび上がると、眩しい光の粒子に包み込まれていった。

光が収まると、中世ヨーロッパ風の街並みが続く広場に転移していた。行きかう人はいきなり現れたオレ達に驚く様子はみせない。

「あー、おかーさん。勇者さんだ。カッコイイね。僕も大きくなったら勇者になるんだ」

広場で母親と買い物に来ていた子供がオレの制服姿を見て喜んでいた。

この詰襟学生服が制服なのはどうかと思ったが、子供に人気があるのなら、着るべきなのか……。

肩に結構派手な装飾が付いてるのだがな……。

「一応、この世界では派遣勇者は人々の尊敬を集める存在ですからね。その中でも日本人勇者は高能力者としてもっとも尊敬されていますので、先輩たちの築き上げた信頼を崩す行為は控えてくださいよ」

「はい。勇者の名を汚さないように、しっかりと業務に励みます」

「よろしい。では『マップ』で自分の位置とクエスト対象位置を確認しましょうか。メニューオープンからの『マップ』で確認できます。クエストを受注してない時は現在位置だけですね。確認してみてくれるかしら」

エスカイアさんに言われる通り、マップを展開させる。現在位置は『エロクサルティム王国ファーメイ村』にいると表示されている。そして、クエスト対象の位置は南に三キロほどくだった『魔境管理区E10052』と表示されていた。

距離がキロメートル仕様なのは日本側の要望なのだろうか、それにしても助かる。

「南に三キロの位置にある『魔境管理区E1００52』にクエスト対象がいると表示されましたよ」

「オッケー。じゃあ、後は歩くしかないわね。ちょうどいい運動でしょ？」

こうして歩くこと二〇分、目的地である『魔境管理区E1００52』に到着することができた。

人家は周辺になく鬱蒼と木々が茂る雑木林の中だが、視界はある程度開けていた。

いよいよ。初の『害獣討伐』か。き、緊張するぜ……。

「来た！　柊君、武器を構えなさい」

先導するように歩いていたエスカイアさんが剣を抜いたので、オレも一緒に剣を抜く。支給された剣は刃渡り七〇センチ程度の剣で重さはそれなりにあったが、持てないほどではなかった。

下草が揺れたかと思うと、緑色の塊が数体飛び出してきた。すると、視認した緑色の物体が光り、格納していたディスプレイが自動展開していく。

グリーンスライム
魔物LV1　害獣系統：スライム系
HP：15　MP：5
攻撃：12　防御：8　素早さ：6　魔力：6　魔防：8

スキル：打撃耐性

弱点：火属性　無効化：なし

害獣を視認したことで『神の眼』のスキルが発動し、魔物鑑定がされていた。ステータス欄を見ていたオレに対して、グリーンスライムの一匹がオレに飛びかかってきた。

うわっと！　意外と俊敏じゃね？

避けようとして、グリーンスライムを手ではたくと、ディスプレイに新たに表示される。

打撃耐性をコピーしますか？　Y／N

よく分からないがとりあえずYESを選択した。すると、MPが減って自分のスキル欄に『打撃耐性』が追加された。マジか……害獣のスキルもコピーできるの？

自分が付与されたスキル能力に動揺していると、エスカイアさんから叱責が飛ぶ。

「柊君！　油断しない！　魔術はショートカット登録できるわ。『マジック』と呟きなさい。後は一覧から使える魔術を選択すればショートカット登録するか聞かれるわよ。さぁ、早くしなさい」

高LVなエスカイアさんは、グリーンスライムの攻撃からダメージを負わないようで、ほとんど無視している。言われたとおりに『マジック』と呟き、攻撃するための魔術である『攻撃魔術』の中から、弱点の火属性である『火の矢《ファイアーアロー》』を選択した。

ターゲットサイトが目の前に現れると、目標のグリーンスライムと重なった瞬間に赤く変化する。身体から何か抜け出す感覚とともに、炎の矢がグリーンスライムに向けて飛び出していった。そして、命中すると焼け焦げて動かなくなる。残りの二匹も炎の矢で退治していった。

三匹倒したところで身体が白い光を発した。

LVアップ
柊　翔魔（ひいらぎ　しょうま）　年齢23歳　人間　男性　国籍：日本
社員ランク：F　勇者適性：SSS
LV1↓2
HP：20↓2020　MP：20↓2020
攻撃：20↓220　防御：20↓220　素早さ：20↓220
魔力：20↓220　魔防：20↓220
スキル：スキル創造　スキル模倣　神の眼　全系統魔術適性　全属性適性　全武器適性
全防具適性　打撃耐性

ディスプレイの表示を見たエスカイアさんが、地面に崩れ落ちて途方に暮れている様子だった。

「ちょっと待って。勇者適性『ＳＳＳ』って凄すぎるでしょ……。わたくしはトンデモない方の教育担当になってしまったわ。ＨＰ、ＭＰが二〇〇ずつ、ステータス値が二〇〇ずつも上昇するなんて、ありえない成長値だわ……。これが『ＳＳＳ』の力……圧倒的じゃないの……」

い、いやオレのせいじゃないんですけど……なんか、すんません。

項垂《うなだ》れているエスカイアさんに触れると、例のスキルが発動していた。

あれ？　大聖堂の時は発動しなかったのに……。屋外だからかな。それともクエスト受注してるからか……。

ＭＰ増加をコピーしますか？　Ｙ／Ｎ
交渉をコピーしますか？　Ｙ／Ｎ
教育をコピーしますか？　Ｙ／Ｎ
情報収集をコピーしますか？　Ｙ／Ｎ
索敵をコピーしますか？　Ｙ／Ｎ
読解をコピーしますか？　Ｙ／Ｎ

エスカイアさんのスキルで被ってるやつ以外、コピーの可否が出てるな。ＭＰ足りる分だけコピーすっか。スキルはあって困るもんじゃなさそうだし。

上から順にコピーしていくと、ＭＰの数値がゴリゴリと減っていった。なんとかギリギリですべてのスキルをコピーすることに成功する。

意外とＭＰ喰ったけど、『ＭＰ増加』スキルでＭＰ六〇〇〇台を突破してるな。これで、かなり上級の魔術も使えるようになったぞ。

「エスカイアさん、大丈夫？」

「ああ、はい。大丈夫よ。あはは、あと二レベルアップしたら、わたくしなんて抜かれてしまいますね……ふぅ……」

「いいえ、オレは絶対的に経験が足りないので、エスカイアさんのご指導は今後も必要としてます。頼りにしてますからね」

「そ、そう？　ならいいけど……じゃあ、さっきの魔術の補足説明ね。ショートカット魔術は八つセットできて使用者の意識に反応してＭＰ消費で即時発動するの。セットされた以外の魔術はメニューから検索しないと使えないから、戦闘中の一瞬の判断を求められる戦いでは入れ替えはしない方がいいわよ」

説明を聞きながら、増大したＭＰで使用できる魔術を一覧からセットしていく。使える魔術の中から『業火の嵐《インフェルノストーム》』、『大雹の嵐《アイスブリッドストーム》』、『鎌鼬の突風《カッティングウィンドブラスト》』、『極地地震《グランドノック》』、『超新星爆発《スーパーノヴァ》』、『闇の底穴《ダークホール》』、『広域身体回復《エリアオールリカバー》』、『広域極大回復《エリアエクステンドヒール》』の八種をセットする。現状のＭＰで使用できうる最大火力と回復量の魔術セットだ。

「セットできました」

「オッケー。更に補足で魔術はそれぞれ使用するとクールタイムがあって、消費MPが多いほどクールタイムは長くなっているから、頭の片隅に入れておいて」

「分かりました」

その後もクエスト対象害獣を求めて魔境の中を探索し、ラッシュビー、ポイズンアント、ジャイアントバット、スリープシープ、コンフュージョンラビット、ストーンスネーク等を退治しつつ、スキルをコピーして『麻痺耐性』、『毒耐性』、『暗闇耐性』、『眠り耐性』、『混乱耐性』、『石化耐性』を得ていた。

そういえば、まだ試していないスキルがあったな。この際、全部試してみよう。スキル欄を呼び出して『スキル創造』をタップする。統合させたいスキルを選択しろと表示されたので色々と放り込んでみるが、統合できるのには法則性があるようで、中々『創造』できなかった。

害獣を探して先行して歩く、エスカイアさんのお尻を見ていたら、ピンと脳裏に閃くものが走った。

耐性スキルなら統合できるんじゃないだろうか。早速試してみよう。『麻痺耐性』、『毒耐性』、『暗闇耐性』、『眠り耐性』、『混乱耐性』、『石化耐性』をぶち込んで……。


統合するスキルを選んでください。

『麻痺耐性』、『毒耐性』、『暗闇耐性』、『眠り耐性』、『混乱耐性』、『石化耐性』
統合後スキル
『状態異常無効化』
統合しますか？　Y／N

おっしゃ、やっぱり耐性繋がりで統合できたぜ。YESを選択すると回復したMPがゴリゴリと減ったが、LVも上がっていたので、気絶せずにすんだみたいだ。この統合スキルはスキル欄を綺麗に整えるのに有用だな。マジ有能。

「柊君？　何してるの？」

「いや、コピーしたスキルを統合できないかと色々と試していて、今成功したんですよ。見てください。この燦然と輝く『状態異常無効化』スキルを」

ステータスが表示されたディスプレイをみたエスカイアが眼を点にした。

柊　翔魔（ひいらぎ　しょうま）　年齢23歳　人間　男性　国籍：日本
社員ランク：F　勇者適性：SSS
LV10
HP：20020　MP：60060

攻撃：2020　防御：2020　素早さ：2020　魔力：2020　魔防：2020
スキル：スキル創造　スキル模倣　神の眼　全系統魔術適性　全属性適性　全武器適性
　全防具適性　打撃耐性　状態異常無効化　ＭＰ増加　交渉　教育　情報収集
　索敵　読解

「あ、あの……柊君……雑魚害獣をちょっと狩っただけよね……。なんで、ＨＰが二万超えてＭＰが六万超えてるのよ……。それに見知らぬスキルとか、見覚えのあるスキルがあるんだけど……」

こめかみに指先を当てて考え込む仕草をしているエスカイアさんは一幅の絵画のように完璧なポージングを決めていた。

うーん、さすがエルフ。考え込む仕草もエレガントだな……。さすがエスカイアさん。さすエアだ。

「ああ、もうこれで教えられることはないわ……。こうして、わたくしは一日でお払い箱にされてしまうのね。せっかく、理想の勇者が見つかったと思ったのに……」

「いやいや、だから私はまだぺーぺーでして、業務の右も左も分かってないですから……エスカイア先輩のご指導が確実に必要ですって」

地面に座り込んで『の』の字を書き始めたエスカイアさんをちょっとカワイイなと思ったが、言うと更に本人が落ち込むと思い黙っておいた。しばらく慰めていたが、一向にエスカイアさんの機嫌は回復してこない。その時、森の奥で木がメキメキと折れる音が響いてきた。

ティスプレイが自動で開き、マップにクエスト害獣である『多頭火竜《ヒドラ》』がこちらに近づいて来ていることを赤字で警告していた。

「エスカイアさん、クエスト討伐対象の『多頭火竜《ヒドラ》』が来ます!! さぁ、立って!」

「え!? 今、クエスト討伐対象が『多頭火竜《ヒドラ》』って聞こえたけど……なんのクエスト受けてるのよ!? え? 意味が分からないわ。討伐対象はEランク害獣の茨牙象《ソーンマンモス》でしょ!?」

「ん? いえ、クエスト討伐対象は『多頭火竜《ヒドラ》』ですよ」

「んん?? 害獣討伐依頼を受けているのでしょ?」

「ええ、言われた通り、一番上の『緊急害獣討伐依頼』を選択しましたが……」

エスカイアの顔色がサッと蒼白に染まっていく。慌てて、ディスプレイを展開して通話しようとしているが、魔境の影響で通話が繋がらないようだ。

マズい、何かオレがしでかしてしまったようだ。もしかして、『多頭火竜《ヒドラ》』ってメッチャ強い害獣なのかな……。

ヴァアアアアアアアアアアアア!!!!

腹に響き渡る咆哮《ほうこう》とともに、卵の腐ったような強烈な匂いを放つ、幾つものドラゴンみたいな頭を持った巨大な生物が木々をなぎ倒して現れていた。

ヒドラ
魔物ＬＶ50　害獣系統：竜系
ＨＰ：１５８００　ＭＰ：５９６０
攻撃：２３００　防御：１９２１　素早さ：６５２　魔力：６８３　魔防：８８８
スキル：ＨＰ自動回復　ＨＰ増加　火属性　連撃　再生
弱点：氷属性　無効化：火属性

強い……膨大なＨＰから考えると、魔術で対抗しないと剣による物理攻撃ではダメージが微々たるもののような気がする。

『多頭火竜《ヒドラ》』の一つの頭が息を吸い込んでいるのが見えたので、通話しようと夢中になっているエスカイアさんを地面に押し倒すようにして、その場からどかした。

「ひゃあ!?　な、ななな何をするんです。わたくし、そんなに安い女じゃなくてよっ！」

押し倒されたエスカイアさんが赤面してアタフタとしている。そういう気がないわけじゃないが、今の状況を考えるとその時ではないので、すぐさま立ち上がって、登録された『大雹の嵐《アイスブリッドストーム》』を『多頭火竜《ヒドラ》』の頭に目がけてエリア発動させる。

拳大の雹《ひょう》の塊が数千個現れて嵐のように、エリア内にある竜の頭をド突き回して一部を凍らせていく。

しめた。今のうちにスキルを分捕ろう。

「ちょ！　ちょっと!?　柊君！　その『多頭火竜《ヒドラ》』はSランク害獣指定されてるのよ。普通はソロで狩るような害獣じゃないの!?　戻ってきなさい！　戻ってきて！」

「大丈夫ですよ。即死はしないし、面白そうなスキル持っているんで、コピッてきますね。エスカイアさんの援護を期待してます」

「はぁ!?　わたくしの魔術？　ああ！　我が勇者様はなんという無謀な方なの……。炎熱避けの精霊魔術を」

エスカイアさんが放った精霊魔術の膜に包まれると、『多頭火竜《ヒドラ》』の放つ火炎が皮膚を撫でても、全く痛みを感じさせなくなった。

ナイス！　熱くなくなった。さて、頂くものを頂きますか。

一部の頭を凍らせられた『多頭火竜《ヒドラ》』は残った頭で盛んに硫黄臭い匂いを纏った火を吐く。足元に潜り込むことに成功したオレは手を触れてスキルをコピーしていった。

HP自動回復をコピーしますか？　Y／N
HP増加をコピーしますか？　Y／N
連撃をコピーしますか？　Y／N
再生をコピーしますか？　Y／N

コピーしたスキルを全部取得する。ＬＶアップの回復で満タンだったＭＰは半減したが代わりにＨＰが六万まで増えていた。それとともに火傷や、裂傷が時間とともに癒されていく。

「あ、あぶないっ！　柊君！　前見て！」

エスカイアさんの声で気が付いた時には、竜の頭がオレの右腕に迫っていた。咄嗟に手を引っ込めようかとも思ったがすでに手遅れで、無情にも多頭火竜《ヒドラ》は鋭い牙でオレの右腕を食い千切っていった。肩の付け根から食い千切られたため、盛大に血が流れ出すかと思ったが、食い千切られた瞬間に何かのスキルの影響で止血されていた。けれど、痛みこそあまりないが、腕がなくなったことに動揺を覚える。そして、ＨＰのバーも一〇分の一程度減っていた。

やっべえ、油断した。オレの右腕が全部なくなったじゃんか。こんなのをお袋に見られたら絶対に怒られるパターン決定だよ。

多頭火竜《ヒドラ》に腕を食い千切られたことでテンパったオレは、戦うことよりもお袋への言い訳を考えるのに必死になっていった。しかし、食い千切られてなくなった右腕が、謎スキルの影響で止血されていた肩の付け根の断面からすぐに生えてきていた。最初に骨が再生しその周りに神経や筋肉が早送りのようなスピードで再生されていき、最後に皮膚が覆って、食い千切られる前の腕と同じ物を再生していた。

オレは驚きながらも再生した右腕を握ったり開いたりして感触を確かめる。

うわ、気色悪い。けど、再生した右腕はさっきと同じように動くぞ。どうなったんだオレの身体は。再生による回復効果か？

「柊君！　動いて！」

再生した右腕を訝《いぶか》しんでいたが、再び多頭火竜《ヒドラ》の頭が襲いかかってきたので、『鎌鼬の突風《カッティングウィンドブラスト》』を撃ち込む。数千の真空の刃が発生して多頭火竜《ヒドラ》の頭を微塵斬りにしていった。

「二度目は喰わせるかっての」

魔術のクールタイムを気にして、別々の魔術を次々に多頭火竜《ヒドラ》に撃ち込んでいく。魔術による連続攻撃を受けた多頭火竜《ヒドラ》は七つあった頭の内、すでに五つを斬り飛ばされたり、氷漬けにされたり、弾《はじ》け飛んだりして失っていた。一方、多頭火竜《ヒドラ》の方も炎を吐いたり、複数ある頭でオレを嚙み砕こうとしたりと連続で攻撃していたが、最初に右手を喰った以外は致命的なダメージを負わずに攻撃を撃退していた。

「柊君、多頭火竜《ヒドラ》は大分弱ってきているわ。今が畳みかける時よ」

声を掛けてくれたエスカイアさんは、風の精霊魔術で多頭火竜《ヒドラ》の炎の威力を和らげてくれていた。彼女としてもSランク害獣となると攻撃、魔術ともに通じないようで、ひたすらにオレの援護に回って、回復や支援に奔走していた。エスカイアさんのおかげで回復のＭＰを考えずに攻撃に専念できた。

「分かりました。害獣を処理します」

美人な先輩社員であるエスカイアさんの前で、好感度を上げるために恰好をつけようと思い、腰に佩いた剣を引き抜く。ズシリとした感触が手に伝わるが派遣勇者の補正のおかげか、重くて扱えない重さではなかった。

ここでMP使い切って畳みかけてやる。

オレに向かって襲いかかってきた多頭火竜《ヒドラ》の足元に魔術セットしていた『闇の底穴《ダークホール》』を発動させる。地面に開いた大きな穴に多頭火竜《ヒドラ》が落ちると、闇属性の黒い稲妻が巨体を何度も貫いていく。その度に多頭火竜《ヒドラ》の身体からは鮮血が噴きあがり、腹に響く咆哮を何度もあげていた。多頭火竜《ヒドラ》が穴に落ちて動けなくなった隙に、オレは魔術一覧から『クイックネス』を複数回かけ、素早さを最大限まで上昇させると、『連撃』スキルを発動させる。

「これで終わりだよ」

引き抜いた剣を構えると、最大化した素早さで『多頭火竜《ヒドラ》』の身体を駆け上がっていった。そして、眼に見えない速さの剣の連撃を次々に繰り出し、一秒の間に『多頭火竜《ヒドラ》』をみじん切りにしてしまった。切り刻まれて細切れの肉片となった『多頭火竜《ヒドラ》』がぼとぼとと地面に落ちて肉の山に姿を変えていった。

『多頭火竜《ヒドラ》』討伐を確認。
緊急害獣討伐クエストクリア

「あぁぁあぁぁあ……ソロで……ソロで……『多頭火竜《ヒドラ》』を討伐してしまうなんて。嘘よ……嘘……しかも、腕が生えるなんて……」

多頭火竜《ヒドラ》が肉の山に変わったのを見て、地面にへたり込んだエスカイアさんが呆けた顔でオレを見ていた。

そういえば、『多頭火竜《ヒドラ》』はSランク害獣って言っていたな。腕こそ喰われたが、そこまで強い相手とは思えなかったけど。こんなもんなのか……。

「大丈夫でした？　エスカイアさん？　ちょっと？」

「あああぁ……柊君……柊君が『多頭火竜《ヒドラ》』を倒しちゃったのよね……？」

「え？　あっ、はい。ちょっと苦戦しましたけど。おかげでまたLVが上がりましたよ。二〇レベル台まで上がりました。そんなに強かったかなぁ」

「あぁぁあぁ……伝説の勇者のファーストクエストの目撃者にわたくしはなってしまったのね……あぁ……どうしましょう……大変なことに……わたくしはこの方に……」

エスカイアさんは腰が抜けてしまったようで、全く立ち上がることができなくなっていた。仕方がないので、エスカイアさんに断ってから、背負って転移してきた村まで戻ることにした。

ああ、軽いな……。それにしても、背中でえぐえぐと泣かれるとオレが苛めたように村の人に思われないかな……。でも、泣き顔もとっても素敵なんだけど。

こうして、初依頼を終えたオレ達は村から大神殿に戻ることにした。

転移で大神殿に帰り着くと、クロード社長始め、エルクラスト害獣処理機構の職員さん達が総出でお出迎えしてくれていた。

「おお、エスカイア……。もう、君が世話をされるようになったのか？　ＨＡＨＡＨＡ」

クロード社長、エスカイアさんの傷を抉《えぐ》らないでください……。あ、ほら、泣き出した。おかげで詰襟のカラーがビショビショなんすよ。

「クロード社長……わたくし、本日限りで柊君の教育係を辞退させてもらいまずぅ……。えっぐ、えっぐ……わたくしなんか……わたくしなんかぁ……うわ――ん」

「柊君。これまた、見事にエスカイアのプライドを打ち砕いてくれたね。彼女はエルクラストでも結構優秀な人材なんだよ。エルクラスト生まれのサポート職員から、我が社のＡランク社員になったのは二〇年で一〇名程度しかいないのだがね……」

「は、はぁ。おっしゃるとおり、エスカイアさんは非常に優秀な方ですよ。おかげで『多頭火竜《ヒドラ》』も討伐できましたし。あ、そうだ。これはお土産です。巨大魔結晶」

オレはポケットから取り出した握り拳大の赤く透けた宝石のような石をクロード社長に手渡す。

職員たちも、その魔結晶の大きさに眼を見開いて驚いていた。

「これはデカイ。さすがにＳランク害獣の魔結晶だな……」

帰り道、泣いているエスカイアさんから聞いた話だが、この魔結晶はエルクラストの重要エネルギー源で転移装置や身分証の機能維持、主要都市の結界障壁維持に使用されるとのことだ。だから、その魔結晶を身に宿した害獣は煙たがられるものの、重要物資である魔結晶を生成するという役割を担っているため、根絶することができず魔境といわれる管理区を設けて保護もしていると聞かされている。

切っても切れないほどの共生関係という訳か……。

エルクラストはオーバーテクノロジーとも思える技術も幾つか見られ、転移装置などは日本で実用化されたなら、世界中が驚嘆するようなトンデモ技術であると思える。

「クロード社長、今回は我々の不手際で御社の『派遣勇者』を危険な目に遇わせたのは謝罪させてもらう。すまなかった」

出迎えてくれた職員の中で一番年嵩そうな背の低い老人が、魔結晶を持ったクロード社長に頭を下げていた。どうやら、オレが緊急害獣討伐クエストを受注してしまったのは、機構側の不手際もあったらしい。

別にそんなに大して強くなかったけどなぁ。まぁ、腕をかじられたけど……。でも、おかげで生えるようになったし、傷も短時間で回復するようになったし、LVも上がったし、収支を考えるとプラスしかないんだが……。

真剣に頭を下げている顎髭の長い老人に対して、申し訳なさがいっぱいになる。そんな老人に、我が社のクロード社長は何か企《たくら》んでいそうな雰囲気で話しかけていった。

「でしたら、我が社の新チーム結成に機構側から予算を付けてもらえぬでしょうか？　日本側からは芳しい返答をもらえなかったので、ブラス老翁の決済で機構が新チームのスポンサーになってもらえるとありがたい」

「新チームですと？　『(株)総合勇者派遣サービス』は七つ目の派遣チームを作るということですかな？」

「ええ、この『多頭火竜《ヒドラ》』を、ほぼソロ討伐した柊翔魔君をSランク社員に昇格させて、『チーム主任』として七つ目のチーム『セプテム』を立ち上げていきたいのですが」

ブラス老翁と言われた老人がビクリとして顔をあげる。

「我々機構がスポンサーのチームですと!?　機構専任チームですか？　それだと、ほぼ例外なくSランク級の依頼しか回せませんがよろしいので？」

クロード社長とブラス老翁と言われた二人の間で、なぜかきな臭そうな話が進んでいく。

待って、オレはただの見習い社員なんですけど……ちょっと、待ちなさい。まだ、入社式も終えていない人をチーム主任とかにしちゃいけないと思います。

「わが社も人材が逼迫《ひっぱく》しておりましてな。どうしても高難度なSランク依頼を処理できる人材が足りぬのですよ。そこへ柊君という素晴らしい逸材が現れたので、彼をSランク処理専任のチームリーダーにしようと思いましてね。彼の能力は今日見ていただいた通り、Sランク害獣をほぼ単独で狩れる能力なので、サポート要員を付ければ、立派にSランク害獣狩りになれますよ」

「ふむ……確かに最近はSランク害獣の発生数も増えてきて、依頼件数はウナギ登りになってますからなぁ……それで、専任スポンサー料はいかほど……」

「当座はこれくらいで……討伐時の報酬上乗せはこちらで。人員は八名を予定していますが、これは主任となる柊君に人選を任せます。まぁ、彼一人でもなんとかなるんで、生活全般のサポートや偵察、連絡役といった者達になると思いますが……。という訳で、年間契約でこれぐらいとなります」

クロード社長とブラス老翁がコソコソと資料を見合って、何かを話し合っているのを見たエスカイアさんが耳元で囁く。

「あれは社長が柊君を身売りしているんです。機構と専任契約を結んで出向社員になるかもしれませんね。でも、社長が言っていた通りに柊君の『Sランク』社員はほぼ決定ですし、新チームもブラス老翁の反応を見ていると、ほぼ決定な気がしますよ。これでわたくしとは、本当にオサラバになってしまいますね」

おんぶされているエスカイアさんが首筋に回していた腕でギュッとしがみついてきた。その手はとても強くオレの首筋にしがみついており、密着したエスカイアさんの放つ甘い匂いが鼻孔をくすぐっていく。

マジかぁ！　たった一日で実地訓練終了な上に研修まで終わりかよ！　いやいや、それは困るよ。

エスカイアさんの指導がないとオレ一人じゃ業務こなせねぇ！

「分かりました。予算化審議は出しておきます。当座分は我が国に建て替えさせますので、チーム発足を進めてくださいませ。クロード社長。よき、チームができることを祈っておりますぞ」

クロード社長とブラス老翁がにこやかに握手を交わしている。この瞬間、オレはエルクラスト害獣処理機構専任の派遣勇者となることが決定していた。

「というわけだ。柊君。いや正式入社予定日付けで柊翔魔主任という辞令を交付しないといけないね。ＨＡＨＡＨＡ。前代未聞だよ。入社と同時に『主任』だなんて。そういうことで、エスカイアには引き続きチーム『セプテム』の専属サポート職員として、柊主任がチームを立ち上げる下準備を四月までに終えてほしい。柊君は卒業式とか入社式があるから忙しいんでね。君がサポートしてあげなさい。事務員は新しい人を雇うからしっかりと務め上げるように」

「クロード社長!!　ほんどにぃ、ほんどにぃ、わたくしが柊君のサポート要員を続けていいのですかぁ」

ビチャビチャになっていた制服がエスカイアさんの涙で更にびちゃびちゃになった。オレ個人としては、とてもじゃないが一人で業務をこなすことなんてできないし、『主任』などという肩書きが付くとプレッシャーで嘔吐しそうになる。けど、エスカイアさんが助けてくれるなら、なんだか頑張れそうな気がする。ナイスな人選をありがとうクロード社長。顔こわいけどいい人確定。

「オレからも頼みますよ。まだ、不慣れなことが多いんで、エスカイアさんに助けてほしいですよ」

「だ、そうだ。よし、決定。とりあえず、これで入社前研修を終えるけど、オフィスはこっちに用意しておくから、暇なら入社前でも仕事していていいよ。では、私はブラス老翁と詰めの商談を行ってくるから、後は終業まで自由にしていてくれ」

そう言ったクロード社長は機構の職員たちとともに、この場を後にした。残ったのはオレとエスカイアさんだけだった。

「とりあえず、着替えましょうか？　エスカイアさん。もう立てます？」

「えっぐ、えっぐ、立てますわ。着替えてくるから待っていてね。置いていったら嫌よ」

カワイイなぁ……意外と乙女な感じが……。ふむ、エスカイアさん……萌える……。事務員服のエスカイアさんも捨てがたい……。黒髪モードもそれはそれで萌えポイントだが……ってどんだけ、好きなんだよ、オレ。

女子更衣室に走り去ったエスカイアさんを見送ると、オレもエスカイアさんの涙でビシャビシャになった制服を脱ぐ。そして、着てきたスーツに着替えた。

その後は、着替えたエスカイアさんと合流し、ランチタイムが過ぎた食堂に行って、昼食を食べながら今後のことを二人で話し合うことになった。

「坊主、今日は色々やらかしたらしいな。機構の職員の姉ちゃん達が泡食っていたぜ」

ランチタイムが終わり、食堂にいる人もまばらになったため、調理の手を止め暇になった天木料理長がオレ達のテーブルに来て談笑していた。

「あ、いえ。オレとしては普通に研修だと思ってたんですけど……違っていたみたいです」

オレは天木料理長のからかいを軽く受け流しながら、今日の日替わりメニューである豚骨ラーメンと餃子、酢豚、杏仁豆腐の料理長お任せセットを食べていた。

高級ホテルの料理長だった天木料理長は和洋中イタリアンなんでもござれの人だと聞いていたけど、この豚骨ラーメンも行列店で喰った物よりもメチャメチャ美味い。ふぅ、これじゃ他の店で喰えねえな……。でも、今日から社員寮だから晩飯を自炊しないといけないからどうしようか？

「志朗さん聞いてください。わたくし、たった一日で用済みになってしまいましたわ。柊君がめちゃめちゃ強いです。『多頭火竜《ヒドラ》』をソロで倒して『そんなに強かったですか？』とか言うんですよ。どう思います？　絶対にありえない……はむっ、はむっ」

元気を取り戻したエスカイアさんは特製カツ丼と、エルクラスト牛のサイコロステーキをドカ食いしていた。

エルフが菜食主義者だというのは、真っ赤なフェイクニュースだったな。めっちゃ、ガッツリ肉食系じゃん。でも、エスカイアさんは食べている姿も優雅だね。うーん。絵になるわぁ。

「坊主が『多頭火竜《ヒドラ》』をソロ討伐か。ははは、そりゃあ、機構の連中も慌ててるはずだな。Sランクをソロで討伐できるのは、俺を含めても各チームの主任クラスだしな」

「あれ？　天木料理長もチームに所属してるんですか？　てっきり、料理長として雇われていると思ってましたけど」

「一応チーム『クァットゥオル』の主任と兼任だがな。俺のチームは緊急支援チームだから、他のチームが応援要請しないと応召されないチームだし。日本人は俺だけだからな。普段はほとんど厨房にいるぞ」

　厨房内で後片付けをしていた調理服姿の数名の若い子達がこちらに手を振っていた。

　ああ、厨房組が全員天木料理長のチームの人達か……。

「そういうことだったんですね」

　短髪で鋭い目付きの天木料理長は、凄腕の『派遣勇者』であり、チームを指揮する『主任』でもあったようだ。道理で、料理長にしてはやたらと強い人だと思ったぜ。

「にしても、入社前の奴が『主任』に抜擢されるとは前代未聞だな。静流《しずる》が聞いたら、こいつは一波乱あるぜ。なにせ、現最強の派遣勇者だしな。強いことを鼻にかけてマウンティングしてくる奴だし……。とりあえず、入社まではこっちこない方が血の雨を見ないで済むぞ」

「で、ですよね。絶対に今回の件が静流さんの耳に入ったら、揉めますよね。志朗さんの言う通り、事務手続きはわたくしが進めて、入社までは日本でゆっくり過ごされた方がいいですね」

　どうも天木料理長の言う静流さんという人は、トラブルメーカーのようで、入社までは顔を合わせない方がいいらしい。クロード社長や天木料理長を見ていると、この会社のヤバイ人は、本当にヤバイ人だと思うので、忠告に従った方が無難かと思った。

「それに、明日はお休みですし、わたくしが車出しますから引っ越しのお手伝いをしましょう。というか、そうしましょう。柊君のご両親にもご挨拶しておかないといけないし。そうよ。そうしないと」

サイコロステーキを片付けたエスカイアさんが、何だか知らないけど、引っ越しを非常にやる気になっていた。それに、静流さんの件は二人が危ないと言うなら従った方がいい。まだ、研修期間だがトラブルを起こして首にはなりたくないぞ。とりあえず、入社式までは引っ越し準備をしながら社員寮で大人しくしておこうと思った。

新生活準備

『多頭火竜《ヒドラ》』を退治したことで、オレの待遇は入社前にも拘わらず、『Sランク』社員とされ、会社に七名しかいない『主任』という肩書が付いてしまっていた。そして、あの日から先輩社員であるはずのエスカイアさんが、オレ付きの専属サポート職員として社員寮での御飯の支度から掃除洗濯までしてくれていた。オレは遠慮しつつも、エスカイアさんに『どうしてもやりたいです』と押し切られてしまい、お任せしてしまっていたため、若干ヒモ男っぽい生活を送っていた。そして、今日は彼女が車を運転して実家に来ていた。なぜだか知らないが、エスカイアさんは黒髪、黒目にバッチリメイクして野暮ったい眼鏡をかけ、落ち着いた色のブラウスと紺のロングフレアスカートで、清楚なお嬢様っぽい恰好をしている。

「……翔魔？　そちらの方は誰？」

「お初にお目にかかります。わたくし、翔魔さんがこの度入社する（株）総合勇者派遣サービスの社員でエスカイア・クロツウェルと申します。お母様と玲那様には、今後ともお世話になると思いますがよろしくお願い申し上げます。こちらは我が社の社長からお持ちせよと預かった菓子折りです。心ばかりの物ですがお納めください」

リビングで三つ指を付いて完璧な挨拶を決めたエスカイアさんに、お袋も玲那も説明を求める視線をオレに向けてきていた。

っていうか。親父との約束もあるし、本当のことなんて言えねぇ……。どう誤魔化すか……。

「こちらのエスカイア先輩は会社の教育担当で……。入社前研修で凄くお世話になってる人なんだ。今日も休みなんだけど、荷物運ぶのに足がなくて困っているオレに車出してくれるくらいいい人なの。お袋も、玲那もちゃんと挨拶して」

オレの説明に緊張の面持ちをしていた二人がホッと胸を撫で下ろしていた。

「そ、そうなの。てっきり、あたしは翔魔が社会人になると同時に彼女を紹介しに来たのかと緊張しちゃったわよ。あんたみたいなおっとりとした子が、こんな美人でバリバリと仕事をこなせそうな人を落とせる訳ないものね。あんたが女性に縁がないのは、母親であるあたしが一番分かってるから」

「そうだよね。兄さんがこんな綺麗な年上のお姉さんを落とせるわけないよね。あー、焦って損した」

どうやら、我が家の女性陣はオレがモテるのはあり得ないという結論に達しているらしい。確かに、女性を家に連れてこなかったし、彼女と呼べる人はいなかったけど、これでも女友達は何人かいたし、モテないわけじゃないと思う。多分、そう思う。

「ああ、ええ、で、できれば、柊君のお世話係に立候補したかったりもして……したりして……」

エスカイアさんが赤面して指同士をツンツンさせて身を捩《よじ》らせているのが見えた。カワイイぞ。

今日なんか朝に一汁三菜の日本食をバッチリ準備して優しく起こしてくれて、一瞬、天国に逝ってしまったのかと勘違いした。マジで、あれはビビったぜ。しかも、料理長直伝の朝食は絶品だったし……。エスカイアさんは嫁としても即戦力だな……。彼氏とかっているのかな……。

指をツンツンしてはにかむエスカイアさんの横顔を見ながら、彼氏がいるのか気になっている自分がいた。

「エスカイアさん。うちの翔魔はおっとりしてて、ぼんやりしてるから、ヘマしそうなら厳しく注意してあげてね。貴方のようにしっかりとした人が傍で仕事を見てくれるなら、この子も普通の社会人として働けそうだわ」

お袋が指先をツンツンしているエスカイアさんの肩に手を当てて、オレのことを託していた。

いつまでオレを子供扱いしているのか……。

「そうよ。エスカイアさん。兄さんは意外とぼんやりしてるからね。仕事でヘマしないようにサポートお願いしますね」

「いえいえ、わたくしなど、柊君の仕事ぶりには足元にも及びませんから……彼が仕事をしやすいようにお手伝いさせてもらいます」

話が何だか仕事の方へ流れていきそうな気配がしたので、お袋と玲那の追及を阻止するべく、話を切り上げて、自室にエスカイアさんを連れて行くことで引っ越しの準備を始めることにした。

「さぁ、二人とも今から引っ越しの準備をするから、散って、散って！　エスカイアさん、オレの部屋二階だから」

オレはエスカイアさんの手を取ると、その場を逃げ出すように自分の部屋へ階段を上っていった。

自室にはアニメのポスターや漫画本、ゲーム機などが置いてあったが、日頃からお袋に厳しく整頓しろと言われ続けていたため、綺麗に整頓しており、エッチ関係の同人誌は画像データにしてノートＰＣにしまってあるので安全だ。よって、部屋は超ＫＥＮＺＥＮ仕様となっている。

「へぇ、綺麗にしていますわね。男性の部屋ってもっと散らかっているかと思ったのに」

「お袋がうるさいんで、綺麗に片付けるようにしていたのが、癖になっただけですよ」

部屋に入ったエスカイアさんが、おもむろにベッドの下をひっくり返し始めた。

「あれー。エッチな本ないですわね。わたくしが聞いた話では男子はベッドの下にそういった本を隠す習性があると聞いていたのですが、柊君はしまってないのですね……」

「あるわけないでしょう。オレはそんなものを必要としてないですよ。マジで」

ふ、そのような場所に隠すなど平成生まれのオレがするわけがないだろう。すべてはデジタルデータに変換済みなのだよ。これぞ、文明の勝利の瞬間。

エスカイアさんは遠慮という言葉を知らぬようで、色々とオレの部屋を物色している。おっとりとした人かと思っていたが意外と行動的な面も見せていた。

「あ、あの。エスカイアさん、オレの部屋を遠慮なく物色しすぎな気が……するんですが……」

「え!? あっ、ごめんなさい。柊君がどんな女の子に興味があるのかなっと思ってね。はわわ、べ、別にわたくしじゃなくて、わたくしのトモダチが気にしているのですわよ」

手をブンブンと振って焦るエスカイアさんを見ていると、ちょっとだけニマニマしてしまう。

ひょっとして、エスカイアさんってオレに気があったりして……な、わけがねえか……。何か、自分でも調子乗っているのが分かるから、ここは真面目にやらないとな。

「オレの部屋のエロ本捜索はそれくらいにして、引っ越しの手伝いお願いします」

「は、はい。ごめんなさい」

その後は二人でパソコンやら漫画やらゲーム機などの新生活に必要な物を車に次々と積み込んでいった。そして、お袋と妹にはまた休みに帰ってくると伝えると、足早に次の目的地に向かうことにした。次の目的地はオレの通っている大学だった。ここにはエスカイアさんの用事があり、オレは道案内のお供として付いて行くだけである。

「で、就職課に用事だったよね? なら、こっちをショートカットした方が早い」

大学の駐車場に車を停めたエスカイアさんの手を引いて校内を先導していく。その途中で、遊び仲間だった琉人《りゅうと》と出会った。こいつは就職戦線にてお祈りメールの連打を喰らっていた学食で、オレをdisっていた裏切り者の男友達で、卒業後はポリスメンになると言っていた男だった。琉人がエスカイアさんを見て、口を半開きにしながら惚けていた。

「よ、よう。翔魔。その人お前の彼女？」

「はわわ、わたくしは柊君の入る会社の先輩ですよ。彼女だなんて、そんな恐れ多い」

返答を聞いた琉人が鼻の下を伸ばしてエスカイアさんを見ていた。

ふふふ、エスカイアさんは実に美人だろう。実は、入社したら彼女はオレの部下になると言ったら、琉人の奴、腰を抜かすかな？

「実は四月から入社する柊君の直属の部下になることが決定していて、わたくしとしてはとても喜んでいるところなんですわよ。柊君はとても優秀な研修結果を残されて、入社と同時に一足飛びに我が社の『主任』に抜擢されることが決まっている逸材なんですの」

なぜだか、琉人に対してエスカイアさんが、オレのことを自慢気に話していた。

「ま、まじかよ。普通じゃねえだろ、そんな人事。どんな会社に決めたんだよ。お前。あんだけ、試験落ちたのに」

入社したら役付きになると聞いて、琉人の顔つきが焦ったものに変わっていた。

「まぁ、派遣会社……かな？」

オレの話した業種を聞いた琉人は、それまでの焦った顔付きが一変し、あからさまに侮蔑した顔と優越感に浸った気配を漂わせてきた。

いわゆる、マウンティングという奴であろうか。きっと、そうだ。派遣業と思って底辺の雇われ仕事だと思っているに違いない。オレだって行く前はそう思っていたし。

「な、なんだ。そうか。良かったな、就職決まって。派遣会社って大変な仕事だと思うけど頑張れよ。ブラック企業だったら、すぐに辞めた方がいいからな。やっぱ、公務員の方がいいぜ」

琉人がオレにマウンティングしていると察したエスカイアさんが、彼の優越感を打ち砕く一撃を喰らわしていく。

「そういえば、うちの会社は年休一〇四日、有給休暇の消化あり、残業なしで、福利厚生充実、そういえば、Sランクから始まる柊君の給料は月給手取り一〇〇万円でしたね。まぁ、薄給でもうしわけないですが……。さて、ご学友との歓談はこれぐらいにして就職課にご案内していただけますか？」

「なっ!?　一〇〇万とか嘘だろ？」

「そういうことらしい……わりいな……また卒業式でな」

あぁ、ショックを受けているな。そりゃあそうだよな。大卒の初任給が手取り一〇〇万だなんて普通の企業じゃほぼありえない。琉人のショックも分かるわー。もらう予定のオレがまず驚いているからな。

驚いて固まっている琉人を放置して、涼香さんの待つ、就職課へエスカイアさんを案内していった。

就職課に行くと、窓口で座っていた涼香さんがオレを見つけて手を振っていた。そして、エスカイアさんといつものお決まりの面談用のソファーに案内されていく。

「良かったわね。就職が決まって。私もどうなることかと思ったけど、滑り込みで入れて良かった。そちらの方が電話で言っていた会社の方かしら？」

涼香さんには事前に会社からお礼に伺いたい人がいると伝えてあった。クロード社長はオレを送り込んでくれた涼香さんにいたく感謝しているようで、エスカイアさんを代理人として大学に表敬訪問しているのだ。

クロード社長も今期は採用取れなかったと嘆いていたからなぁ。うちの大学からの来年の採用に力を入れる気かな……？　でも、あの顔で面接したら、絶対に入ってこないと思うんだけどなぁ。

「初めまして、『(株）総合勇者派遣サービス』のエスカイア・クロツウェルと申します」

「初めまして、聖光大学就職課の青梅《おうめ》涼香と申します」

「いやあ、マジで涼香さんに勧めてもらった会社を受けて良かったですよ。おかげで、何だか知らないけど入社後に即日役付き社員ですから」

就活に失敗して、その度に涼香さんに奢ってもらって、居酒屋でくだを巻いていた日々も懐かしいなぁ。涼香さんには足を向けて寝られねえ。

「え!? そうなの? 柊君が大丈夫なの? バイトじゃないのよ」

「だ、大丈夫ですよ。就活に一五〇連敗以上したオレが奇跡的に社会人になれた上に、待遇がかなりいい会社に入れたんですから、ここで頑張らないでいつ頑張るんですか! それに、役付きと言ってもこのエスカイアさんが教育係としてオレに業務全般の指導を行ってくれるから、大丈夫ですよ」

「青梅様にご推薦していただいた柊君は我が社にとって、とても重要な社員と成りえる人材ですので、社長以下社員全員で一生懸命に育てさせてもらいます」

エスカイアさんが涼香さんの手をしっかりと取り、オレを(株)総合勇者派遣サービスに送り出してくれたことを感謝している様子だった。だが、手を握られている涼香さんは、まだオレのことを心配しているようだ。

「ですが、柊君は色々とデリケートな子でして、ちょっとした失敗に落ち込んでしまい、その失敗を引きずらないように、しっかりと話を聞いてあげないと立ち直れないいんですよ」

涼香さんとは、もう一年、いや三年に上がった頃からの付き合いだから、二年以上の付き合いをしており、この半年は就活のため、家族よりも会っていた時間が長い女性であった。涼香さんはとても面倒見が良くて、オレが面接を落とされる度に、奢りで居酒屋に誘ってくれて色々と愚痴を聞いてくれている頼れるお姉さんであり、気楽に喋れる女性でもあったのだ。

「な、なるほど。それは初めて聞きましたわ。青梅様、柊君は我が社のエースになれる人材なので、そういったメンタル面のケアの仕方を教えてもらえますか？」

エスカイアさんは涼香さんの握っていた手を離すと、どこからともなくペンとノートを取り出して色々と書き始めている。

「エスカイア様は柊君の教育担当ということでしたね。このまま、柊君が役付きになるとプレッシャーとかで潰れかねないので、なるべく簡単な仕事からさせてあげてくれませんか。柊君はやればできる子なんですが、就活での失敗で自己否定に走ることがあるので、簡単な仕事から割り振ってください。そうして、達成感や人に必要とされることを感じさせてあげれば一人前の社員になれるはずです」

さすがに付き合いの長い涼香さんであるため、オレのことがよく分かっているアドバイスをエスカイアさんにしてくれていた。オレは褒めて伸びるタイプなのだと思う。誰かに『必要』とされたい気持ちも人一倍強い。なにせアレだけの量のお祈りメールをもらったのだから……。

スマホの履歴に残るお祈りメールの数を思い出すと、自然と涙が溢れそうになる。

「ああ、柊君!?　どうしたのよ。なんで、泣きそうになっているの？」

「あ、いや。自分でもアレだけよく落ちたなぁって思ったら、涙が出てきただけで。べ、別に大丈夫ですよ」

涼香さんが大学内にも拘わらず、居酒屋で飲んでいる時にいつもしてくれていたように、頭をそっと撫でてくれていた。

「柊君はとっても頑張ったわ。私は君ほどへこたれなかった子を見たことがない。でも、その分、いつか折れないかなって不安にもなるのよ」

「オレも四月からは社会人ですよ。子供扱いしないでください」

「でもね。心配だわ……」

「青梅様、わたくしも精いっぱい柊君のことをサポートさせてもらいますのでご安心を」

オレの頭をそっと撫でている涼香さんの方を向いて、エスカイアさんが力強く断言していた。

涼香さんも心配性すぎる気もするし、大学内でこんなことをしていると何を言われるか分からないのだが。

「涼香さん。今まで色々とありがとうございました。お世話になった分は、キチンとお返しさせてもらいますので、またよろしくお願いしますね」

少しばかり他人行儀かなと思ったが、いい加減切り上げないと、大学における涼香さんの立場が悪くなりそうな気がしていた。涼香さんもそれに気が付いたのか、撫でていた手を引っ込めると、とても寂しそうな眼をしてこちらを見ている。そして、オレの教育担当になるエスカイアさんの手を握り返し、真剣な表情で最後のお願いをしていた。

「エスカイア様、どうか柊君をよろしくお願いしますっ！　大事に育ててあげてくださいね。本当にお願いします」

「お任せください。青梅様。きっと、立派な社員になってくれると思いますよ」

こうして、大学での表敬訪問を終えたオレ達は社員寮に戻り、持ってきた荷物を設置し終えると、エスカイアさんの手料理に舌鼓を打って一日を終えることになった。だが、オレはまだこの後に起こる事件のことを知る由もなかった。

卒業からの新社会人

大学を表敬訪問した日から数日が経ち、ついに大学の卒業式の日がやってきた。オレの通っている私立聖光大学は、都内にこぢんまりとした敷地を持ち、学部も『文学部』、『社会経済学部』、『法学部』の三学部しかないため、それほど多くの学生はおらず卒業生は一〇〇名程度くらいしかいないのだ。普通ならとうに大学が潰れてもおかしくないのだが、大学側が身の丈にあった経営をしているのと、都内の好立地に建つFランク大学ということで、地方の金持ちの学力が残念な子供達が東京住まいに憧れて入学してくるため、寄付金が結構集まり経営は安定しているそうだ。そのオレが通っている大学は、構内の講堂で学位授与式が行われ、学位の授与を受けると、卒業祝賀会が講堂内で行われていた。ちなみにオレは聖光大学の社会経済学部を卒業したことになっている。Fランク大学で、もっとも入りやすい学部であったため、高校時代に全く勉強しなくても学費さえ払えば入学を許された学部であった。ぶっちゃけると、卒論も適当にコピペしたものを出しても卒業させてくれるありがたい学部である。

「翔魔も立派に社会人となれるのね……。あたしも苦労して育てた甲斐があったわ」

「かーさん。泣くのはやめなさい。翔魔が困っているから」

わざわざオレの卒業式参加のために親父が仕事を休んで、お袋とともに大学まで来てくれていた。

今までは家族を顧みずに仕事ばかりしてて、反発を覚えていた親父にも、会社の件でエルクラストとの関わりを持っていると知り、親父を再び尊敬するようになっていた。

親父たちにもいっぱい苦労させたから初任給で何か買って贈ろう。親父にはいい酒で、お袋はネックレスかな。

そんなことを考えていると、背後から特徴ある重低音な声をかけられた。

「HAHAHA、柊君、ご卒業おめでとう！」

銀髪を撫でつけサングラスをかけた、イカツイおっさんが立っていた。背後には黒いタイトスカートを穿いたエスカイアさんも同行している。

「柊君、おめでとう。クロード社長がどうしてもお祝いに駆け付けたいと言われてね。ご案内したの」

「これは、クロード社長。このような場でお会いできるとは」

親父がクロード社長と握手していた。外務省異世界情報統括官という肩書きを持つ親父は、日本側の窓口係でもあり、クロード社長としては日本側からも資金を引っ張りたくてうちの親父に会いに来たのだろう。けど、うちの親父はノンキャリア定年間近な公務員だし、そんな権限ないよね。

一方エスカイアさんはお袋と話していた。どうも、オレの好物をお袋から聞き出しているようだ。

会社に行かなかった日は三食ともエスカイアさんにお世話になってしまっているため、好物を出してもらえると非常にテンションが上がってくる。

「柊君は何がお好きなんですかね。一通りのメニューは習いましたけど。彼の好きな物を作ってあげたくて……是非、お母さまに聞こうと思っていましたの」

「あら、お母さまだなんて……。翔魔の好物ねぇ。意外と和食好きよ。筑前煮とかひじきの煮物とかジジ臭いのが好きみたいね。父親の影響かしら……」

お袋よ。オレの好みは確かにジジ臭いけど、味の染みたレンコンとか鶏肉とかマジで好きすぎて、幾らでも喰えるし、ひじきに関しては神様が作りたもうた奇跡の食材だと思ってるのだが……。ファーストフードやジャンクな食い物も嫌いじゃないけど、基本は和食好きなのはお袋の飯のせいだと思うぞ……。

エスカイアさんが真剣な表情でお袋の料理レシピのメモを取っているところに、紺のリクルートスーツを着て髪を綺麗にまとめ上げた涼香さんがツカツカと歩み寄ってきていた。

ん？　涼香さんがどうしてここに来てるんだろうか？　就職課の職員は卒業式に参加しなくてもいいはずだけどなあ。

「柊君のお母さまでしょうか？」

「え？　ええ。どちら様？」

「私は聖光大学就職課にいた青梅涼香と申します。在学中は柊君の就活をサポートさせてもらっていました」

「あら、それは愚息がお世話になりまして……。おかげさまで来月から社会人になれるそうでホッとしております」

お袋と涼香さんが挨拶をしていると、エスカイアさんが隣で涼香さんを持ち上げる発言をしてくれた。

「柊君が我が社に入社できることになったのは、この青梅様が最後まで諦めずに面接を受けることを勧めてくださったおかげなのですよ」

「あら、愚息が本当にご迷惑をお掛けしたようで……。翔魔は本当に頼りない子で青梅さんには心配をかけ通しだったでしょうに」

お袋もオレが就活一五〇連敗以上したことを知っているので、そのサポートをし続けてくれた涼香さんに好感を持ってくれたようであった。

「迷惑なんてとんでもない。それが私の仕事だったので、全力でサポートさせてもらいました。でも、私も柊君を送り出せて、踏ん切りがつきました。彼のことだけがこの大学での仕事で心残りだったので……今日はご両親にご挨拶をと思いまして」

「これは、ご丁寧にどうも」

お袋に深々と頭を下げていた涼香さんが顔を上げると、何かを決意したような顔をしていた。

そして、お袋に挨拶を終えた涼香さんが親父と談笑しているクロード社長の方に向かうと、彼の前で土下座をし始めた。その姿を見た卒業生やその親御がヒソヒソと話し始めていた。

「失礼かと思いましたが『(株)総合勇者派遣サービス』のクロード社長とお見受けしました！　本日はお願いしたき儀がありまして推参いたしました」

涼香さん、めっちゃ時代がかった物言いになっているよ。確か、酔うとあの口調が出るんだよな。酔っ払っているのか。イヤイヤ、職員が酔っ払っていちゃマズいでしょ。

「これはまた。古式ゆかしいご挨拶の仕方だね。確かに私がクロードだが、女性に土下座をさせて悦に入る趣味はないので立ちたまえ」

「は、はい。失礼しました。実は私を御社に入社させていただきたく、失礼を承知で直談判を申し上げに参りました。まだ、前職の引継ぎがありますので、途中入社となりますが、アルバイトでも結構ですので、何卒ご検討をお願い申し上げます」

涼香さんがクロード社長へ履歴書を入れたと思われる封筒を差し出していた。クロード社長も親父もエスカイアさんまでも呆気に取られて事態の成り行きを見守っていた。

いやいやいや、意味分かんねぇ。涼香さん、どうかしちゃってるよ。そんなに簡単に大学職員なんて辞められないでしょ。バイトでもいいからうちの会社入りたいって意味不明だよ。

「HAHAHA、これはまた変わったお嬢さんだ。こんな場所で入社の直談判だなんて礼儀を欠いているのではないかね？」

「礼儀を欠いた行為であることは重々承知しておりますが、どうしても御社に入社したく、こうしております。どうか、ご一考いただけませんでしょうか？」

直談判を受けてクロード社長が困り果てて、親父に対し肩を竦めていた。涼香さんはうちの会社が特殊な企業であることを多分認識していないと思う。派遣勇者として登録されてしまえば、国からの監視下に置かれることになることも考えれば、この転職にはあまり賛同はできなかった。

「クロード社長。今期は新卒がうちのせがれだけですし、小耳にはさんだところによると、うちのせがれを主任にして新チームを設立なさるそうではないですか？　どうです。この際、この女性も採用してみれば？　我が国としては新チームが多くの害獣を狩ることで、機構に恩を売れるなら予算以外のバックアップはやぶさかでもありませんが」

親父の目付きが途端に鋭くなり、クロード社長との商談モードに入っていった。日本側としては、日本人勇者による活躍で機構に多くの貸しを作り、資源や技術交流などの権益を増やしたいのだろう。

親父も意外と抜け目ないなぁ。それくらいじゃなきゃ、異世界担当にはなれないってことかな……。

「では、日本側は彼女の入社をバックアップしてくれるということですかな？　前職が引継ぎ中と申していますが？」

「ええ、早急に入社させたいのであれば、色々と人脈を使って御社に送り込みますよ。どうです？」

「……いいでしょう。分かりました。彼女の入社を認めましょう。入社式まで日がないので、とりあえず早急に柊室長の方で手を回してもらっていいですか?」

マジかぁ。クロード社長があんな無茶なお願いを聞いちゃったよ。あの強面サングラスメンは何を考えてるんだ。普通、こんな形で引き抜いたらこの大学と揉めるから『いいでしょう』なんて言わないよね。ほら、エスカイアさんもメモ帳を取り落とすくらいに呆れてるじゃないっすかー。

「本当に雇っていただけるのですか?」

「ええ、その代わり柊君の下でバイト採用からだと思ってください。実績を残せば社員として採用します。前職との引継ぎは入社までに片付くと思いますので、入社式後に色々とご説明させてもらいます」

クロード社長がサングラスを光らせニカッと笑うと、涼香さんに握手を求めていた。ダメ元でお願いした涼香さんは思いがけずに訪れた返事に茫然としていた。

「青梅様が我が社に入社されるのですか……。柊君のことに詳しい方なので、是非とも精神的ケアも含めて色々とサポートをお手伝いしてもらわないと。クロード社長事務手続きはわたくしが早急に行いますわ」

おっと、こっちの世界に帰ってきたエスカイアさんが喜色満面の笑みを浮かべていた。確かに涼香さんは仕事もできるし、人望もあるし、頭もいいし、綺麗だし、おっぱいも大きいけど、こんな形で転職をしたら、万が一うちの会社のあの業務に耐えられない時の転職活動に大いに不利に働くと思うのだが。

オレは土下座してまでうちの会社に入りたいと申し出た涼香さんの行動が理解できなかった。

「エスカイアも涼香君を気に入っているようだね。では、社長決裁で彼女の入社手続きを早急に進めてくれたまえ。今期は大収穫の年と言えそうだ」

本場イタリアンマ○ィアもビックリして、ちびるような凄みのある顔でニヤつくクロード社長にオレは異議を申し立てることができずにいた。

ですよねー。クロード社長が言い出したらそうなりますよねー。

こうして、なし崩し的に涼香さんがオレと一緒の会社に入ることになってしまった。もちろん、オレとしては嬉しいかと聞かれれば、社会人として尊敬できる人だから頼りになるし、身近で応援してくれていた人でもあるので嬉しかったが、うちの業務に涼香さんが耐えられるかだけが心配の種だった。


卒業式後、またたく間に日が流れ四月一日となり、『(株)総合勇者派遣サービス』の入社式が執り行われることとなった。式の会場は例のおんぼろ雑居ビルかと思ったが、エルクラストの大聖堂に作られた講堂にて、エルクラスト害獣処理機構の新入社員達と合同の入社式となっていた。

式にはクロード社長以下、業務中以外の先輩職員も勢揃いしており、天木料理長を主任とした厨房組のチーム『クァットゥオル』の面々も勢揃いしている。それ以外にも顔を合わせたことのない社員がいっぱい並んでいた。

「ねぇ、翔魔君。ここっていったいどこなのよ？　途中で気を失って気付いたら変な聖堂にいたんだけど？　私、普通の派遣会社に就職したつもりだったんだけどさ……それに、向こう側の人達の耳とか恰好とか、エスカイアさんも髪の毛とかが」

全く事前情報なしでこっちに連れてこられた涼香さんは、初めてオレがエルクラストに来た時と同じ反応を示して辺りをキョロキョロと見渡していた。

そうなるよね。退職の手続きを親父が手を回して早く進めたらしく、入社式に間に合ったけど、そのため事前レクチャーを行う時間がなかったからなぁ。

「涼香さん。後でエスカイアさんからキチンと説明があるから、まずは入社式に集中しましょうか。クロード社長と機構側のお偉いさんであるブラス老翁が睨んでいるから」

エルクラストでのお偉いさん二人がこちらを睨んでいた。逆らってはマズい人達なので愛想笑いを浮かべておく。ふぅ、あの二人に弱みを握られてはいけないな。絶対に笑顔で取引材料に使ってくるはずだ。

開始された入社式の式自体は滞りなく進んでいき、偉い人達の祝辞が終わろうとした際に事件が起きた。背後から大きな物音と共にオレを呼ぶ声が聞こえてきた。

「柊翔魔はどいつだっ！　あたしと勝負しろ！　あたしに勝たない限り、史上最高の勇者だなんて名乗らせないからね」

怒号とともに式典会場に乱入してきたのは、派手な龍の刺繍を施された着物をもろ肌脱ぎに着て、胸にさらしを巻き、薙刀《なぎなた》を構えた和風の顔立ちをした吊り目の二〇代の女性だった。

あれも絶対、うちの社員だろうなぁ……。もう、見た目で判別できるようになったぜ。明らかに機構の人達に比べると、イっちゃってる人だよ。

乱入した和風美女はオレに向かって走ってくると、手にした薙刀を首筋に当ててきた。

「お前が柊翔魔か？」

敵意剥き出しの女性に☆マークが出ていたので人物鑑定を発動する。

西園寺　静流（さいおんじ　しずる）　年齢28歳　人間　女性　国籍：日本
社員ランク：S　勇者適性：SS
LV120
HP：62094　MP：59043
攻撃：12169　防御：13832　素早さ：13088
魔力：13543　魔防：13444
スキル：神の奇跡＋＋　槍術＋＋　全魔術適性＋＋　炎属性＋＋　全攻撃耐性＋＋
HP増量＋＋　MP増量＋＋　攻撃力増量＋＋　防御力増量＋＋　素早さ増量＋＋
魔力増量＋＋　魔防増量＋＋　魔物鑑定＋＋　限界突破＋＋　立体機動＋＋

おおぉ、強いな。この人が静流さんか……。確かにエスカイアさんと天木料理長が『トラブルメーカー』だって言うだけのことはある。早速、やらかしてくれていた。普通は自社の入社式に乗り込んで新入社員に薙刀を突きつけるなんてしないよな。ここは驚いてあげるべきであろうか……。こういった事態には慣れてないから、どう対処していいのか……。

「ちょっと！　そこの貴方！　柊君に物騒な物を突き付けないで！　常識がない人ね」

「うるさい。あたしは柊翔魔と勝負しないといけないの！　最強はあたしだからね。最強ってのは二人もいらないの！」

ちょ、この人言ってることがヤバイって。ネジが一本飛んでいるどころの騒ぎじゃない。天木料理長が会わない方がいいと言った意味がよく分かった。絶対にお付き合いしてはいけない類の女性であることに間違いはない。

オレは危険を感じて魔術の障壁を最高強度で展開させていく。途端に白い靄《もや》がオレと涼香さんを包み込んでいった。

「なっ！　お前は逃げるのか！　柊翔魔！」

薙刀を思いっきり振りかぶった静流さんが障壁を断ち切ろうと振り下ろすが綺麗に弾き返している。『多頭火竜《ヒドラ》』退治したことによるＬＶアップで能力値がかなり高くなっているおかげで、静流さんの物理攻撃も跳ね返すことができていた。

「すみませんがお帰り願えますか？　私もまだ入社式の途中なので、後でキチンとご挨拶に向かいますから」

「うるさい。新卒の癖にあたしに指図をするな」

静流さんの身体から陽炎《かげろう》がたったように見えた瞬間、障壁にひび割れが走り、砕け散っていった。

そして、もの凄い風圧がオレの顔面を打つ。

う～ん、めんどうくさい人だ。誰か止めてくれないかな……。

辺りを見渡すが、みんなこのめんどうくさい人を相手にしたくなさそうで、そ知らぬふりをしていた。

はぁ、しょうがない。静流さんには悪いけど、スキルをコピーしてパワーアップさせてもらい対応するか……。

物理障壁を破壊した一瞬の隙を突いて、静流さんの手に触れようとしたが、素早く反応されて誤ってさらしを巻いた胸に触れてしまった。

神の奇跡をコピーしますか？　Y／N
全攻撃耐性をコピーしますか？　Y／N
攻撃力増量をコピーしますか？　Y／N
防御力増量をコピーしますか？　Y／N

素早さ増量をコピーしますか？　Y／N
魔力増量をコピーしますか？　Y／N
魔防増量をコピーしますか？　Y／N
限界突破をコピーしますか？　Y／N
立体機動をコピーしますか？　Y／N

さらしの上からでも感じる胸の感触に戸惑いつつも、スキルコピーはしっかりと発動した。上から順番にコピーしていく。魔力は『多頭火竜《ヒドラ》』退治によって増大しているため、枯渇するようなことはなかった。

「お、お前！　何をしている!?　誰があたしの胸を触っていいと言った」

「あ、す、すみません。貴方が勝手に動くから」

「「柊君、何してるのっ!?」」

ネジが飛んでいる人かと思ったけど、さすがに恥ずかしいよね。これは……。でも、今下手に手を引っ込めるととっても危ない気がする。

ニスカイアさんと涼香さんから、怒声とともに非難するような厳しい視線がオレに突き刺さる。そして、胸を触られている静流さん本人からも刺すような視線が向けられた。そんな針の筵《むしろ》の中で静流さんのスキルのコピーがすべて終了するとステータス表示が切り替わる。

柊　翔魔（ひいらぎ　しょうま）　年齢23歳　人間　男性　国籍：日本
社員ランク：S　勇者適性：SSS
LV21
HP：12020　MP：12020
攻撃：12120　防御：12120　素早さ：12120
魔力：12120　魔防：12120
スキル：スキル創造　スキル模倣　神の眼　神の奇跡　全系統魔術適性　全属性適性
　全武器適性　全防具適性　全攻撃耐性　状態異常無効化　HP自動回復　HP増加
　MP増加　攻撃力増量　防御力増量　素早さ増量　魔力増量　魔防増量　限界突破
　交渉　教育　情報収集　索敵　読解　連撃　再生　立体機動

コピーしたスキルのおかげで一気に能力値が増大しているため、数字的には対抗しえる能力になっている。胸を触られた静流さんが全身に炎を纏ったかと思うと、薙刀が残像を伴って突き出されてきた。

「お前、絶対にコロス!!」

彼女とは人同士コミュニケーションを取れるかと思った。だが訂正、この野生動物とコミュニケーションを取ろうとしたら、命が幾つあっても足りないと判明しました。

残像を伴った斬撃を紙一重で避けるが、風圧がオレの頰の皮膚を軽く裂いて、血が滴っていく。

あぶ、あぶねぇ。完全にオレを殺る気だ。本気出さねえとリアルで首が飛んでしまう。

HP自動回復と再生のスキルのおかげで、裂かれた皮膚はすぐに塞がっていくため、痛みは全く感じなかった。だが、このままでは埒が明かないので、魔術一覧から『睡眠《スリープ》』と『麻痺《パラライズ》』を静流さんに向け同時に発動させた。

面倒な人には、麻痺して寝てもらうのが一番って偉い人がどこかで言っていたと思う。

「なっ、これはっ！　卑怯な！　あぅ……く、くそ。麻痺った。しかも睡眠までご丁寧に……くぅ」

敵である静流さんの方が数値的に強かったが、なんとか上手くコンボが決まって麻痺して身体が動かなくなったあと、眠りに落ちて講堂の床に倒れていった。その静流さんの姿を見た人達から安堵の声が漏れ出していく。全くもって危険生物な人であった。今回は下手に手出しして逆恨みされるのも嫌だったんで眠らせておいたが、先程見せた凶暴さを考えると粘着される危険性があった。

嫌だなぁ。入社してすぐに会社のエース級の人に眼を付けられるなんて……。仕事がやりにくくなっちゃうよ。

「いやあ、お手柄、お手柄。静流を一発で麻痺らせて、眠らせるだなんて、猛獣使いの素質もあるのかね。頼もしい限りだ。ＨＡＨＡＨＡ。彼女の能力は飛び抜けていてね。昔は弟君が上手に操ってたんだけど、亡くなってしまってね。それからは彼女のチームの副主任がなんとか制御してるんだけど、生憎とその副主任が長期休暇中で今回はタイミングが悪かったと思ってくれ。その副主任も明日には戻って来るから、厳重に静流には注意を与えて、懲罰依頼をタンマリと与えるから、しばらくは襲ってこないようにしておくよ。それにしても静流の攻撃を捌いて麻痺睡眠コンボ極めるのは凄かった。さすが最強勇者といったところか？」

「やめてくださいよ。私はそんなんじゃないですって。クロード社長がまたそういうことを言うと、オレが静流さんに襲われますから」

クロード社長はオレの肩をパンパンと叩いていく。

「君は自覚が足らんね。『派遣勇者』としての自覚をしっかりと持ちなさい。しっかりとね。その辺はエスカイアにもしっかりと指導するように伝えておく。さぁ、散々な入社式になったが君達は晴れて我が社の社員となった。おめでとう、ようこそ（株）総合勇者派遣サービスへ」

握手を求めてきたクロード社長に手を差し伸べるとガッチリと握られた。社長業をしているはずの手はなぜだか異常にゴツイ手でタコのようなものが幾つもできている感じであった。

この社長、やっぱり絶対に何か武道をやっていた人間だ。じゃなきゃ、サラリーマンだけでこんな手にはならないもんね。

握手によってクロード社長の謎の一面を垣間見た気がしたが、それでもなお得体の知れない男であった。

こうして、静流さんの乱入で散々な入社式になったが、おかげで機構側の人達からはトラブルメーカーの静流さんを制御できる人という認識を与えてしまったようだ。彼女が何か問題を起こしたら、オレが呼び出されて後始末をさせられそうな気がしてならない。なぜなら、オレが担当するチームは機構直轄チームだからだ。

嫌な予感しかしないな。身内のクレーム処理なんてしたくないよ、オレ。

というわけで入社式を終えると、クロード社長に同行し、エスカイアさんと涼香さんを連れ立って、涼香さんの社員証を登録することにした。色々な説明を省いてエルクラストに連れてきているため、この社員証授与後はエスカイアさんを講師にまた色々と研修が予定されていた。

「さぁ、涼香君。ここに手を触れてくれ。そうすれば、柊君と同じ社員証が自動で生成されるから」

「あ、はい。ここでいいんですね。えい」

涼香さんはクロード社長の指差す黒い三角錐の石に触れた。その瞬間に涼香さんに☆マークが浮かんだので、人物鑑定してみた。

青梅涼香（おうめ　すずか）　年齢28歳　人間　女性　国籍：日本
社員ランク：F　勇者適性：B
LV1

ＨＰ：20　ＭＰ：20
攻撃：20　防御：20　素早さ：20　魔力：20　魔防：20
スキル：事務能力　記憶力　人望　資金運用

涼香さんは素質こそ高いものの戦闘向きなスキルではなさそうだ。どちらかというと、事務方の方が有能に思える。クロード社長の話では涼香さんはオレのチームに配属されるのが決定されているとのことなので、荒事はオレが片付けて、事務仕事の全般をエスカイアさんと一緒に手伝ってもらうことにしようかな。

「これが、社員証？」

手の甲に浮かんだカードを見て涼香さんが驚いていた。そのカードは日本でも採用されていないような高性能な社員証なのだ。

「これがないと帰れないし、社員だと証明できないからね。それに紛失する可能性もないし、色々と便利機能も付いているから。高性能スマホみたいなものと思えばいいよ」

「へぇ〜、これがね……」

「んんっ！　そこの二人！　これから研修始めるので私語を慎むように。さぁ、今から講義と研修するわよ」

エスカイアさんが咳払いをすると、クロード社長と別れて、オレが受けた講義と研修を涼香さんに受けてもらうことになった。そして、エスカイアさんの講義を受けたあと、魔術系統試験、属性試験、武器適性試験、防具適性試験を受けた涼香さんは召喚魔術に適性があり、光属性が得意であった。武器は銃、防具は軽装鎧に適性があると判断された。オレの時みたいに全属性適性とか全武具適性とか出たらどうしようかとも思ったが、検査器具は正常に作動してくれていた。というわけで、研修を終えた涼香さん、エスカイアさんとともに定時が来たので退社することにした。

新人主任

翌日からオレに会社での新しい役職が付いた。『(株)総合勇者派遣サービス』派遣勇者七係主任、柊翔魔というのが、新しい役職だった。派遣勇者七係、通称『セプテム』がオレの指揮することとなった部署だ。副主任としてエスカイア・クロツウェル、そして見習い社員の青梅涼香がチームメンバーとして所属している。我が七係の主な業務はエルクラスト害獣処理機構から委託される高難易度依頼の処理だ。つまり、仕事は稀にしかないはずなのだ。定時まで暇なのである。そう、暇なのであった。

「柊君、ここがわたくしの生まれ故郷の聖エルフ連邦共和国の首都アニシザムよ。建材や家具などが特産品ね。あと、森でとれるキノコとか木の実も意外と隠れた名産なの」

今、オレ達はエスカイアさんの故郷である樹齢数万年といわれる幹の周囲が三〇〇〇メートル、高さ一〇〇〇メートルほどもある巨大な聖樹の上に築かれた都市に来ていた。普通の日本では考えられない木の上という位置に都市が存在している。都市の規模としてはさして大きくないが、建っている位置が位置なので、景色はすこぶるよろしかった。

「さ、さすが異世界ね。私もこんな場所に都市を作った種族がいるなんて信じたくないわ……」

涼香さんも眼下に拡がる景色を見ながら異世界観光を堪能していた。ちなみにまだ防具が仕上がっていない涼香さんは黒いストッキングにミニプリーツスカート、白いブラウス、そして社名の入ったジャケットを羽織っていた。

どうみても女子高生……コスプレ……。というと、涼香さんの鉄拳が飛んできそうだが、元が綺麗な顔立ちなので、意外と何を着ても似合ってしまっていた。

「柊君？　どこ見ていますの？　わたくしの説明を聞いていますか？　涼香さんのパンツ見えねえかなとか思ってませんか？」

隣に顔を寄せてきたエスカイアさんが、ジト目でオレを睨んでくる。実は昨日の夜も社員寮で一悶着があったのだが、諸事情を鑑み詳しいことを省かせてもらうが、生まれて初めて女性と同じ部屋で寝るという突発イベントとともに、肉食系なお姉さん二人によって色々とお世話をしてもらったのだが、なんとか自制することで事なきを得ていた。けれど、エスカイアさん一人の時は一緒に寝るなんてことを言わなかったのに、涼香さんが加入したことで、数的優位を確保して攻勢が強まった気がする。おかげで心なしか、昨日よりも二人のオレに対する距離感が近づいていた。だが、これは絶対に二人とも好きだと口にすると、一瞬で死亡するフラグが立つと思われる。クロード社長からはこっちに移住すれば、一夫多妻だから大丈夫とか意味の分からないお誘いがあったけど、今のところは丁重にお断りしておいた。

「そ、そんなこと言ってませんよ。違った。考えてませんよ」

「何？　私のパンツみたいの？　柊君って意外とムッツリだよね。まぁ、実は知ってたけど。飲みに行く度に胸チラとパンチラとかで誘ってたけど目で追うだけで手を出さなかったもんね。偉い、偉い」

涼香さんに頭を撫でられているのだが、これは上司として怒っていい事例なのか。パンツが見たいかと聞かれても『見たい』と答えればセクハラになるし、『見せるな』と言えばパワハラとなりかねないデリケートな問題である。プライベートなら是非見せてほしいと答えるべきだろうが……。業務中だし、クロード社長も派遣勇者としての心構えを持てと言っていたので、仕事に集中することにした。

「涼香さん。その件につきましては、対応いたしかねますので、悪しからずご了承ください。それと、今は業務中なので私語を慎むように。さてエスカイアさん案内を頼むよ」

「ちぇー。見せてもいいのを穿いてきたのにな。残念」

涼香さん、あんた見せたがりか。確かに飲んでる時、例の時代がかった口調で、いやにボディータッチが多かったけどさ。細マッチョの筋肉が好きとか言ってたし、オレも気にせずに触らせてたけど。そういった気持ちがあったなら、早く言ってほしかった。というか、昨日の夜はめちゃくちゃに触り過ぎですからね。

「柊君。涼香さんとだけ、イチャついたらダメって昨日の夜に言いましたわよね？」

　エスカイアさんがオレの腕にしがみついてくる。彼女もまた薄幸可憐なエルフの容姿を被った肉食系女子だった。

「エスカイアさんがそっちなら、私はこっちの腕をゲットするわ。エルクラストなら、柊君の力は凄い強くなるんでしょ？」

　その様子を見た涼香さんも反対側にしがみついてくる。かくて、オレの両腕は綺麗なお姉さん二人に占領されて使用不能になっていた。

「はぁ、確かに強くなりますけどね。腕が塞がっていると脚でしか戦えないですが……。仕方ないけどこれで行くか。エスカイアさん目的地に案内してね。挨拶に遅れたら相手に失礼になるからさ」

「あぁぁ、その点は大丈夫ですよ。今から会うのはわたくしの父ですから。エルフ五大氏族クロツウェル氏族の族長で聖エルフ連邦共和国の主席ムライ・クロツウェル。あれ？　言っていませんでしたっけ？」

　はい、全く聞いておりませんが……。というか、エスカイアさんのお父さんに会いに行くのに、他の女連れってどうなのよ。待って、その前にそもそもエスカイアさんって国家主席の娘ってことは、かなりなお嬢様ってことなのか。

　オレは不安を感じながらもエスカイアさんに案内をしてもらい、両手に女性を侍らせて、目的の場所へと向かった。

案内されて通された場所は、どう見てもいいって王城といっていいほどの規模で、その中の謁見の間と呼ばれる所へ案内されていた。謁見の間はエルフの城らしく木をふんだんに使った調度品が並べられ、観賞用の植物も多く設置されていて、独特な木の香りが室内に漂っていた。

この匂いは香木を焚いているのかな……。さすがエルフだ。やっぱこういった神秘的な雰囲気が似合うよね。どうも肉食なエスカイアさんを見ていると薄幸繊細なイメージが乏しかったため、エルフ達の国の中枢である王城の謁見の間が、こういったイメージを醸し出しているとなんだか安心できた。

「ムライ主席がお見えになります」

衛兵がエスカイアさんの父親であるムライ主席が来たことを告げたので、エスカイアさんに教えられた通り、膝を突いて頭を垂れた。

「そなたが、『(株)総合勇者派遣サービス』派遣勇者七係主任、柊翔魔殿か……面をあげられよ」

相手が顔をあげろと言ったので、顔を上げると、目の前にはドワーフかと思えるほどの筋肉を鍛え上げ、プラチナブロンドの長い髪と髭を生やした尖り耳の壮年エルフが椅子に座っていた。どうやら、この世界に薄幸繊細なエルフというのはどうやら希少種のようだった。

ガチムキエルフが来るとはオレも予想外だったぜ……。というか、オレこのお父さんにぶん殴られちゃうのか。

目の前に座っている壮年エルフはオレの顔を見てニッコリと白い歯を見せて笑っていた。心なしかクロード社長と同じような匂いを感じる壮年エルフであった。

「いい面構えをしておられる。それでこそ、我が娘の配偶者にピッタリな男子であるな。式は盛大にするつもりだが、日本式も取り入れた方が良いかの？」

え？　話が見えないですけど、オレがエスカイアさんと結婚するとか意味不明なんですけど？

えっ？　えっ？

オレが戸惑っていると、隣にいた涼香さんが慌てた様子でエスカイアさんを見ていた。

「ちょ、ちょっと待ってください！　エスカイアさんと柊君はただの会社の同僚ですよね？　結婚とかってそんな話になっていたの？」

涼香さんの質問にエスカイアさんが慌てて手を振って誤解を打ち消そうとしていた。

「ち、違わないけど。違いますわ」

「む？　そうなのか？　ついこの間に寄越した手紙には結婚したい人ができたと書いてあったが……」

お義父さん……いや、ガチムキエルフのおじさんよ。確かにエスカイアさんは綺麗で仕事もできて、有能な人だが嫁にするなんて一言も言ってないし、聞いてもいないのだが。

隣には顔を真っ赤にしてアワアワと慌てているエスカイアさんがいた。

「お父様!?　まだ、早いですわ。いずれそうなりたいなと、ちゃんと書き加えておいたではありませんか！」

　おっと、お義父さん……もとい、ガチムキエルフのムライ主席の顔色が一気に変わっていく。どう見ても、怒っているようにしか感じられない様子だった。

「そうですか……これは失礼を申しましたな。聞けば『多頭火竜《ヒドラ》』をソロで討伐できる力の持ち主とのこと、そのような力をお持ちになった勇者様に対等な婚約者とは愚かな申し出でありました。我が娘は翔魔殿のお世話係として差し上げますので、どうぞご自由にお使いください」

　怒っているのかと思えたムライ主席は、オレに怒っていたのではなく、娘であるエスカイアさんに対して怒っていた。

　ご自由にお使いくださいって、自分の娘を売り渡しているのと同じでしょ……。オレは一介の新社会人で新入社員に過ぎない男ですよ。自由にしていいと親公認にお許しが出ちゃったら、あんなことやこんなことをしちゃうかもしれませんよ。というか、もうしちゃいそうなんですけど……。

「ム、ムライ首席。それは幾らなんでもエスカイアさんに悪いですから……。彼女とのことは前向きに検討させてもらいますし、男としての責任はとるつもりですから」

「柊君……いや、これからはお世話係となるので、翔魔様と今後はお呼びせねばなりませんね。終生お仕えする殿方ができて、わたくしは幸せでございますわ」

　思いがけず、エスカイアさんは父親への婚約報告を終えたことで、両手を頬に当てて照れたような顔をしていた。反対に呆けた顔をしているのは、涼香さんだった。

「柊君とエスカイアさんなら、お似合いね……私は潔く身を引いた方がいいわね。ごめんね」

大仰に泣き崩れる涼香さんを見て、ムライ首相の頬がピクリと動く。

「そちらの方は日本人の方ですかな？　エルクラストは一夫多妻制ですが、日本は一夫一妻制だと聞いております。エスカイアのことはこちらでの現地妻としてもらえば私としても文句はありませぬぞ。勇者適性の高い優秀な子を産んでくれれば、この国も安泰ですからな。ワハハッ！　なんなら、そちらの女性との子供も我が国で出産して国籍を取得してくれるのであれば、一族として迎えてもよろしいですぞ。有能な勇者はどこの国も咽喉から手が出るほど欲しいのでな。ワハハッ！」

豪快な笑い声をあげたムライ首席に涼香さんもオレも呆気に取られてしまった。我に返った涼香さんが先程までの泣き顔を一変させて悦に入った顔に豹変させていた。あの顔は何かを納得したような顔であるに違いないと思う。

「じゃ、じゃあ私は日本での妻でいいです。エスカイアさんはエルクラストでの妻。それなら、私も我慢しますから。ウフフ、柊君の奥さんかぁ……」

「お父様、それいいですわ。涼香さんとなら翔魔様をバッチリとサポートできますし、同じチームの同僚として信頼していける間柄になれそうですもの」

あらぬ世界へトリップしてしまった涼香さんであったが、エスカイアさんと共に喜びを分かち合っているのだが、まだプロポーズすらしてないと思ったのは、オレの記憶違いであろうか。それにしても、こちらの世界は勇者適性の高い者が重要視されるというのは本当のことらしい。天木料理長もそうだけど、勇者適性の高い人ほど、見合いが多くもち込まれるそうだ。その理由は勇者適性の高い人同士の子供は高い勇者適性を引き継ぐ可能性があるためとクロード社長が言っていた。Ａランクが最高と言われているエルクラスト生まれの人達でも日本人勇者との子であれば、限界が突破できるのではと言われているが、日本人勇者との子供の数が少ないため、未だにそれは解明されていなかった。

というか、ちょっと待って何このハーレム展開的な流れ。確かに部屋では二人に迫られていたが、オレはまだ学生を卒業したばかりの新社会人でまだ家庭を持てる財力など持ち合わせていないぞ。

「ちょっと、二人とも気が早いのでは……それにムライ首席」

「他人行儀はやめたまえ。お義父さんでいいのだよ。もう、エスカイアは嫁に出したも同然だからな。ワハハ、困ったことがあったら何でも相談に乗るぞ」

ムライ首席は、すでにオレのお義父さんを自認しているようだ。ガチムキな体軀で豪快な笑いをされるお義父さんを横目に、日本妻の涼香さんと、エルクラスト妻のエスカイアさんが、ニコニコしてオレの両腕に腕を絡めている状況を誰か詳しく説明してください。意味不明です。

その後は、官邸にて国を挙げての晩餐会が開かれると聞かされ、主賓として参加することがいつの間にか決定していた。夕刻から開かれた晩餐会でムライ首席の飲みにケーションに付き合わされ、ベロンベロンに酔っ払って、涼香さんとエスカイアさんに支えられて、二三時に社員寮に帰ってきた。ムライ首相からは泊っていけばいいと言われていたが、泊ると接待名目の残業代が発生してしまうとエスカイアさんが告げると、ムライ首席はにこやかに送り出してくれた。我がチームの初日の仕事は聖エルフ連邦共和国での接待で一日が暮れてしまった。

飲んで騒いで残業代が付くとか、どこの世界の話なんだろうね。マジでこの会社入って良かったぜ。

「さて、翔魔様のお召し物を変えないと……」

社員寮の部屋に帰るとすっかり、オレの世話係役に収まったエスカイアさんが、呼び方を『柊君』から『翔魔様』に変え、制服を一枚ずつ脱がして綺麗に畳んでいく。その様子を見ていた涼香さんも一緒になってオレのワイシャツを脱がせ始めた。

「こっちでの奥さん役はわらしなのぉ。だから、シャツとパンツはわらしが脱がしますっ！」

すでに涼香さんもエルフの国名産の果実酒をカパカパと空けていて、ベロンベロンに酔っ払っていた。これだけ酔った涼香さんは肉食獣以上に危険な生命体であることをオレは昨日の時点で悟っていたのだ。

あ、明日も仕事なので、二日連続はご勘弁を……あひぃぃいい。

目が据わった涼香さんが妖しく舌なめずりをして、オレの身体を睨みつけている。サバサバ系のお姉様な涼香さんだが、酔っている時はボディータッチが激しくなる傾向が強く、長い間の自制を求められると明日の仕事のこともあるので、適宜考えてもらえるとありがたい。夜に自制して寝不足になり寝坊しましたなんてことを、クロード社長が知ったら、絶対にそれを弱みとして色々な取引材料にされてしまう。

「そ、そうでしたわね。悔しいですが約束は約束。シャツとパンツは涼香さんにお譲りしますわ。でも、今日もわたくしもその……一緒に寝ますわ……」

忘れていたが、草食系エルフを自認しているエスカイアさんも一皮めくれば、超肉食系エルフであったのだ。カワイイし、綺麗だし、お嬢様だし、一途なんだけど、夜の素顔はここでは言えないような奔放さだった。恥ずかしくて逆にオレが赤面するようなことでも、涼香さんと双璧をなす、肉食系お姉さんだったのだ。天木料理長の嫁といい、エルクラストでのエルフは薄幸可憐な草食系エルフは希少種であった。

でも、まぁ、肉食系エルフは嫌いではないです。はい。というか、えー、好きです。以上。

「ふ、二人とも明日も挨拶回りがあるから、自制するようにね……そう、自制が一番だとも」

「心得ておりますわ。フフフ」

「いやねぇ、そんな激しくしないわよ。フフフ」

二人の言葉の不穏さと、妖しげな笑いに一抹の不安を感じていたが、やはりその日の夜は有り体に言うと寝かせてもらえなかったような気がする。

ああ、太陽が眩しい。朝日がこれほど目に染みるなんて初めて知ったぜ。美女野獣に貪られるとは、オレの人生はどこで世界が変わっていたのだろうか。まさか、夢オチとかないよね。

ベッドから身体を起こすと、キッチンスペースから料理を作る音が聞こえている。料理をしているのは日本人風に変化する眼鏡を掛けたエスカイアさんだった。夜明け近くまで起きていたのを感じさせないよう、キッチリとしたスーツにエプロンを着けて朝ご飯の準備をしていた。この匂いは味噌汁と焼き鮭、ひじきの煮物もあるな。それにしても、エスカイアさんは彼女段階をすっ飛ばしていきなり嫁にしてしまったような気もするが、親父達にはどう言って説明しようか。それに涼香さんともキチンとしないとな。

そんなことを考えていると、ユニットバスからバスタオルを巻いただけの涼香さんが出てきていた。

「あっ、柊君。起きているなら、シャワー浴びなさいよ。その……身体中に口紅の痕が付いているからさ……」

涼香さんに言われて、視線を身体に向ける。はい、おっしゃるとおりに身体中にキスマークが付いております。こんなんで出社した日には機構の女性職員から白い目で見られてしまうではありませんか。

「えっと、シャワー使います。というか、涼香さんも人の部屋で堂々とバスタオル姿をさらさないでくださいよ」

「えー、裸見られてるし、減るもんじゃないから私は別に気にしないわよ」

おっしゃる通り、確かに裸は見させてもらいましたが、一線は越えないように忍耐力を振り絞って自制しましたとも。それに、ここはオレの部屋であって、バスタオル姿の女性が部屋をウロウロとされるとですね。あー、もういいや。浴室でシャワーを浴びて頭を冷やそう。

「翔魔様、着替えはわたくしが出しておきますから、そのままお入りください」

浴室に行くため着替えを探し始めようとすると、朝食の調理を終えたエスカイアさんがこっちに来て着替えを出してくれていた。その姿は昨今では絶滅したといわれる甲斐甲斐しい新妻のような仕草をしていた。

「あ、ごめん。じゃあ頼みます」

「出てきたら、私がご飯食べさせてあげるからね」

浴室に向かうオレに生着替え中の涼香さんがウインクを送ってきていた。KENZEN男子には辛い刺激に満ちた朝のひとときである。


シャワーを終えて戻ると、小さなテーブルにみんなの朝ご飯が並べられていた。用意されていた食事は白飯に味噌汁、ひじきの煮物に焼き鮭、お漬物が付いた和食な朝めしであった。エスカイアさんは天木料理長直伝のレシピを忠実に再現してくれているので、ビックリするほど飯が美味いのである。その飯を食べた涼香さんも脱帽し、料理関係に関してはすべてエスカイアさんに一任すると公言している。

「さぁ、柊君。あーんして。あーん」

涼香さんが箸でご飯をオレの口へと運んでくれていた。食べさせてくれるのはすでに慣れたが、やたらと身体が密着するので、腕に胸の柔らかさを感じてしまう。この会社に入ると決めてから、なんだか異常にモテ期が来ている気がして、このまま人生が終わるのではという危機感も薄っすらとおぼえていた。

今までそこまで波風の立った人生を歩んで生きていないのに、急に運気が良くなってきたら、マジでビビるって。

「どうされました？　わたくしの食事がお口に合いませんでしょうか？」

夜は肉食獣なエスカイアさんも朝になれば、貞淑と言っていいほどの落ち着いた雰囲気を見せてくれているのだ。

「いや、そうじゃなくてね。ご飯くらいはオレも自分で食べようかなーと思いまして」

そう言った途端に涼香さんの手から箸が落ちてカランと音を響かせていた。

「そ、そうだったの。ごめん、私が出しゃばったみたいね。うちの亡くなった両親がこうやってご飯食べさせてたから、夫婦ってこういったことをするのが、当たり前かと思ってたの。ごめん、すぐにやめるわ」

いきなり顔を覆って泣き始めた涼香さんに慌ててしまう。女性慣れしていないオレとしては女性に泣かれると心臓に悪いのだ。それにしても、涼香さんのお父さんは随分と亭主関白な人だったんだろうな。家で親父がこんなことをお袋に頼んだら頭から熱湯を被せられる事故案件ですぞ。

「言い過ぎました。涼香さんに食べさせてほしいです。お願いします」

「ホント？　ホントにいいの？　私が食べさせていいのね？」

「わたくしは涼香さんの補助に入りますわ」

こうして、オレの朝食は美女二人からの食事介助を受けて美味しく頂くことができたが、このままこの生活が続くと、確実にダメ男になりそうな気がしてならなかった。

初仕事

朝の支度を終え、涼香さんとエスカイアさんを従えてボロい雑居ビルの会社に出社すると、血相を変えて飛び出してきたクロード社長に肩を摑まれた。このイカツイおっさんが慌てると、更に迫力が増して、何やら下からこぼれ出しそうになるが、グッと我慢していくことにした。

「ひ、柊君。いいところに来てくれた。私を助けてくれないか。お願いだ」

オレの肩にしがみついたクロード社長を、エスカイアさんが面倒臭そうに引きはがしていく。

「クロード社長。どうされました？　ああ、その顔はまた日本側から予算の縮減を求められたのですね。社長が慌てる理由はそれくらいしかありませんからね。翔魔様のお父上も上からのお達しには逆らえませんし、それに昨今は日本も経済不況ですから仕方ありませんよ」

オレから引きはがされたクロード社長が、地面に向かって拳を叩きつけてオイオイと泣いていた。その姿に少しだけ哀れさを感じてしまう。

「柊君……頼むよ。君の力で日本側から多額の援助を引っ張り出してくれないか……予算が縮減されると……我が社の……我が社の……」

クロード社長は子供のようにオイオイと泣きながら、床を叩き続けている。もしかしたら、日本側の予算がこの会社の運営資金の大部分を賄っていて、縮減されたらマジで倒産まっしぐらとかいうオチはやめてくださいよ。ほら、オレも入社したばかりだし、嫁（？）が二人もいるんで色々と生活設計が狂ってしまうんですが。

「ク、クロード社長。私の微力な力でよければお貸ししますが……」

床に膝を突いて床を叩いていたクロード社長の手をオレが取った瞬間、ゾワゾワするような邪悪な形に歪んだ唇を見てしまった。これは、絶対にクロード社長の罠に違いなかった。

「その言葉を待っていたよ。柊君ならそう言ってくれると思った。これで、我が社の『交際費』を削らずに済む。イヤー、最近は本業が儲かり過ぎていてね。日本側から税金をいっぱい持っていかれたうえに、『交際費』の経費認定も厳しくてね。オチオチ、六本木や銀座のクラブで豪遊もできないのだよ。いやー助かった。そーだ。今度二人で飲みに行こう。いいクラブを知っているから。カワイイ子も紹介するぞ。レイナちゃんって言って――」

クロード社長は涼香さんとエスカイアさんによって撲殺されていた。自業自得である。社員を出汁にして交際費を引き出そうとは腹黒いにも程があった。

いやでも、六本木や銀座の高級クラブとかいっぺんでいいから飲んでみたいかも。今度、コッソリと内緒で社長のお供をしようかな。

オレの不埒な考えを察知した二人の獣が、射貫くような視線をこちらに向けてきた。

「柊君は、このバカ社長と一緒に、六本木や銀座の高級クラブに行きたいなぁとか考えてないよね？」

怒りのオーラが怖いです。はい。落ち着きましょう。

「翔魔様はまだ奉仕が足りないかしら。フフフ」

いえ、もう十分と言えるほど頂いております。はい。

獣二人の視線に晒されたまま、社長の意識回復を待つ間は苦行に等しい時間経過であった。

「HAHAHA、二人とも冗談が通じなくて困る。とりあえず、予算を縮減されないように日本側の要人からの依頼も受けてほしいのだよ。交際費云々は私流のオヤジギャグだったのだがなぁ。受けなかったようだ。残念。それで、話を戻すけど、今回の依頼者は公安調査庁の偉いさんなんで上手く話を繋いでおかないとちょっとマズいんだよね」

気絶から復活したクロード社長は、割れてヒビの入ったサングラスを替えようとせずに、そのまま椅子に座り喋っていた。

「公安調査庁ですか。確か、私達の身辺警護をしてくれてますよね？」

「ああ、そっちは公安警察。今回の依頼主は公安調査庁調査第三部第一課長である東雲《しののめ》霞《かすみ》君からの依頼だ。彼女の担当する課は主にエルクラスト側における反日本勢力の掌握と情報収集になっているのだが。その彼女が私に調べてほしい場所があると言ってきてね。予算をチラつかせるからど

うにも断れなくてね。ちょうど、今は天木君のチーム以外だと、柊君のチームしか空いてないから
やってもらおうかと思ってさ。機構側からも承諾は受けているし」

真面目に話せば別に断る案件でもないのに、下手に茶化そうとするから、美女お二人の怒りに触れるのだと言いたかったが、危ないので心に留めておくことにした。

「しょうがないですね。機構側も承諾しているなら、受けますよ。で、依頼者はどこに？」

「ああ、ありがとう。彼女は赤坂の外資系ホテルに滞在しているから、そこで会う約束をしているのだよ。ハイヤーを呼ぶから君達も同行してくれ」

そう言ったクロード社長がスマホを取り出して色々と連絡をし始めていた。エスカイアさんも慣れた手つきで会社の電話でハイヤーを呼んでいる。しばらくして、会社の前にハイヤーが来ると四人揃って乗り込み、依頼主の待つ赤坂の外資系ホテルに向かった。


着いた先は外資系ホテルでも一、二を争う高級ホテルであった。一泊ウン十万円とか言われているホテルの放つ雰囲気にオレは圧倒されていた。そして、玄関でハイヤーを降りるとクロード社長が顔見知りと思われるボーイに挨拶を送ってスタスタとホテルに入っていく。社長ともなるとこういった高級ホテルをよく使うのだろう。オレもたまにはこういった高級ホテルで食事をしてみたいなぁと思いつつ、社長達の後を付いていった。ホテルの中で、不審者っぽく辺りを見回していたのは、オレと涼香さんだけで、クロード社長とエスカイアさんは慣れ親しんだ様子で目的の部屋に向

かうエレベーターの方へ歩いていた。そして、エレベーターに乗りロイヤルスイートと呼ばれる部屋がある階に到着するとクロード社長がドアをノックする。

「『(株)総合勇者派遣サービス』のクロードです。ご依頼の件で商談に参りました」

依頼者の泊っている部屋は、最上階に近いロイヤルスイートルームであり、ドアが開いて中を見ると、ホテルとは思えないほど広い部屋に、高級そうな調度品や大きなダイニングテーブルやベッドなども置かれていた。

「よく来たわね。クロード社長のことだから、わたしの依頼は断るかと思ったけど。まさか受けるとわね」

「いやいや。公安調査庁調査第三部第一課長様であられる東雲様のご依頼を断ったら、我が社にどれほどの大打撃を被るかと思いまして」

応接用のソファーに腰を掛けていたのは、いかにもキャリアウーマン風の出で立ちをしている三〇代後半の眼鏡を掛けた女性は、公安調査庁調査第三部第一課長という肩書きをもった女性キャリア官僚であった。

「ほう、君が外務省異世界情報統括官の柊室長の御子息か。お初にお目にかかる。わたしが東雲霞よ。君等のことは色々と報告が上がってきている。相当に強いらしいわね」

そこはかとなくSの気配を醸し出している東雲《しののめ》女史であったが、美貌と均整の取れた肉体を見せつけられてしまえば、抗える男は少ないようにも思える。

「そうですな。この計画が始まって以来の素質を持った派遣勇者で、あの多頭火竜《ヒドラ》をソロで退治してしまいましたからね。うちのエース級の人材ですよ」

東雲女史の値踏みするような視線がオレの身体の隅々に注がれていく。エース級と言われても実感は全くなく。まぐれで多頭火竜《ヒドラ》を一匹狩っただけなんだけどなぁ。過大評価は失望を招くから、できるだけ評価は低めから始めてほしい。どう考えても、Ｆランクの大学をやっとこさ卒業したスポーツも勉強もできないオレがエース社員だなんて想像がつかないわ。

「クロード社長がそう見立てるなら間違いないわね。じゃあ、商談に入りましょう。ソファーに掛けて」

オレ達は東雲女史に勧められたソファーに座ると、彼女はおもむろに地図を取り出してきた。その地図は見慣れた日本地図でもなければ、世界地図とも形が違うようなので、多分エルクラスト世界の地図だと思われた。

ほほう。エルクラストは八つの大陸に分かれているんだな。それぞれが独立した大陸があり、海で分かれているのか……。

「これってエルクラストの地図ですね。翔魔様、ここが昨日わたくし達の行った聖エルフ連邦共和国ですよ。エルフと人間とハーフエルフの住む国」

エスカイアさんが地図で西の外れにある三番目の大きさの大陸を指差していた。

「お嬢さん。わたしが説明したいのだけどいいかしら？」

棘が交じった声音で東雲女史が注意する。異世界の反日勢力を監視・情報収集するという任務に就いていることからでも、東雲女史は男勝りな性格が窺い知れた。

「ああ、申し訳ございません。出しゃばりましたわ。どうぞ、続けてくださいませ」

「分かればいいわ。それで、本題だけど、ミチアス帝国の一部貴族に反日の機運が高まっていると部下が報告してきていてね。地図上だとこの南の一番小さな大陸でダークエルフ達が住む国なのだけど。その一部の反日勢力が現帝室を覆そうと合成魔獣《キメラ》を魔境のどこかで育成しているらしいの」

「え!? 合成魔獣《キメラ》ですか!? でも、あれって大陸間条約で製造禁止された生物兵器ですよっ!」

エスカイアさんは合成魔獣《キメラ》という言葉に顔色を変えていた。ラノベやゲーム知識から考えると、色々な魔物の特性を与えた魔物といわれる生物だと思うが。それにしても、エスカイアさんと同じくクロード社長も顔色が悪くなっていた。

そんなに不安そうな顔をされると、オレまで不安になるんですけど。そいつって強いの？

「あの、その合成魔獣《キメラ》って強いんですか？ 私はまだあちらの世界のことはよく知らないんで教えてほしいのですが」

涼香さんが申し訳なさそうな顔で質問をしていた。オレとしても知らないことなので、是非とも教えてほしかった。東雲女史がクロード社長に目線を送って説明を求めていた。

「合成魔獣《キメラ》というのは非常に厄介でね。どの魔物を掛け合わせているかで、討伐ランクが凄く変わる面倒な魔物なんだよ。それに、退治した際に身体に内包した膨大な純魔力エネルギーを解放してその地を消し飛ばす能力を持った戦術兵器として各国が人為的に変異させた害獣さ。今は大陸間条約によって各国で所持や開発が禁止されているものだよ」

クロード社長も討伐するべき相手が合成魔獣《キメラ》と聞いて、困っている様子であった。

「その合成魔獣《キメラ》をミチアス帝国の反日勢力がコッソリと製造しているとのタレコミがあってね。日本国が表立って動けないから、クロード社長に調査依頼を頼もうと思った次第なのよ。もちろん、受けてくれるわよね？」

東雲女史はこの場の決定権を持つ、クロード社長に流し目を送って返事を待っていた。

「そういった話でしたか……。私は柊君を出汁にミチアス帝国の反日勢力を懐柔しろと言われると思ってましたが……」

「どっちでもいいわよ。とりあえず、合成魔獣《キメラ》による現帝室の転覆さえ起きなければ、方法は厭わないわ。あの国は希少鉱物の宝庫で国が乱れるのは日本国にとって死活問題なのよね」

東雲女史から反日勢力の処遇に関する言質を取ったクロード社長は考え込むふりをして下を向いていたが、サングラスの下から覗く眼はなにやら打算がありそうな目をしていた。

「分かりました。柊君のチームを向かわせましょう。そうしたら、今年度予算の方は東雲様からもお口添えを頂けるということでよろしいでしょうか？」

「機密費から予算を回すように上に根回しをしておきます。これで、クロード社長も潤うでしょう。また、今度一緒にお食事できるといいわね」

妖しげな笑いを見せている東雲女史だが、眼は完全に笑っていなかった。きっと、誰も信用をしていない人なのだろう。

という訳で、急遽日本側から舞い込んだミチアス帝国での反日勢力の懐柔工作と合成魔獣《キメラ》捜索の依頼を担当することになった。日本側からの依頼なので、機構のクエスト機能を使うことはできず、東雲女史から与えられた怪しい魔境の候補と反日勢力に加担している者のリストを得て業務を開始することにした。

日本側の依頼を受けて、エルクラスト大陸の南に位置するミチアス帝国の帝都アケロイに転移してきたが、どうもこの国はエルクラストで最貧国であり、治安は首都といえども余りよろしくないとエスカイアさんが言っていた。実際、この国に転移したが、貴族街と思われる丘の上の住宅街や王の居城は立派な作りの家々だが、転移ゲートにある周辺の家は、うす汚れていてガラスが破れ、戸も外れかけたようなボロい建物が軒を連ねていた。

これは、典型的な格差社会というやつであろうか。きっと、丘の上の王様や貴族達が下々から色々と吸い上げて苦しめているんだろうな。みんな、目が死んでるよ。これが、いわゆる死んだ魚の眼をしているというやつか。くわばら、くわばら。

「この国は明らかに貧富の差が激しいわね。富める者と富まざる者の差がありすぎるわ。こんな、様子じゃ、現帝室を打倒してやろうと考える人も出てくるわね」

涼香さんは、スラムのように荒廃した街で、路上に横たわる痩せたダークエルフの子供たちを見て憤慨している。大学では政策学部を専攻していたという涼香さんは、日本にいた時から、こういった民に対して搾取するだけの為政者を見ては無能と断罪して斬り捨てているのだ。なので、この国のお偉いさんに会わせると、滾々《こんこん》と数時間にわたり説教をし続ける可能性があった。だが、そんなことを行えば、日本側とこの国との関係が悪くなるのは子供でも分かることなので、さっさと依頼だけを片付けて帰るつもりだ。

「まぁ、オレ達は他国の内政干渉はできないからね。そこのところは頼みますよ」

「分かっているって。この国の王様を『このクソ豚野郎、無能すぎなんだよ』って分からせるくらいに冷たい視線を送ればいいんでしょ？」

あっ、はい。全然、分かっておられませんでした。これは、マズい。絶対に王城には寄ってはダメだな。

「そういえば、エスカイアさん。東雲さんからもらったリストの人物は貴族街にいるんでしょ？」

東雲さんから合成魔獣《キメラ》製造の犯人グループだと思われる人物達のリストを受け取っていたが、意外にも貴族と呼ばれる人達が多く名を連ねていた。リストを作った東雲さんの言によれば、ミチアス帝国の貴族も二種類いて、皇帝の取り巻きとして栄華をほしいままにしている貴族と、庶民とさして変わらぬ生活を送る困窮した貴族に分かれるらしい。そして、リストに載っている貴族達は困窮している方だ。

「ええ。ですが、普通に貴方合成魔獣《キメラ》を作ってますよね？　って聞いてもシラを切られるだけでしょうから、こちらで情報集めしておかないと」

辺りを見渡していたエスカイアさんが、ボロボロの看板を掲げた酒場らしき所を指差していた。確かに、普通に聞いて喋ってくれるわけないか。情報収集も大事だよね。ダークエルフのお姉さんも魅力的だしな。

南に位置するミチアス帝国は常夏の大陸で常時暖かいため、住民は半裸に近い露出の高い服を着用しており、それでいて男女みなすべてがモデル並みの美形だらけなので、目のやり場に困るのだ。

「柊君？　私も暑いから制服を脱ごうかしら？」

女子高生みたいな会社の制服を着た涼香さんが胸元のスカーフを緩める。業務中であり、明るいうちからのお誘いには、断固とした姿勢で拒否を貫くことにした。

「ダメですよ。業務中です」

「えー、ダークエルフの子は良くて私はダメなのぉー。ほら、ほら」

涼香さんはオレの手を取るとギュッと胸を押し当ててくる。完全に肉食系女子なのであるが、この国の住人はこちらに感心を示そうとせずに相変わらず無反応だった。

超肉食系でありながらも実はかなり真面目なエスカイアさんが、業務中にオレに対して破廉恥行為を強要する涼香さんに対して、教育係としての適切な指導を開始してくれた。エスカイアさんの指導は親指を曲げ、尖らせると涼香さんのこめかみにグイグイと捻じ込んでいく、身体に覚えさせるタイプのご指導であった。

「す・ず・か・さぁ～んっ！　こちらにいる時、わたくし達は『派遣勇者』としてエルクラストの方に見られているのですから、そういった破廉恥な行為はお控え願いますわ。『派遣勇者』の行いがすべて会社の評判になるので、お家の中でならいくらベタベタしても怒りませんが、お外ではダメですわ。分かりましたか？」

「あひぃいい。分かりましたぁ。ごめんなさい。出来心なの。もうしませんからぁ」

こめかみをグリグリとされていた涼香さんが半泣きで謝罪していた。アレは確かに痛いと思うぞ。

往来でご指導と称したじゃれ合いをしている様子を見ていると、すでに息の合った感じの二人だが、そのコンビネーションは夜にも生かされるので、オレとしてはほどほどでいいと思われた。

「二人とも遊んでないで、さっさと仕事を終わらせるよ」

オレはじゃれあう二人を置いて、情報収集のために寂れた酒場に入っていった。


戸が外れかけて傾いている酒場に入ると、昼間から酒浸りになっている人、よく分からない葉っぱを煙草みたいにして吸う人、虚空を眺めている人など様々な人がいるが、すべての人から感じられるのは無力感だけであった。

「いらっしゃい。この国に派遣勇者がくるなんて珍しいね。貴族様の屋敷に害獣でも忍び込んだのかい？」

酒場のマスターらしい壮年のイケメンダークエルフがコップを磨きながら、こちらを見ていた。見た目は渋メンのいい男だが、着ている服がくたびれており、すべてを台なしにしていた。

「あ、いえ。今回は観光ですよ。わたくし達、久しぶりに休暇が取れて、行ったことのない国を巡ろうという話になりましてね。このミチアス帝国に来てみたんですわよ」

エスカイアさんが人当たりの良さそうな笑みを浮かべて、カウンター席に座る。オレや涼香さんも一緒にカウンター席に座った。

「そうそう、私、つい最近に派遣勇者になりましてね。初めてのお休みなんで、このエスカイアさんに色々な国を紹介してもらっているんですよ」

涼香さんもエスカイアさんと同じように笑みを浮かべ、初めての観光のために来たと話を合わせていた。女性二人からニコニコと話しかけられた壮年のダークエルフは少しだけ照れたような顔をしたが、商売人らしく二人の話し相手をしてくれていた。

「へー、それでアレはどっちの彼氏だい？」

「『私《わたくし》』」

答えは同時だった。マスターの壮年ダークエルフも苦笑している。チラリとオレの顔を確認していた。

「あーすみませんね。うちのが騒ぎまして……本当にすみません」

「いいってことよ。お兄さん見かけによらずやるね。二人とも彼女にするなんてさ。やっぱ、派遣勇者様は稼ぎが違うのかねぇ」

「そ、そんなことないっすよ」

「美人が二人もいると夜も大変だろ？」

「えーっと」

言えねええ。この二人が夜は最強の肉食獣で、鉄の自制心を毎夜ごとに求められるだなんて言えねぇ。いや、まぁ、嫌いじゃないいんですが……ね。

「あはは。こいつはいいいや」

壮年ダークエルフは察してくれたようで、ニヤニヤと笑い顔でオレの方を見ていた。いやだからね。オレが求めていくんじゃなくてさ。彼女達がね。そう、彼女達がなんですよ。

マスターの口が軽くなりかけた時、急に地面が大きく揺れて、街の外の方から室内まで響くような爆発音が届いてきた。

「な、なに!?」

急な爆発音に酒場にいた人が外へ確認しに走る。すると、信じられないような言葉が飛び出してきた。

「ま、魔物だっ！　城壁まで魔物が迫っているぞ！　何だ、アレ！　でけえぞ」

外の様子を見た男性が腰を抜かしていたが、嫌な予感がしたので、オレ達は慌てて外に出て魔物の姿を確認することにした。

VS合成魔獣《キメラ》戦

屋外に出たところで城壁から顔を覗かせている害獣の姿が目に飛び込んできた。蝙蝠《こうもり》の羽を巨大化させたような巨大な羽、サイの身体のように分厚そうな皮膚と針山のような棘を持った四つ足の下半身からは、ゴリラのような筋肉質の上半身が生え、頭にはユニコーンのような角を生やした馬面と、大きく裂けた口と鋭い牙を持った鰐顔が二つ並んで生えていた。

「あ、あれは合成魔獣《キメラ》ですわね。というか、あれほど巨大なのは今まで製造されてないかもしれませんわ。小型サイズの合成魔獣《キメラ》でも直径一〇〇メートルは綺麗に消し飛びますから、あのサイズだと下手すればこの街の半分が吹き飛んでもおかしくないです」

合成魔獣《キメラ》のサイズを確認したエスカイアさんから恐ろしい言葉が漏れ出していた。その言葉に涼香さんも怯えた顔をする。

「ちょ、ちょっと。半分って凄くマズいじゃないの。ここで合成魔獣《キメラ》が暴発したら東雲さんに首絞められるわよ。無能な王だけど現帝室を維持してって言われてるし――」

城壁上で暴れていた合成魔獣《キメラ》の鰐顔の方が大きく口を開いたかと思うと、眩い光を放って光条《レーザー》のようなものをミチアス帝国の皇城へ向けて放った。放たれた光条は皇城の外壁を溶かしていき、次いで大きな爆発を引き起こして、跡形もなく吹き飛ばしてしまっていた。もくもくと煙をあげる場所にあった皇城は跡形もなくなっている。

うぁあああ、マジかぁ。アレって皇帝が絶対に死んだよね。これって東雲女史に怒られる案件だよな。けど、今はそんなことを考えてる時じゃないや。あいつをどうにかしないと。街の人が大惨事に巻き込まれちまう。

目の前で皇城を消し飛ばされたことで、住民達もパニックに陥り、次々に屋外に出て合成魔獣《キメラ》と反対方向にある港へ向かって駆け出していた。

「エスカイアさん、涼香さん。オレがあいつをここから引き離すから、住民の誘導を頼みます。それと、これはオレからのお守り」

万が一被弾しても二人を守れるように、最高レベルの防護魔術で障壁を付与しておいた。これで、流れ弾で二人が死ぬことはないはずだ。

「これって……絶対障壁《パーフエクトウオール》……。翔魔様は最高レベルの魔術も簡単に使えてしまうのですね……。普通は数名の高位魔術師が儀式を経て付与する防護魔術なんですけど……。あ、ありがとうございます。これなら、死なないはずですわ」

絶対障壁《パーフエクトウオール》の膜に覆われたエスカイアさんがとても驚いた顔をしていた。オレとしては二人を守れるようにと安心安全のために最高クラスの防護魔術を選んだだけである。

「この膜みたいのがそんなに凄いの？」

「ええ、多分。翔魔様の力を考えれば、さっきの光条《レーザー》も弾き返せるかと思います。けど、今は住民の避難誘導が先ですわ」

「あ、ああ。そうね。柊君っ！　あいつをさっさとここから離してくれるかしら。害獣処理は派遣勇者の主な業務だったはずよね」

涼香さんも悠長に説明を聞いている場合ではないと悟っており、派遣勇者としての仕事を始めるべきだと伝えてくる。

「任された。ちょっと街から離れてもらうことにするよ。二人も避難誘導だけど気を付けて」

オレは避難の誘導を二人に任せると、飛行《フライト》を展開して空から暴れ回る合成魔獣《キメラ》に向かって近づいていった。


空を飛んで近づいてくるオレを見つけた合成魔獣《キメラ》が、ユニコーンの角を光らせると、にわかに雲が発生して稲妻がオレに向かって飛んでくる。すぐに絶対障壁《パーフェクトウオール》を展開して稲妻から身を守るが、自分から外れた稲妻が地上の街を破壊していた。

ここで戦うと街に甚大な被害がでちゃうよ。街から離さないと。国家の首脳陣がいたと思われる皇城が吹き飛んでいるし、これ以上、問題がデカくなるとオレの首が掛かってきちゃうよね。入社して数日で首とかって、お袋に殺されちゃうからやめてほしい。とりあえず、まず敵を把握しないと対策も立てられないか。

眼下で暴れる合成魔獣《キメラ》を睨むと、魔物鑑定を行っていく。

Sキメラ
魔物LV65　害獣系統：人造系
HP：20800　MP：10890
攻撃：4020　防御：3560　素早さ：2930　魔力：3560　魔防：3340
スキル：稲妻　破壊光線　自爆　麻痺無効　毒無効　攻撃阻害
弱点：なし　無効化：なし

鑑定を終えたが、多頭火竜《ヒドラ》よりも更に強い魔物であることが判明していた。特に攻撃力がそれなりに高いので、これ以上この街付近で戦わせるわけにはいかなかった。

まぁ、殺せない相手ではないけど、確か絶命時に爆発していくって言ってたし、まずは遠くへ飛ばさないと。

『マジック』と呟きディスプレイが展開されると、肉体強化《フィジカルストレングス》を最大限まで掛けて、虹色のオーラに包まれると、一気に転移《テレポート》で合成魔獣《キメラ》の懐に入り、飛空《フライト》で勢いを付けた飛び蹴りをゴリラの身体に打ち込んでいった。

飛び蹴りを受けた合成魔獣《キメラ》はトラックに撥ねられた動物のように地面を転がり土煙を上げながら、数キロ先の山の稜線に突き刺さって動かなくなっていた。

これで、最悪爆発しても山が消し飛ぶくらいで済みそうだけど……。

すぐさま転移《テレポート》して山の稜線に突き刺さった合成魔獣《キメラ》に近づくと、身体に触れてスキルをコピーしていく。一応、いざって時に役に立つかもしれないから、何でもコピーしとかないと。

稲妻をコピーしますか？　Y／N
破壊光線をコピーしますか？　Y／N
自爆をコピーしますか？　Y／N
攻撃阻害をコピーしますか？　Y／N

触れると被っていないスキルがコピーするか表示されていく。自爆っているかな……というか、自爆して再生とかってできるのか。試したいけど、試しちゃいけないものだと思うな。うん。きっとそうだ。

表示されているものをすべてコピーし終えた時、合成魔獣《キメラ》の二つ頭の付け根に人のようなものがチラリと見えた。あんなところに人がいるなんて……。もしかして巻き込んじゃった人かな。死んでないといいけど。

合成魔獣《キメラ》は気絶したままのようだったので、人影に近づいてみた。

「おっと、裸とは思わなかったぜ。でもまぁ、小さい子だから別にどうってこともないけどさ」

人影の主は下半身を合成魔獣《キメラ》に喰い込ませたダークエルフの少女だった。いや、少女というよりは幼女といっていいほど幼さを感じさせる子だ。銀髪のツインテールを垂らし、気の強そうな吊り目の紅眼、妖しい魅力を発揮する褐色の肌をした幼女はブスッとした表情でオレを見ていた。

「お主は妾の裸を見て欲情しておるのかのぉ。こう見えても妾も昔はもっとボン、キュ、ボンのナイスバディだったのじゃ。今はこのような化け物にされてしもうたがな」

ダークエルフの幼女は手で胸を隠していた。そういった風に恥ずかしがられると、こっちも無駄に意識してしまい恥ずかしくなるのだが。ともかく、彼女も合成魔獣《キメラ》の一部とされてしまっているようであった。

「き、君は何者さ？」

「お主こそ。人に名前を尋ねる時は先に名乗れと親に教えられなかったのか？　普通は先に名乗るのじゃがのぉ」

幼女に指摘されて、自分が相手を侮っていたことを知る。確かに彼女の言うことは正論であった。名前を聞く時は自分から先に名乗れと、お袋に口を酸っぱくするほど言われていた。

「あ、はい。オレは柊翔魔。『(株）総合勇者派遣サービス』派遣勇者第七係主任をしてます。で、君は何者？」

派遣勇者と聞いた幼女が首を傾げていた。オレ達の存在を知らないのであろうか？

「ふむ、妾が魔境の森で引き籠って昼寝をしている間に、世の中が変わってしまったようじゃ。派遣勇者など聞いたことがないが、名乗ったからには妾の名を教えねばなるまい。妾はミチアス帝国初代皇帝トルーデ・ベッテガ。齢九三五歳を数えるのじゃが……これは内緒にしておいてくれるとありがたいのう。魔境の森で隠棲して、日がな一日雑音のなく昼寝をして過ごしておったのじゃが、黒い外套の男達に襲われ気付いたら合成魔獣《キメラ》の核にされてしまっていたようなのじゃ」

幼女が発した年齢に思考が停止した。一〇歳くらいの幼女かと思っていたが、齢九〇〇歳を超えるロリババア……もとい。ロリお姉さんだった。しかも、この国の初代皇帝だと自称している。

「あ、はい。トルーデ陛下とお呼びした方がいいでしょうか……」

「皇帝位は甥に譲ったのじゃ。ただのトルーデでいいのじゃ。それにしてもお主は強いの。このエルクラストにかように強い勇者がおるとは思わなんだのじゃ。妾の魔力を使って合成したこの合成魔獣《キメラ》はSランクの害獣なのだがのぉ」

トルーデさんは恥ずかしそうに胸を隠したままであったが、オレをこの世界の勇者だと勘違いしている様子だった。

「トルーデさん。オレはこの世界の勇者ではありませんよ。日本から来た勇者です。二〇年ほど前にオレの国と、この世界が繋がってしまったようで、それからオレ達日本人も派遣勇者をするようになったみたいです」

「ほぅ、少し昼寝している間に世の中は激変しておるのぅ。ところで、翔魔。妾を助けようとはせぬのか？」

トルーデさんがモジモジと身をくねらせていた。下半身は合成魔獣《キメラ》とくっついてしまっており、助けろと言われても、どう助ければいいのか皆目見当がつかないのである。そして、助ける方法を考えようと、合成魔獣《キメラ》との結合部をジッと見ていたらトルーデさんの鉄拳が飛んできた。でも、まぁポカポカと叩かれても全く痛くないからいいんだけどさ。

「馬鹿、エッチな眼で妾を見るでない！　妾は合成魔獣《キメラ》に魔力を供給しているだけだから、他の部位を普通に倒せばいいだけなのじゃ。そうすれば、妾はコアから排出される。反対に妾を間違って殺したらこの辺り一帯は焦土化するから気を付けるのじゃ。お主ならきっと合成魔獣《キメラ》を倒せるはずなの……じゃ……」

トルーデさんがビクンと震えたかと思うと、眼が虚ろになった。すると、気絶していた他の部位が動き始めていた。

「トルーデさんを避けて、こいつらをぶちのめせばいいんだな……」

オレは支給されている剣を鞘から引き抜くと、正眼に構えて合成魔獣《キメラ》と相対することになった。

トルーデさんを取り込んでいる合成魔獣《キメラ》は気絶から覚めると、オレに対して大きな咆哮を上げて威嚇を行ってきた。そして、ゴリラの腕が近くの木を引き抜いて槍のようにして突きかかってきた。

オレは軽く身を躱《かわ》して避けると、鰐顔の前に転移《テレポート》して剣を全力で振り抜く。オレの剣は、剣先を口で受けようとした鰐の顎の付け根を真横に切り裂いていった。切り離された顔の上部がドサリと地面に落ちる。

「うげえ、断面が気色悪い。それに血もでないんだ」

真横に両断にされた鰐の頭部は地面でまだビクビクと震えている。激高した合成魔獣《キメラ》がユニコーンの角に光を集めていた。先程の稲妻を撃たれるのは、面倒なので一気に剣を振り抜き真空波でユニコーンの角を切り落としていく。これで攻撃手段は肉弾だけになったな。

ユニコーンの角を落としたことで油断していたオレは、不意に現れたゴリラの手に捕まってしまっていた。ギリギリと握りつぶそうと合成魔獣《キメラ》が力を入れてくるが、全く痛みはなく、逆に捕まったことで握り潰そうとしていたゴリラの手を吹き飛ばしていた。いい加減、面倒になってきたので、剣を構え直すと最大化している筋力を使って、トルーデさんの魔力によって繋ぎ止められている合成魔獣《キメラ》の部位を切り離していく。剣風によって鰐顔、ユニコーン、ゴリラ、サイといった部位ごとに斬り分けられた合成魔獣《キメラ》の咆哮が響き渡っていった。

ドサリと地面に落ちていった合成魔獣《キメラ》の胴体からトルーデさんを慎重に切り離していく。すでに、切り離された合成魔獣《キメラ》だったものたちは辺りに黒い瘴気《しょうき》を放ち腐り始めていた。

「これで、最後だ」

トルーデさんを取り込んでいた合成魔獣《キメラ》の胴体から切り離すのに成功すると、腐り始めた合成魔獣《キメラ》を構成していたものを、念動力《テレキネシス》を使い一カ所に寄せ集める。高温の火炎である極大業炎《ギガティックインフェルノ》を発動させて盛大な火柱とともに骨も残さずに合成魔獣《キメラ》を焼却処分していった。

「んっ……んんっ！　こら、貴様はどこを触っておるのじゃ！　妾がミチアス帝国初代皇帝トルーデ・ベッテガであることを知っていてのこの狼藉か？」

助け出すのに必死でトルーデさんを抱えていた右手が、彼女のそこはかとなく膨らんだ胸に触れてしまっていた。それを見たトルーデさんがセクハラを受けたと勘違いしている気がする。

「ひぇ!?　ち、違います。事故です。事故。ワザとじゃないです。そ、そうだ。とりあえずこれ着て下さい。オレの目のやり場に困りますから」

オレは着ていた制服の上着をトルーデさんに渡した。受け取った制服の上着を着たトルーデさんが小さな身体なのが丸分かりになった。要は、制服がダボダボでサイズが合わないのである。

「中々に良い心がけじゃな。気が利く男は嫌いじゃないぞ。これに免じて先程の狼藉の件は黙っておいてやろう。それに合成魔獣《キメラ》から救ってもらったことは感謝せねばなるまい。核となった妾が絶命しておれば、この辺りは焦土と化して我が国は致命的なダメージを負っていたはずだからのぅ」

見た目は一〇歳児の銀髪ツインテールダークエルフにしか見えないのだが、時々見せる仕草や目線はエスカイアさん達よりも、更に大人っぽさを感じさせ、妖艶とも言っていいほどの色気がにじみ出していた。けれど、容姿はどう見てもロリダークエルフなので違和感が仕事をしまくってくれているのだ。

トルーデさんが九〇〇歳超えなのは確かなんだろうけど、ガツガツした肉食系ではなくて、包容力が感じられるタイプの女性だと感じていた。人生九〇〇年も生きていると何に対しても鷹揚に構えられるのかな。

「オレの力がもっとあれば、皇城が消し飛ぶのは防げたはずでした……。ミチアス帝国の帝室を守れず不甲斐ない自分をお許しください」

跪いて頭を下げるオレに近づいてきたトルーデさんは顔を抱きしめてくれて、頭をポンポンと撫でてくれていた。

「まぁ、それは仕方ないことなのじゃ。あやつも自らの罪科を身でもって償ったということなのじゃ。妾があれだけ口を酸っぱくして領民を苛めるでないと忠告してやったのに、忠告を受け入れずに自らの取り巻き達だけに栄華を分け与えておったからのぉ。正直、妾が直接引導を渡してやろうかと思っておったところなのじゃ。そんなおりに過激思想に走った馬鹿貴族共が合成魔獣《キメラ》の核に妾を使いおった。貴族という特権意識は阿呆しか生み出さぬのかもしれぬな。今回の件で妾はほとほと愛想が尽きたぞ」

「は、はぁ……」

トルーデさんはオレの頭を抱きかかえたまま、愚痴とも嘆きとも思われる言葉を次々に漏らし出していた。

「とりあえず、皇城が吹き飛んだことで、皇帝が行方不明となり、皇太子の行方が掴めるまでは妾が政務を代行することにしよう」

「その言葉、待ってましたぜ」

背後から声が聞こえたので振り向くと、いつもの調理服ではなく会社の制服姿の天木料理長が二刀を手にして立っていた。

「あ、あれ？　天木料理長……なんでここに？」

「なんでって、エスカイアがアレだけ騒いだら、緊急支援チームとしては出ざるを得ないだろうがっ！　あいつの第一声が『ミチアス帝国の皇城が吹き飛びました』だったんだぞ！　転移してきたら、皇城は跡形もなく吹き飛んでるし、街は騒然としているとか意味分かんねーぞ。とりあえず、エスカイアから預かった貴族リストに載っている奴等は、今うちのメンバーが捕縛に走っているから安心しろ」

天木料理長はオレの顔を見て呆れた顔をしていたが、あの皇城消失は事故であったと、声を大にして言いたい。合成魔獣《キメラ》があんな場所に潜んでいたなんて思わないし、無敵最強と言われているけど、しがない新卒一年目の新人でしかないオレに予想しろなんてかなり酷じゃね。

出現するのが分かっていたら、オレも相応の対応をして事に当たっていたが、東雲女史に渡された事前情報では合成魔獣《キメラ》はまだ稼働状態に入っていないはずだと伝えられていた。だが、こちらに来てみたら、すでに合成魔獣《キメラ》は完成して稼働し街を襲ってきていた。

東雲女史も結構いい加減な仕事をするなぁ……。とりあえず、向こうから文句を言われたら、クロード社長を通して今回のことを言ってもらおう。オレがしゃしゃり出ると色々とややこしくなるから、こういう時こそ、飲み歩いて仕事をサボっているクロード社長を使うべき時というもんだ。

依頼された内容を完遂できなかったこともショックだったが、それ以上に日本側の情報収集能力が意外と雑だということがとても衝撃的だった。

「お、お手数をおかけしました。天木料理長に尻拭いをさせる形になってすみません」

「いいってことよ。Sランクの合成魔獣《キメラ》なんてオレでも単体で倒せるか怪しい奴だぞ。お前はお前の仕事をこなしたから、気にするな。あとの尻拭いは社長とエスカイアとバイトの青梅の仕事だ」

ポンポンと肩を叩いて慰めてくれていた。トルーデさんといい、天木料理長といい、意外といい人達二人に慰められたことで、今回の失敗に対しての罪悪感が少しだけ薄れる気がした。

「天木殿と申されたな。妾がミチアス帝国初代皇帝トルーデ・ベッテガだ。現在、皇帝、皇太子ともに行方が知れぬゆえに、妾が政務を代行しようと思っておるのじゃ」

「これはトルーデ様、ご機嫌麗しゅう。ご挨拶が遅れましたことご容赦ください。私がここに来たのもクロード社長よりトルーデ様に政務に復帰してもらうようにとの伝言を預かって参ったからですので、トルーデ様の申し出は有難いことです」

あのイカツイ顔の天木料理長が真面目な顔をしてトルーデさんに挨拶をしていた。厨房から出て業務に入ると、傍若無人に思える天木料理長も真面目な社会人の先輩に見えるのは不思議な光景だ。まぁ、このことで天木料理長を茶化すと絶対に後で仕返しされるのでやめておこう。

「現在、過激派貴族の捕縛中とのことじゃが、捕縛を終えたら、そやつらは妾に引き渡してくれるのであろうな？　そやつらは国家転覆を謀った重罪人であるからのぅ」

オレの頭を抱くことを止めたトルーデさんが、頭を垂れている天木料理長の前で仁王立ちをしている姿を見ると、一代で国を築き上げた英雄のオーラを醸し出していて、能力的にはこちらが上だと分かっていても、逆らうことが許されないような気配になっていた。

「はい。そのようにせよとクロード社長より伝言を預かっております。私のチームは過激派貴族を捕縛したら、帰還いたしますが、この柊主任のチームは後処理まで扱き使っていいと指示を受けておりますので、ご自由にお使いください」

天木料理長の言い出した言葉を聞いてオレはギョッとしてしまっていた。

え？　そんな話聞いてないよ。この合成魔獣《キメラ》討伐が終わったら、業務終了じゃないの？　ええ？マジで？　前言撤回、天木料理長、鬼畜決定です。

「あ、天木料理長……」

「というのが、社長の指示だ。正確には東雲女史からのご指名らしい。『せっかく、繋いだ帝室とのパイプをぶち壊した御社の柊主任に、ミチアス帝国の後任者との調整役をやらせろ』と呼び出されたクロード社長が冷たい視線に晒されたらしいぞ」

つまり、この件ではオレ達に後始末を行えという無茶振り指令が日本国側から通達されてしまっていた。

「あ、あの。泊まり込みですかね？」

「だろうな。飯は食堂にくれれば喰わせてやるから、頑張れよ」

「そうか、翔魔を貸してくれるのか……。では、精々扱き使わせてもらおうかの。皇太子の行方探しとか、皇城の再建とか、仕事は山のようにあるのじゃ。それに、日本との折衝もしてもらわねばな。皇城に詰めていた宮廷貴族達も軒並み吹き飛んだからのぅ」

トルーデさんの提示した業務量の多さに目の前が真っ暗になってしまった。確実に数カ月は泊まり込みになりそうな大惨事案件である。絶対に干からびて死んでしまう案件だと思われた。

こうして、オレはトルーデさんのしもべとして日本国と『(株)総合勇者派遣サービス』から身売りされ、ミチアス帝国の出向職員となることが決定した瞬間だった。おかしい、オレ達は機構の専任チームだったはず。……この処遇解せぬ……。


「この条項はミチアス帝国の不利になるので、除外してください。こんな数字の援助金じゃ、この国から希少金属を受け取れると思わないでくださいね。それに設備投資ももっとしてください。最新の採掘機と製錬所建設の補助金、採掘における環境汚染に対する補償金も全然足りませんね。貴方達は子供の使いなの？　この国から搾取をして日本だけが繁栄すればいいと思っているなら、出直してきなさい。すでに他社からの打診は受けているわよ。貴方達だけが取引相手だと思わないようにね」

朝から日本にある『(株)総合勇者派遣サービス』本社のオンボロオフィスで涼香さんが張り切

って、商談に臨んでいた。オレ達は会社と国の陰謀（というより妥協案）により、現在はミチアス帝国への出向社員という形になっており、ミチアス帝国の復興のために色々と雑多な折衝に付き合わされていた。

けれど、オレとしては経済や国家運営などさっぱり分からない上に、商談などもしたことがないため、実務を取り仕切っているのは、肉食系女子二人であるエスカイアさんと涼香さんであった。そして、オレの行う大事な業務は商談相手にお茶をお出しするという、お茶出し係の大命を拝している。

別にオレが無能（実務経験はないが）だからという訳ではなく、二人に任せると出向先の代表であるミチアス帝国の上皇トルーデさんからのご指示が出ているからだ。過激派貴族を一掃して、新たに全権を掌握したトルーデさんが上皇のまま皇帝職務を兼職し、国内の有為な人材を登用して国政を立て直している最中だった。帝室が壊滅したことで、国家の存続が危ぶまれたが、市井にいた前皇帝の私生児が賢明な人物であり、後ろ盾となったトルーデさんの強権の下で皇太子となり、国家継承の目処が立った。そして、新皇太子が市井での苦労人であったことと、税金や日本国からの補助金を搾取していた貴族層が軒並み死亡と改易されたことで、貴族に搾取され青息吐息だった住民達も喜び、顔に明るさが戻ってきていた。とはいえエルクラスト最貧国であることは変わりなく、上皇トルーデさんが二人を使って希少金属の開発利権を売り出すことを日本政府に認めさせていた。日本側も公安調査庁が主導した今回の依頼での失態を重要視して、日本国との専売契約だった希少金属の開発利権の一部を解放せざるを得ず、一般企業に参入させる許諾を得るために、我が社のクロード社長とエスカイアさんが関係省庁を暗躍したとか、しないとか言われている。そうして得た開発権を復興費用に充てるため、商社との商談を行っているのだ。

「柊君。お帰りになるようよ。お送りして」

「あっ、はい」

商談を終えた商社の営業担当者を階段へ案内していく。オレはチームの主任ではあるが、魔物との戦闘以外ではあまりお役に立てないのである。ちなみにこっち（日本）に帰ってきてしまえば、エルクラストでの勇者の力は発現されず、ただの一般ピープルになってしまうため、猶更に役立たず感が半端なかった。なので、今できる仕事はお見送りとお茶出しだけなのである。

「ふぅ、あの商社はこっちの足元見ているわね。希少金属の相場を知ってて、あの金額とかはないわー。私が、構築したミチアス帝国の新税制を軌道に乗せるには是が非でもこの開発権を高値で売り付けないとダメね」

涼香さんが商談を終えて疲れたように目元をマッサージしていた。トルーデさんが、後継者に指名したアレクセイ皇太子との打ち合わせで作られた復興案では、涼香さんの異才が発揮されて、住民本位の政策が積極採用され、暮らしやすさとそれに対する税負担の透明性がキッチリと明示された新税制は、恐ろしく低い税制でありながらも弱者が這い上がれるセーフティネットが多数ある再チャレンジ型の社会保障に特化していた。これは復興案を主導した涼香さんが大学在学中に考えていた国家税制らしく、現代日本にも見習ってほしいほど、公平で簡潔で分かりやすく、助けてもらいやすい税と社会保障の政策になっていた。この税制はアレクセイ皇太子が皇帝権限を駆使して認めさせており、反対派に回りそうな貴族達も軒並み消え失せていたため、反対意見なしで承認されたのだ。

そんなこんなで皇城が消失して一カ月くらいになるのだが、仕事に目覚めた涼香さんと、クロード社長とともに官公庁街を暗躍する謎の事務員に変化したエスカイアさんは、夜のお仕事をセーブしてくれるようになったおかげで、オレの体調はすこぶる良好に回復していた。

やっぱり、お仕事はほどほどに忙しい方がいいよね。

「そーいえば、涼香さん。次の商社の方が見えられますよ」

「そうね。次のところは有望株だから多めの提示額を引き出させないとね。そういえば、柊君はトルーデさんに呼び出されてなかったっけ？　いいの？　ここで遊んでいても」

涼香さんは仕事にハマり込むタイプのようで、目の前の仕事に意欲を燃やすのに集中する人であった。ようやく、肉食系女子である涼香さんの扱い方のヒントを見つけた気がした。

「あっと、そうでした。ちょっと大聖堂まで行ってきます」

涼香さんに後を任せて、転移装置を使うと、エルクラストの大聖堂に飛んだ。

トルーデさんのいる場所の見当はついているので、迷わずにその場所へ足を向けていく。たどり着いた先は天木料理長の鎮座する食堂である。

「遅くなりました。柊翔魔。只今、到着いたしました」

一応、出向先の代表者であるため、膝を突いて拝礼を行う。トルーデさんからは礼儀は省略していいと言われているが、ここは機構の職員も多くいる場所なので、礼を失することはできない。

「相変わらず堅苦しいのぅ。まぁ、良い。今日は折り入って翔魔に頼みがあって参ったのじゃ」

紅く綺麗に澄んだ眼を少しだけ潤ませていたトルーデさんは、ミチアス帝国の民族衣装らしい露出度の高い衣服を身にまとっており、小悪魔的幼女の容姿をしていた。だが、この外見に騙されてはいけない。こう見えても齢九〇〇歳を超える大ババ様なのだよ。

「むぅ、なんぞ。妾を愚弄した思念が感じ取れた気がしたが……」

危ない。見透かされていそうだ。消え去れ、おババ様発言。急いで別なことを考えるために、未だ人物鑑定をしていなかったトルーデさんのステータスを確認してみた。

トルーデ・ベッテガ　年齢935歳　ダークエルフ　女性　国籍：エルクラスト（ミチアス帝国）
勇者適性：A
LV80（MAX）
HP：8960　MP：12482
攻撃：4430　防御：3456　素早さ：5549　魔力：4895　魔防：4969

スキル：隠蔽魔術＋＋　精霊魔術＋＋　攻撃魔術＋＋　闇属性＋＋　杖＋＋　ローブ＋＋
先見の眼＋＋　魔力増量＋＋　思念感知＋＋　カリスマ＋＋

まさにエルクラスト最高クラスの人材だった。エルクラスト生まれで最高のAランクであり、レベル上限に達している人を見たのは初めてだった。それと、思ったとおり思念感知とかいう怪しげなスキルまで所持しているので、早速コピらせてもらうことにする。

「まさか！　トルーデさんを愚弄する者などいるわけが……」

なるべく、不自然にならないようにトルーデさんの手を触れにいったのだが、すんでのところで手を動かされて触れられずにいた。

「なんじゃ？　翔魔は妾に触れたいのか？　我が国では夫以外に肌を触れさせることは禁忌とされているのじゃがのぉ」

待って、ミチアス帝国の人って露出狂かと思うくらい派手な服着て女性も歩いているけど、既婚女性の肌に触れたら、怖いお兄さんが出てくる国だったの。ん？　すでにオレはトルーデさんのおっぱいを触ってしまっていたような気が……。

その瞬間に背中から冷たい汗がドッと噴き出していた。まさかとは思うが、肌に触れたら責任取って結婚しろとか言わないよね……。現状で二人も嫁いるような感じだし。なんだか、流され系みたいな展開はお断りしたいのだが……。

「安心せい。誰も翔魔の嫁になるとは言っておらぬであろうが……」

はい、完全に思念を読まれました。ありがとうございます。

少しだけ残念そうな顔をしていじけている姿に、ちょっとだけ心が動きそうになる。でも容姿は一〇歳児、東京で連れ回していたら確実に警察のお兄さんに職務質問を受けてしまうのは間違いないと思われた。

「そ、そうでしたか。てっきりオレは……」

「翔魔は妾の伴侶になるには、まだまだ経験が足りぬのじゃ。いい男にしか妾の伴侶は務まらぬからのぉ。そんなことより、呼び出した用件を話し合わねばならぬのじゃ」

「そうでした。で、オレの用件とはなんです？」

目線で椅子に座れと言われた気がしたので、対面の席に腰を下ろす。テーブル上ではトルーデさんが注文したと思われるスイーツ類。特にケーキ類がたくさん置かれている。トルーデさんは超絶甘党派だった。食事といって食べるのはお菓子類やスイーツ類だけなのである。

本人曰く、魔力を回復させるためとのことだが、どう見ても甘い物の摂取をしすぎな気もするのだが。コロコロに太ったトルーデさんもそれはそれで、ポチャ系ロリみたいでカワイイかもしれない。

「また、翔魔はいかがわしいことを考えておるようなのじゃが……。まあ、よい。それよりも用件だが、妾を翔魔のチームで雇ってもらえぬだろうか？　実はな復興案を涼香と皇太子に丸投げしていたら、妾の生活費をごっそりと削られておったのじゃ。建国の祖たる妾に対してこの仕打ちはないであろうと思ったのじゃが、皇帝になる予定の皇太子ですら雀の涙の生活費だと聞かされたら断れなくてのぅ。妾も仕事を探さねばならぬのじゃ」

そういえば、涼香さんが打ち出した新税制や社会保障案に紛れて、帝室費大幅削減案も盛り込まれていたな。アレは確かに皇帝業をボランティアで働けみたいな案で、皇太子である庶民育ちのアレクセイさんもドン引きの内容なのだ。衣食住だけは国から貸与してもらえるし、外国使節の接待等は国が支出してくれるが、皇帝自身が自分の意思で使える月額のお金は国民の平均賃金と同程度という恐ろしい案だったのだ。これにはアレクセイさんも随分抵抗したようだが、『国が裕福になれば、自然とアレクセイさんの収入も増えますよ』と言いくるめられて、採択された案である。こんな案は貴族達がいれば絶対に認めさせない案なのだが、皇城が吹き飛んだのと、過激派貴族一掃でほぼ貴族層がいなくなっていたため、アレクセイさんが折れると、簡単に通過していった、いわくつきの法案だった。

「あー、あれですか。涼香さんが提案したとはいえ、よく飲みましたね。あの条件を。そういえば、皇帝位をアレクセイさんに譲るとトルーデさんはどうなるんですか？」

「妾は今までどおり『上皇』と名乗るだけなのじゃ。けれど、生活費は雀の涙以下なのじゃぞ。とりあえず、ここの払いは翔魔につけておくのじゃ」

ええ！　マジで！　いやまぁ、接待費で落としていいってエスカイアさんから聞いてるけどさ。

でも、まぁ可哀想な境遇に陥ってしまっているなぁ。悪いのは前皇帝と取り巻き一派だと思うんだけど、涼香さんは理想主義者だし、アレクセイさんも市井での苦労人だから通っちゃっただろうけど。一番のババを引いたのはトルーデさんか。

生活に困窮するのが目に見えているトルーデさんが、オレのチームに雇ってほしいと直談判してきていた。

「それはオレが持ちますけど。うちのチームに入りたいというのは正気ですか？　仮にも『上皇』様でしょ。そんな方が、オレの部下ということですよ？」

「じゃがのぅ。妾は仕事がないのじゃ。街で仕事を探そうにも皆断られるし、かといって何かを作れる訳でもなし。妾にやれるのは思念を読み取ることと、敵の攻撃を一歩前で見切れるだけなのじゃ」

先程から、オレの思念を読み取っているのは分かっていたが、本人の口から言われると是非ともコピりたいスキルである。それに、エルクラストではそれなりに顔が広いようで、機構のブラス老翁もトルーデさんに敬意を払っていたので、トラブル回避のアシスト役としてチームをサポートしてくれるなら、悪くない人選かもしれない。あとは、何と言ってもトルーデさんは人の使い方が上手くて、肉食系お姉さん達を上手く手懐けて猛烈仕事人間に変化させるという荒業を見せてくれていた。そういった手腕まで考えれば、トルーデさんは是非ともチームに迎え入れたい人材である。

「おお、良さげな回答がもらえそうだな。給料はいかほどもらえるのじゃ？」

「人の思念を読まないでくださいい。仕方ないですね。見習いバイトからですよ。Fランク。うちのチームは実績が少なくて予算も厳しいんですから。御飯については無料支給ですから、食べられないことはないでしょう。後は実績に応じて会社がランクを上げてくれるはずですよ」

一気にパァッと顔を明るく輝かせたトルーデさんは、少女のような純真さと成熟した大人の色気をミックスした不思議な魅力を感じさせる笑顔をしていた。

「それでいいのじゃ。妾はこの食堂のスイーツが食べられるなら満足なのじゃ……天木料理長！　妾は翔魔のチームに入るから今後もよろしく頼むのじゃ！」

入職が決まったことで、トルーデさんは並べられていたケーキ類を一気に食べ始めていく。

「柊のとこのチームは騒がしい奴等ばっかだな……。トルーデ陛下も、あんまり騒ぐと出入り禁止にしますからね。それと、スイーツばかり食べないこと」

厨房であきれ顔をしていた天木料理長が肩を竦めてトルーデさんを注意していた。

数日後、トルーデさんが正式に皇帝位をアレクセイ皇太子に譲る継承式典を終えて、新生ミチアス帝国は新たな船出を果たした。国内の有為の人材をトルーデさんが思念感知を使い面接し、誠実な人柄の官僚を採用していったことで、皇城消失から一カ月という短い期間での再出発を可能としていた。消失した皇城は近隣の森から許可をもらい木材を伐り出し、オレが魔術を駆使して素人大工で組み立てたログハウス調の屋敷だ。耐爆、耐熱、耐腐食、耐魔術、強度強化、地震無効化の防護魔術を付与した建材で建てたログハウスの屋敷は、エルクラスト最強シェルターを自負している。この中にいる限り、合成魔獣《キメラ》の攻撃を受けようともビクともしない仕様にしてある。皇帝となるアレクセイさんも質素な暮らしに慣れている方で、外国使節を饗応する場所は接収した貴族の屋敷を迎賓館として利用することで足りると言っていた。

「おババ様がお世話になりますが、よろしく頼みます。翔魔殿達はミチアス帝国を蘇らせてくれた恩人として生涯語り継いでいくことにさせてもらいますよ」

銀髪紅眼で褐色肌のイケメン好青年がニカッと白い歯を見せてオレの手を握っていた。トルーデさんの甥であった前皇帝の私生児で、ミチアス帝国新皇帝となったアレクセイさんである。私生児として皇族認定をもらえずに、母親と共に市井で読み書きを教える教師をして生計を立てていた人物で、今回の大幅な国家運営の見直しを積極的に推し進めた人物でもある。けれど、少なからず国内に抵抗勢力もいるので、トルーデさんの戦友達である腕利きの護衛を数十名雇って身辺を守らせていた。

「誰がおババ様なのじゃ。妾はまだピチピチの幼女であるぞ。アレクセイ、妾をおババ様扱いすると、仕送りを送ってやらぬからな」

「それはご無体な……といいたいところですが、皇帝として国を富ませるヒントは涼香様より、このようにレジュメとしてタップリと頂いておりますゆえ、地道に実行して自分の給料を獲得していくことにしますよ。おババ様は翔魔殿に付いてご自由に世界を旅してきてくだされ。いずれ、我が国でおババ様が書かれた翔魔殿の英雄譚を出版させてもらい、副業として稼がせてもらいますよ」

イケメン好青年のアレクセイさんは本当に飾らない性格の人で、周りの人達を自分の味方に引き込むことが上手にできる人であった。こういった能力が天性の人たらしというものであろうか。

「アレクセイさん。お困りのことがありましたら、すぐにでもご連絡いただければ、『(株) 総合勇者派遣サービス』のチーム『セプテム』は駆け付けますので」

オレもこの飾らない皇帝のことが気に入っており、困ったことがあったらすぐにでも手を差し伸べてあげるつもりでいた。

「ありがとうございます。翔魔殿もたまには顔を出してくださいね。我が国はチーム『セプテム』の皆様方を総出でお迎えさせてもらいますよ」

一カ月の出向期間で色々とミチアス帝国の人達とも仲良くなっていたので離れがたいが、会社から元の職務に戻れと言われると、戻らざるを得ないというのはサラリーマンの辛いところではある。

しかし、来ようと思えば一瞬で来られるので、暇を見つけたら今度は遊びにこようと思った。

「ありがとうございます。では、トルーデ上皇陛下はオレが責任を持ってお預かりいたしますね」

「むぅ、翔魔に預けられるとは心外だが、上司としての顔は立てておいてやるのじゃ」

こうして、オレ達はミチアス帝国での出向業務を終え、ミチアス帝国上皇のトルーデ・ベッテガさんをチームメンバーとして迎え入れることになった。

初任給からの懇親会

転移装置で式典に参加していたトルーデさんと大聖堂に戻ると、サングラスのイカツイマ〇ィアが揉み手をして待ち受けていた。わが社の社長であるクロード氏だ。今回のミチアス帝国の件で色々と日本の官公庁街が震撼したと関係者（主に親父からのリークであるが）からの情報提供があり、この目の前の人物がタダの会社社長ではないことが確認されている。

クロード社長……一体何者なんすか……怪しい人過ぎますよ。

「これは、トルーデ様。よく、我が社への入社を決意されましたな。このクロード、喜びの余り涙腺が崩壊しそうですぞ」

いかにもヤ〇ザ親分かマ〇ィアの首領にしか見えないクロード社長が揉み手をしているのは、異様な光景でしかなかった。

「貴殿がクロード社長か、妾は長く隠棲しておって現在のエルクラストのことに疎くてのぉ。この一カ月は各国の首脳に挨拶回りをしておったが、代替わりしていたところも多いのぅ。長命な種族のところは相変わらずだったが」

皇帝代理として政務を代行したトルーデさんは外遊もこなし、新生ミチアス帝国の支援を各国に呼び掛けることもしており、その際に旧知の人からは嫌な顔をされ、代替わりしていた人からは畏怖を持って迎えられたりしていた。彼女の持つ思念感知によって交渉時に裏を見透かされて冷や汗をかいた者も多く、その噂が代替わりした者達にもしっかりと伝えられていた。彼女が森で隠棲していたのも、その能力の発する雑音から逃れるためだとも聞いている。なのに、生活のために嫌々ながらオレのチームで働くことになったのだ。

「覗き見トルーデの名は交渉の業務に携わる者にとって恐怖の代名詞ですからなぁ……。柊君はそっち方面が疎いんでよろしくサポートを頼みます」

「任せるのじゃ。お給料の分は働くつもりじゃぞ」

膨らんでいない胸をポンと叩いて張り切るトルーデさんであった。その思念感知スキルをコピらせてもらおうと、何度か接触を試みるのだが、先見の眼によってことごとく躱されてしまいコピーできずにいた。さすがに寝ているトルーデさんに触れるのは男として恥ずかしい行為なので、起きている時に接触を試みるのだが、未だ肌を触れさせてはくれていなかった。

おっぱい触っちゃった時にコピーしとくべきだったなぁ。あの時は合成魔獣《キメラ》倒すので精いっぱいだったしな……。

「お給料で思い出したが、コレ今月分の給料明細ね。エスカイアと涼香君の分もあるから渡しておいてくれ。そして、これはトルーデ様への支度金です。日本の方も見たいと仰ったので、社員寮の部屋を準備してあります。あと、今回特別に日本政府に認めさせましたんで、日本滞在時はコレをおかけください」

クロード社長がトルーデさんに支度金の入った封筒とともに渡したのは、エスカイアさんが日本でかけている眼鏡と同じデザインの黒縁眼鏡だった。渡された黒縁眼鏡をトルーデさんがかけると、エルフの象徴である尖り耳は丸くなり、黒髪黒目で肌の色も白く変化し、日本人の小学生みたいな恰好に変化した。

「これは愉快な道具じゃのう。妾が翔魔と同じ肌と髪色に変化したぞ」

「日本に滞在中はこの眼鏡をかけて過ごしてくださいね。正式にはエルクラストの人間が日本には滞在していないことになっていますから。外出時は寮の管理人に申し出てもらい、公安警察の護衛が数名つきますが、自由に観光してもらっていいそうです。できれば柊君かエスカイアか涼香君と行動を共にしてもらえるとありがたい」

「了解したのじゃ。妾も日本政府に迷惑をかけるわけにはいかないのでな」

「ご配慮痛み入ります。それはそうと、今日の夜に赤坂の高級料亭にて柊君達との懇親会を予定しておりますので、トルーデ様もご参加ください。会費は会社持ちなんでお気兼ねなく」

初耳だ。懇親会の話なんて一言も聞いていない。久しぶりに出向先から帰ってきた部下を労ってくれるだなんて……。クロード社長もいいところがあるじゃないか……。

「じゃあ、今日の一八時に寮にハイヤーが行くからみんなで来てくれたまえ。おっと、給料明細を渡しそびれるとこだった。はい、三人分ね」

クロード社長はオレに三人分を手渡すとスキップしながら、大聖堂の奥に消えていった。大聖堂に設置された日本時間を示す時計が一六時三〇分を示していたので、本社に戻って残りの時間を潰すことにした。

「トルーデさん。日本に戻りますんでゲートに行きましょう」

「うむ、ゲートの使い方を教えてくれると助かるのじゃ」

すでに社員登録は終えているため、自己にて日本へ行けるようになっているトルーデさんであったが、最初ということでオレと一緒に帰還することにした。

日本に帰還するとトルーデさんは平然としていた。あわよくば倒れたところを抱きかかえてスキルをコピりたかったが、残念ながら平気だったようだ。ガードが堅い。なんか、犯罪臭い言い方だなコレ。

「柊君、お帰りなさい。日本政府との引継ぎと、開発権を取得した商社との契約は終えたわ。これで、ミチアス帝国は数年後にはエルクラスト最貧国を脱するはずよ。私もこんな大仕事に加われて嬉しかったわ」

仕事の鬼であった涼香さんから笑顔がこぼれた。日本政府から認められた商社の営業担当達をことごとく切って捨てたことで、政府関係者から『鬼の涼香』との異名を頂いたそうだ。実際に彼女の仕事ぶりは凄まじく広範囲に渡っていた。

「あ、そうだ。これ、クロード社長から預かった涼香さんの給料明細ね」

預かっていた給料明細を涼香さんに渡す。

「あ、ありがとう」

「ふむ、妾としては同じFランクの涼香の給料が気になるのじゃ。ちと見せてくれぬかのぉ」

トルーデさんが給料明細の中身が気になるようで、涼香さんの背後に回り込んでいた。

「トルーデ様のお願いであれば仕方ない。私も気になっていたんで、一緒に見ましょうか？」

「そうしてくれなのじゃ。妾も支度金をもらったが、日本でも生活するので、この会社の給料がどれくらいか知っておきたいのじゃ」

涼香さんが手渡された給料明細の端をビリビリと切り離して、中身を開いていく。すると、明細を手にしていた涼香さんの手がブレるくらいに大きく震えていた。な、なんだろう。ビックリするくらい、低い給料だったのかな……バイト待遇だし涼香さんに辞められると困っちゃうなぁ……。

涼香さんと一緒に見ていたトルーデさんも明細書の中身を見て、涼香さんの腰にしがみついて震え始めていた。トルーデさんまで震えて……。よっぽどショックを受ける給料だったんだな……。

そーいえば、この一カ月休みなしで一日一二時間労働だったもんなー。社畜ちゃんって言われても仕方ないほどの密度だったし。それで、給料低いとかモチベーション下がるよね。

オレは二人が明細書に記された給与額を見て震えているのを、給料が低いのだと思い慰めの言葉をかけることにした。

「す、涼香さん。あんまりにも低かったらオレの給料から補填するからね。今辞められるととっても困るんだよ。トルーデさんも入りたてだから、給料が安いかもしれないけど実績を上げればランクも上がると思うから頑張ろうよ。ミチアス帝国での仕事はとってもやりがいがあったと思うんだ。人の役に立てるってすげえ素敵な仕事だと思うよ」

オレの励ましを聞いた二人が首をブンブンと振っていた。え？　違うの？

「ひ、柊君。この明細書おかしいわよ。いろんな加算が付いて私の手取りが一〇〇万以上あるの……おかしいでしょ……確かに労働時間は三六〇時間超えているけど、バイトの時給が三〇〇〇円以上っておかしくない？　本当にこれ私の明細よね？」

「こ、こんなにもらえるのか……妾の国では円の価値が一〇倍だから……一カ月でかなりの額なのじゃ……」

一瞬、オレの耳がおかしくなったのかと思った。仕事の鬼になっていたとはいえ、バイト採用の涼香さんの手取りが一〇〇万を超えていると言われて膝の力が抜けそうになった。

クロード社長……何という会社を経営しているんですか……バイトの人が月収１００万だなんて……。

そうなると、Sランクの社員であるオレの給料を見るのが怖くなってきた。Fランクの涼香さんですら一〇〇万を支給されているので、それ以上の給与が記されているものと思われる。思わず、自分の明細書を手に取り中身を確認していく。

一、一〇、一〇〇、一〇〇〇、万、一〇万、一〇〇万……。記されていた手取り給与の数字は五〇〇万以上だった……。なんと、オレの初任給は大卒平均初任給二五倍に当たる手取り五〇〇万という破格数字であった。給与の内訳のなかでも多くを占めていたのが、特別慰労金でこれは出向先での休暇を取れなかった分の金銭補填だと思われた。それにしても破格すぎる給与に明細を持つ手の震えが止まらない。そんな時に外出していたエスカイアさんが戻ってきた。

「あー、クロード社長から給与明細もらったみたいですね。今回は皆さん残業や休日出勤が多かったですし、出向していたんで給与多いですよ。それにインターバル休暇も与えられるので、今日の懇親会後は二週間お休みです。うちのチームは機構専属なんで緊急招集に対応できるように都内にいないとダメですけどね。その分も含めた金銭補填です。大事に使ってくださいよ。来年はいっぱい税金を持っていかれますから」

エスカイアさんも自分の明細を破いて中身を確認するとニンマリしていた。

「マジか……『(株)総合勇者派遣サービス』ヤベエヨ……」

オレを含めた三人が明細を見て茫然とすることとなった。

恐怖を感じた給料明細をそっと閉じると、業務終了時間が来たので、みんなで社員寮に戻ることにした。エスカイアさんと、トルーデさんは例の眼鏡をかけて日本人風の顔立ちに変化しており、街並みを一緒に歩いても目立たなかった。これも、エスカイアさんがトルーデさんの服を用意してくれていたおかげで、昨今の女子小学生が好みそうなファッショナブルな服を着ているためだ。

オレは異世界でのトルーデさんの露出過多な服に慣れていて、そのまま帰ろうとしたが、さすがに日本での生活が長いエスカイアさんだけあって、トルーデさんの服が、オレにあらぬ嫌疑を呼び寄せると見抜いて事前に準備してくれていたのである。

さすがは日本国官公庁街を震撼せしめた『最凶の事務員』様であった。何が『最凶』なのかは怖くて本人には聞けないが、親父にそっとSNSで聞いてみたら、返答は『察しろ』の一言だけであった。何を『察しろ』なのか非常に気になるが、知ってはいけないことのような気もする。

「日本ではこのようにヒラヒラとした服を着るのか……妾はちと恥ずかしいぞ……」

半裸に近い民族衣装も素敵だが、制服っぽいジャケットにワンピースのフリフリドレスと黒のニーソックスを装備したトルーデさんは、渋谷とか歩いていたら、確実にスカウトされ小学生読者モデルとして雑誌の表紙を飾ることは間違いない顔立ちとスタイルであった。

けど、実際の年齢はおばあ……。

「むむ、翔魔。よからぬことを考えるでない。妾の歳は忘れるようにするのじゃ……」

唇を尖らせて反論するトルーデさんが、とっても素敵生物です。

「トルーデ様、日本は『ロリコン』という変質者が多いので、身辺には注意してくださいね。この土地ではエルクラストと違い魔術も使えないですし、スキルも使えませんから」

ん？　そうだった。日本ではエルクラストでの力が使えなかったはずだ。なのになぜ、トルーデさんはオレの心が読めたのだろうか？　とても気になったので思わず聞いてみた。

「トルーデさんは、なんでオレの心を読めたの？」

「そんなのは、スキルがなかろうが、翔魔の顔と目線で推測できるのじゃ。だらしなく鼻の下が伸びておれば、誰でも気付くし、どうせ年齢のことも考えているだろうと思っただけじゃ。いい男はさりげなく女性を見るものだと理解するのじゃな」

ヤダー。オレの顔を見て思考を読んだの。スキルなくてもさすがは歴戦の交渉マン、『覗き見トルーデ』の名はスキルだけという訳じゃないんだ。すげえ人だ。それに、女性を見る時はさりげなく観察するんだね。メモッとかないと。

「柊君の思考は結構丸分かりだもんね。してほしいこととか」

涼香さんの目線がオレの方に向いてきた。獲物を狙う鷹の眼のように鋭い視線だ。

「涼香、それにエスカイアも、ちと、翔魔を甘やかしすぎというか、構い過ぎだ。これから、いっぱしの男子として仕事に精励せねばならぬ翔魔に対し、自らの欲望や理想を押し付ける前に、翔魔の横に並びたてる女になろうという努力をせぬかっ！　このまま、お主ら二人が翔魔を甘やかせば、ダメ男街道まっしぐらなのじゃ！　翔魔のことを本当に想っておるなら、翔魔の成長を助けてやるのが伴侶の務めであろう」

「トルーデ様……わたくしは翔魔様のことを一番大事に想っています……」

「私も柊君が心配だから、色々とお世話しているの……」

トルーデさんに叱られた二人がシュンとした顔で俯く。確かに色々と甘やかしてくれている二人であるけど、それは未熟なオレのことを案じてだと思うし、夜のことは一緒に寝るのを断らないオレにも責任があるから、一概に二人が悪いわけじゃないんだけど。

だけど、トルーデさんの言うことも一理あって、オレとしてはこの派遣勇者の仕事を凄く頑張りたいと思っているし、早く、他のチームの主任達と肩を並べられる立派な人材になりたい。今回のミチアス帝国の件では、色々と失敗したけど、虚ろな目で過ごしていた現地の人達が、帰り際に笑顔でオレ達を送り出してくれたことに、もの凄いやりがいを感じてもいた。その光景が、親父が言った『派遣勇者ほど人のためになる仕事はない』という言葉を肌で感じさせてくれていたのだ。

色々と努力もしないで大学までできて、就活で躓《つまず》いたオレが『必要だと思ってもらえる人』になれる、この『派遣勇者』という仕事で一人前の男になりたいと今は思っている。

もちろん、能力的だけでなく、エルクラストの人達から『柊翔魔が来てくれたなら大丈夫だ』と言ってもらえるような『派遣勇者』になるのが、今のオレの夢になっていた。そのためには色々と努力も勉強も経験もしないとなれないことは分かっているから、オレよりも有能で経験豊富な涼香さんやエスカイアさん達と一緒にオレも成長していきたいのだ。

「涼香さん、エスカイアさん。オレは『(株)総合勇者派遣サービス』で一番、いやエルクラストで一番の『派遣勇者』になりたいんだ。みんなの笑顔と生活を守るとかいったら胡散臭く感じるかもしれないけど、そんなカッコいい『派遣勇者』になれるように色々とサポートしてくれるとありがたい」

オレは二人に深々と頭を下げていた。

「ひ、柊君！　頭上げてよ。私も柊君と同棲できて、テンパってたところもあったけど。この一カ月で自分のやれることが見えた気がしたの。柊君の言った『派遣勇者』としての気持ちは私も同じように感じているの。これからは、私なりに柊君をサポートさせてもらうわ」

「翔魔様……わたくしも翔魔様に置いていかれないように、自分を高めて翔魔様の傍に仕える者として恥ずかしくない力を手にしてみせます」

涼香さんとエスカイアさんが、頭を下げるオレの背に手を添えていた。色々とあって、なし崩し的に同棲とか婚約関係を持ってしまった二人だけど、本来の二人はとても今のオレが釣り合うような女性ではなかったはずだ。だから、オレはもっともっと成長してカッコいい『派遣勇者』になって二人の横に並びたてる男になる努力をしていかないとダメなんだ。

トルーデさんが二人にしたお説教は、フヨフヨと漂うように生きてきたオレに明確な目標と夢を持つ覚悟を決めさせてくれていた。

「まぁ、妾も未熟であるからな。ともどもに協力し合い、弱点を補いあって翔魔の率いるチーム『セプテム』をより良い物にしていくのじゃ」

人生経験が長く、一代で国を興したトルーデさんの言葉はオレの心の奥深くに染み込んでいった。

そして、会社の前での反省会を終えると、懇親会へ行く準備をするべく一旦社員寮に戻ることにした。

社員寮に帰り、着替え終えて迎えに来たハイヤーに乗り込むと、ハイヤーは赤坂の一ツ木公園の近くにある京風懐石の超高級料亭である『翡翠庵』の前に停まった。オレはハイヤーを降りて、懇親会が行われる会場の前で立ち竦んでいた。この『翡翠庵』は、政治家御用達といわれる『超』が付くほどの高級料亭で、数年先まで予約が取れない状況であると、涼香さんが教えてくれていた。オレも目の前に広がる趣のある店構えにかなりの焦りと動揺を感じている。

こんな店で飲み食いしたことねえよ……。これって、アレだろ。政治家同士が密談する時に使う店だろ。うちの社長は、なんでこんな高級料亭を予約なしで使えるのさ。ますます、もって怪しい人すぎる。

「ほほぅ。綺麗に整えられた庭園じゃのぉ。綺麗ではあるが、ちと小ぶりの庭園で妾は寂しさを感じるのじゃ」

見た目小学生にしか見えないトルーデさんが、店の日本庭園を覗いて感想を漏らしていた。オレにはアレのどこが良くて悪いのか、理解ができない代物である。とりあえず、分かっている感を出して誤魔化すことにしていた。

「さぁ、クロード社長がお待ちですから、皆さん行きますよ」

東雲女史と会談した時も外資系高級ホテルに気後れなく入っていったエスカイアさんだったが、今回の超高級料亭『翡翠庵』にも常連客のように店の人に挨拶をして、そこらの普通の料理屋に入るように平然と入り口をくぐっていく。

「ひ、柊君。エスカイアさんって、もしかしてセレブかしら？　あっちでも国家主席の娘だし、お金持ちなのよね？　きっと」

「た、多分ね。そうなんだと思うよ。ここって、一席ウン十万円とかでしょ？」

「二人とも何をゴソゴソ言っておるのじゃ。早くしないとエスカイアに置いて行かれるぞ」

「は、はい。今行きます」

オレ達は政治家御用達の超高級料亭に潜入することになった。


入り口では四〇代と思われる綺麗な女将の出迎えを受けると、今日はオレ達の貸し切りとなっていると聞かされ、仲居さん先導で奥の座敷間に通されると、クロード社長がすでに着席して酒杯を呷っていた。

「遅かったね。道が混んでいた？　遅いから先にあけさせてもらったよ。とりあえず、きょうの懇親会は貸し切りの無礼講だし、芸者さんもコンパニオンも呼んで――」

酒杯を呷っていた部屋の中でもサングラスを掛けたイカツイおっさんの鳩尾《みぞおち》に拳が三つ、打ち込まれていた。なんとか酒杯を持ち続けたクロード社長は、空の手で鳩尾を押さえると悶絶し始める。

「クロード社長。翔魔様に変な遊びを教えないでください。翔魔様は立派な『派遣勇者』を目指すと断言されるほど、ピュアな方なのですよ」

「そうね。さっき、私達もトルーデさんに叱られたところだし、柊君に変な遊びを教えちゃダメですよ。クロード社長っ！」

「翔魔……こういった汚い大人にはなってはならぬのじゃ……。カッコいい『派遣勇者』になりたいならじゃがのぅ」

三人とも顔が真面目モードで非常に怖いのだが、クロード社長に関しては、あの程度では死なないことは確認済みなので放置することにした。会社の懇親会だからって、参加メンバーが女性の方が多いのを知っていて、芸者さんやコンパニオンを呼ぶと、どうなるかくらい分かると思うのだが……。

この社長はそういったところの配慮が足りないというか、デリカシーがないというか……。

「ゴホ、ゴホ、お三方とも激しいコミュニケーションを求めてくるね。私も、いい歳だから身体が持つか――」

完全に逆鱗に触れたクロード社長は三人によって沈黙させられていた。その時、襖を開けて現れたのは、挨拶で出迎えた女将であった。四〇歳代の女性であるが、和服を着た姿に気品が感じられて落ち着いた佇まいを見せていた。

「あら、クロードさん。また、デリカシーのないことをされて女性の方の不興を買ったのですね……。だから、芸者とコンパニオンは呼ばない方がよろしいとあれほど言いましたのに。こんな人ですけど、本当はいい人なのですよ。内緒の話なのですけど、このクロードさんには、『翡翠庵』の倒産の危機を救っていただいたのです。実はこの『翡翠庵』は『(株)総合勇者派遣サービス』のグループ会社なのですよ。この人は本当に凄い人で、何十億もあったうちの債権を買い上げて、たった一年で黒字化させてしまった人ですから」

頬に片手を当てて笑う女将であったが、目の前で口から涎を垂らして伸びているサングラスを掛けた、筋肉ダルマの中年オヤジが敏腕実業家だとどうにも脳内で繋がらなかった。

「女将さんの言う通りなんですけどね。クロード社長はふざけているように見えますが、割と仕事の時は真面目なんですよ。ただ、お酒の席と女性が好きなのが玉にキズですけど」

社長の秘書みたいなこともやっていたエスカイアさんは、クロード社長の仕事ぶりを間近で見て知っていた。オレが感じているイメージだと、いつも怪しいサングラスを掛けた筋肉を纏ったイカツイおっさんでしかない。

「このデリカシーの欠片もない社長がねー。なんだか、信じられない」

涼香さんも社長との面識は余りないのでオレと同意見の様子だった。

「そうかのぉ。外遊中に各国の旧知の首脳達に、こやつの評価を聞いたら『強欲クロード』と呼ばれて、恐れられているそうじゃぞ。なにやら、恐ろしく吹っ掛けられるとか。まぁ、依頼側にも大いに利益が出るそうだがな。けど、もう一つの顔もあるそうでな。『慈悲のクロード』と言われ、派遣勇者業で稼いだ資金で各国の教育機関や貧民支援組織に多額の寄付をしているそうなのじゃ」

トルーデさんが外遊の際に色々と各国の首脳と話し合っていたのは、そういった情報も収集していたのかと感心してしまった。それにしても、この目の前のマ〇ィアの首領にしか見えないおっさんだが……。各国の教育機関や貧民支援組織に多額の寄付とか胡散臭い。

「グフッ、グフゥ……澄花《すみか》……。私はどうして殴られたんだろうね。意味が分からないよ。私も結構年だからね。みんなもその辺り気を付けてくれたまえ」

「でも、日々のトレーニングは欠かさないのでしょ？　暇があったらジム通いされていると、とある方から聞いていますよ」

クロード社長に澄花と呼ばれた女将がプライベートをばらしていた。確かに日々鍛えていないと、腹筋は割れないだろうし、上腕の筋肉の張りも維持できないと何かの本か雑誌で読んだ気がしている。

「いやー。私のプライベートをばらしちゃマズいよ。ただでさえ、高級クラブで飲み歩いていると思われているのに、この上毎日ジム通いしているのがバレたら、働いてないのが丸分かりじゃないか」

「ほほぅ。クロード殿は部下を働かせて、自分は楽をされるのじゃな……」

「トルーデ様、私がそのようなことをするわけありませんでしょう。日々、社員たちが路頭に迷わないで済むように、心を鬼にして関係各所との折衝を行っているのですぞ」

ズレそうになっていたサングラスを直したクロード社長が席に戻って手酌で酒を飲み始める。その姿を見ていたニコニコと笑顔の澄花さんがポツリと呟く。

「主にうちをご利用か、六本木か銀座の高級クラブなのですけどねー」

「ブゥウウ――――」

クロード社長が手酌で飲んでいた酒を座敷に噴き出していた。そして、オレ達を含めた部下達にクロード社長が白眼視されながらも、オレ達の懇親会は超が付くグループ会社の高級料亭で始まった。素材を吟味された料理が美味いのと、酒も今まで自分が涼香さんと飲んでいた酒とは次元が違う美味さのもので、カパカパと水のようにあけていってしまった。

高級料亭で行われた懇親会はクロード社長やチームのメンバーとの関係をより良くするために十全の機能を果たしてくれた。懇親会が終わるとクロード社長にもう一軒付き合わされそうになったが、エスカイアさんが呼んでいたハイヤーに拉致され、社員寮に帰ることになった。これで、これから二週間はインターバル休暇というので、何だか学生のままのような気もする。

「さて、美味しい料理と酒を飲めたし、部屋に帰って寝るかぁ……」

管理人さんの事務所を通って寮に戻ろうとすると、入り口で誰かと肩がぶつかった。

「おっと失礼。あっ、これは翔魔殿であったか……懇親会お疲れ様です。私はこれで、ご無礼しますので、夜勤番と交代させてもらいますよ」

肩がぶつかったのは柔和な笑みを浮かべる白髪のおじいさんで、この社員寮の管理人さんを務めている土方重道《ひじかたしげみち》さんその人だった。六〇歳は越えたと言っている身体は、細いが上着の隙間から見える箇所は筋肉の層が積み上がった肉体を保持しており、ぶつかった時でもこちらが弾き飛ばされそうな勢いだった。

「重道さん、今上がりですか？　今日もお勤めご苦労様です。帰り道は気を付けてくださいね」

「わざわざ、ご丁寧にありがとうございます。翔魔殿も明日から休暇だとお聞きしておりますから、また外出の予定があれば、お教えくださいませ」

「あ、はい。分かりました」

オレが返事をしたことを確認すると、重道さんは足取り軽く玄関を出ていった。


懇親会を終えた後は一カ月の社畜生活の補塡であるインターバル休暇を二週間与えられた。これは、残業時間に対する休暇期間も追加されており、一四日間の完全休養日となっている。ただし、機構からの緊急依頼に即日対応できるようにと、オレ達のチームは都内滞在を言いつかっており、その分の補償は来月の給料に上乗せされて支給されるらしい。と言っても、今月みたいな長時間残業が多いわけではなく、国家解体の危機を救うなどの高難度な依頼が発生したのは、会社としてもかなり慌てたようで、復興に異才を発揮したバイト扱いの涼香さんは、正規社員に採用されエスカイアさんと同じAランク評価を獲得していた。しかも、ミチアス帝国からの働きかけもあったようで、オレのチームに所属する者は会社から【高度政治案件処理認定者資格】の認定を受けたことで、本給以外の資格手当が大幅に増えることになった。

こうして、休暇に入る前に銀行で会社から振り込まれた給与五〇〇万の文字を確認し、思わずニンマリとしてしまう。学生バイト時代は死ぬほど働いても得られなかった金が一カ月の仕事で払い込まれていた。クロード社長の会社ってやっぱ凄い会社なんだなぁ……。あの人の顔は完全に裏社会の人だと思っちゃうけどさ。一流企業に勤めても中々得られない月収五〇〇万という大金をポンと払える企業であることを認識して『(株)総合勇者派遣サービス』は超優良企業なのだと理解できた。そんな会社で主任を務めることになったオレは凄い奴なのかもしれない。

有給休暇

休暇に入ると、トルーデさんが日本観光をしたいと言い出したため、本日はチームメンバー全員でトルーデさんの観光にお付き合いすることにした。前日に懇親会で深酒をしていたが、よほどい酒だったらしく、あの頭を締め付けるような痛みを発する二日酔いにはなっていなかった。

「トルーデさんが楽しめそうな場所はどこがいいかな？」

「そうですね。お台場とかでどうです？　あそこなら遊べる場所も多いですし、今日は平日なんでそこまで人込みに巻き込まれないはずですし？」

「そうね。トルーデさんの着る服も仕入れたいし、ご飯も食べられるしね。いいんじゃない？」

「エルクラストでは人込みは嫌じゃったが、日本はスキルの影響が消えておるから、全然大丈夫じゃぞ」

トルーデさんも、スキルによる雑音がない日本が快適なようで、すこぶるご機嫌がよろしいようだった。

お台場だったら観光客向けの施設も充実しているし、それなりに楽しめるかなぁ。

「よし、じゃあ今日はお台場でショッピング兼観光するか」

「妾の接待は翔魔に任せるのじゃ」

行き先をお台場と決めたオレ達は管理人さんの重道さんに外出することを伝え、最寄駅からお台場行きのゆりかもめの出る新橋駅と向かった。

「おぉお、東京という所は海の上をこのような乗り物が走っておるのか？」

トルーデさんがゆりかもめの車内の窓から外の景色を見て興奮していた。年齢的には超熟女だが、外見は小学生なので、はしゃいでいても地方から旅行にきた子供みたいで、周囲の人からの奇異な視線を集めることはなかった。

「正確には海の上というよりも埠頭を繋ぐ路線なんですけどね」

「細かい男じゃのう。それよりも東京という都市は凄いのう。人はたくさんいるし、移動手段は様々あるし、それにどこにでも飯が喰える場所があるなんて、妾の国では考えられぬのじゃ。日本国を舐めておったが、このような都市を築き上げる国家となると、付き合いを改めねばならぬのう」

東京の都会ぶりに圧倒されているトルーデさんであるが、オレから言わせてもらえば、エルクラストの転移装置や身分証とかの機能の方が数倍も凄い技術だと思う。

「翔魔様、トルーデ様。そろそろ台場駅に着きますわ」

「ああ、そうだね。トルーデさん、そろそろ着きますよ」

駅に到着すると、オレ達は球体がビルに取り付いた某TV局の方へ歩きだし、その奥にある建物に向かっていた。

「はっ！　翔魔！　巨人がいるのじゃっ！　こやつは甲冑を付けた門番か何かか？」

歩道を歩いていると、商業施設の広場に展示されている実物大の巨大ロボットの彫像を見て、トルーデさんがかなり興奮して走り出すと、何もない所でズルベタンと盛大に転んでいた。けれど、トルーデさんは膝を擦りむいたこともお構いなしに、巨大ロボットの彫像の方へ駆けていった。オレ達は慌ててトルーデさんの後を追って走り出していく。

「翔魔、これは動くのか？　日本国はこのような兵器を持っておるのかのう？　はぁわあわ!?　翔魔動いておるぞ。こやつは怒っているのか？　赤く光って妾を威嚇しておるのか？」

巨大ロボットの変形演出を見たトルーデさんが、驚いてオレの後ろに隠れていった。この巨大ロボットの彫像はギミックが仕込んであって、時間になると動くのだが、万事狼狽えなかったトルーデさんが狼狽えているところを見ると少しだけ苛めたくなる。

「そうかもしれませんね。こいつ、サーベルを取り出して、この建物に侵入しようとする人を殲滅《せんめつ》させるらしいですよ」

オレの背後に隠れているトルーデさんが服の裾をギュッと掴んできた。どうやら、オレの言葉を本気にしているようであった。

「柊君。嘘を教えたらダメよ。トルーデさん、これはただの彫像だから襲ったりしないわ。大丈夫よ」

「本当にか？　嘘じゃないのか？」

「大丈夫ですよ。翔魔様がからかっているだけです」

そ知らぬ顔で彫像を見上げていたら、腕に激痛が走った。

「いでぇええ、何で噛み付くんですか!?」

「翔魔の癖に妾をたばかった罰なのじゃ」

腕に激痛を与えたのはトルーデさんの歯であった。オレがからかったのが、かなり気に入らなかったらしい。それにしても、痛い。口は災いの元か……。

腕に与えられたダメージによってオレのテンションが落ちたが、トルーデさんは襲われないと知って、エスカイアさんや涼香さんに写真を取ってくれるようにねだっていた。そういう姿だけを見ていると、完全に幼女であるのだが、女性というのは怖い生き物であると思った。


巨大ロボットでの撮影を終えると、隣接する商業施設の中に入り、トルーデさんの服を女性陣二人が物色している間にオレはブラブラと施設内の店を物色することにした。女性の買い物は長いと決まっており、お袋や妹の荷物持ちとして散々扱き使われたトラウマが脳裏を掠めたので、買い物に夢中になっていた三人を残し逃げ出してきていた。

「玲那とお袋に付き合わされた時は長かったからなぁ。あの三人も結構長くなりそう。三人寄ればかしましいだっけ、もんじゅの知恵だったかな」

給料こそ入っているものの、特に欲しい物はないが、時間つぶしのため色々な店の中を見て回る。平日ではあるが、観光客が結構来ており、中には修学旅行中だと思われる学生服を着た学生達も多かった。

一時間後、買い物を終えた三人と合流すると手には大量の袋が提げられており、かなりの量の服を買い込んだものと思われた。着の身着のままで日本に来ているとはいえ、買い過ぎなのではと思ってしまうが、口は災いを招くと学習したので、黙って荷物を持つことにした。

「さすが、翔魔なのじゃ。そうやって女性の荷物を黙って持つのは好感がもてるぞ」

「家族に仕込まれているんで反射的にですよ。さて、買い物も終えたし、後は上でボーリングでも楽しむかい？」

「ボーリング!? また妾の知らぬことを言いだしおって」

「いいわね。私もやりたい。トルーデさんには私がキッチリとご指導させてもらうわ。柊君だとまたいい加減なことを教えそうだもの」

「翔魔様のご提案通り、ボーリングしてご飯して帰りましょうかね。わたしくしの聖エルフ流ボーリング術を見せてさしあげますわ」

みんながボーリングに乗り気になってくれたので、そのまま最上階のボーリング場でボーリングに興じたのだが、驚いたことにエスカイアさんは250オーバー、涼香さんも200オーバー、そして初見だったトルーデさんまで150オーバーという結果を残し、100を超えられなかったオレはぶっちぎりの最下位に沈んでしまうという黒歴史が発生してしまった。

ちくしょう、みんな上手いならボーリングやろうなんて言うんじゃなかったぜ。

昼食代金を賭けたボーリングで大敗したオレはがっくりと肩を落としながら、三人が選んだお店でショッパイ味のする昼飯を食べることになった。

お台場でショッピングやボーリングで楽しんだ翌日は、都心の観光地である秋葉原へ向かい、秋葉原駅から神田川を渡り五分ほど歩くと、電車のガード下にこぢんまりとした店構えの店が見えてきた。

「ここが、ネットで話題のスープカレーのお店らしいよ。友達が絶対に喰った方がいいって言ってた」

「辛いのは苦手じゃぞ。あまいスイーツが食べたいのじゃ」

店の前で駄々こねているトルーデさんが、ふと動きを止めて店の中の女性定員に釘付けになった。メイド服姿でお出迎えをしてくれていたのだ。その姿を見たトルーデさんが大きく目を輝かせてメイド姿の女性店員を見ていた。

「翔魔。あの素敵なお姉さんの恰好は何と言うのじゃ？」

「メイド服ですか？」

「メイド服というのか……あの悪魔的なデザインの服は……妾はもっとメイド服を着た人を近くで見たいのじゃ」

メイド服姿の店員さんに興味を抱いたトルーデさんが店の中に入っていくと、かわいらしいメイドの店員さんと店主が接客をしていた。トルーデさんは恥ずかしそうにはにかんで、メイド店員を見ていたが、スープカレーを注文すると、色々とメイド店員さんに質問を浴びせていた。その後、二階の飲食スペースに上り、みんなで一緒にスープカレーを食べたが、甘党のトルーデさんにスパイスの利いたスープカレーは辛かったようで、一番辛くないのを選んでいたが悶絶していた。半泣きなったトルーデさんをおんぶして店を出ると、今度は辛くない物を出してくれるメイドさんがいるところとご指定があったので、近くのメイド喫茶に入ることにした。

「お帰りなさいませ。お嬢様」

店員のメイドさんが笑顔でお迎えをしてくれたことに、トルーデさんがとても興奮していた。

「翔魔!!　メイドさんがいっぱいいるのじゃ！　妾のことを『お嬢様』って言ってくれたのじゃ」

興奮しているトルーデさんであったが、ちょっと興奮しすぎだったので、小脇に抱えて案内された席に着くことにした。そして、注文してあげたのは『トルーデ陛下おかえりなさいませ』と書かれたオムライスとピッチャーみたいな容れ物にはいったクリームソーダを頼んであげた。

「翔魔!!　メイドさんが妾のために絵と文字を書いてくれているのじゃ。ここは楽園か」

先程食べたスープカレーよりは甘口に作ってくれてあり、甘党のトルーデさんでも大丈夫な様子だった。そして、終始ご満悦だったトルーデさんだったが、帰り際に店員のメイドさんを自分の給仕係にしようとスカウトしていた姿を見逃しはしなかった。その後の休暇は東京スカイツリーに登って東京の景色や富士山などを見物してもらうなど、色々な観光地を回って過ごしていった。トルーデさんも大いに日本観光を楽しまれていたが、特にメイド喫茶が気に入ったようで、秋葉原界隈を何度も訪ねている内に自分一人で出かけるようになり、お気に入りのメイドさんを見つけていた。そのメイドさんは小学生にしか見えないトルーデさんからの専属給仕係就任の申し出に対しては笑顔でお断りをしていたと後から公安警察の職員から聞かされてちょっとだけ頭を抱えた。

二週間あったインターバル休暇の途中、三日ほどは皆と別行動で実家に帰り、お袋と妹に無事な顔を見せてきたが、仕事の件は『ぼちぼちやっている』と誤魔化し、初任給でプレゼントをするものののリサーチを完遂していた。親父もミチアス帝国の件の余波で泊まり込みが続いているようで、初任給のプレゼントは親父の仕事の都合を見て全員が揃う日に渡すことにした。こうして、インターバル休暇を満喫したオレ達は再び仕事に戻ることとなった。

新人教育

「お帰り、休暇は楽しめたかね？」

会社のオフィスにはクロード社長がニコニコして座っていた。相変わらずの悪人面である。と、面と向かって言うと、どこからか怖いお兄さんが出てきて東京湾に沈められそうな気もするので、グッと我慢しておいた。口は災いのもとなのだ。いらぬ発言は死を招くので、小利口に愛想笑いをすることにした。

「ええ、とても楽しめましたよ。おかげで仕事がしたくてたまらないです」

「翔魔はそういったところだけは真面目じゃなぁ」

「わたくしも色々とスッキリして、より一層翔魔様のお仕事のお手伝いをできることに喜びを感じています」

「そうね。どっかに荒廃した国はないかしら……今ならどんな国家でも魔改造できそうよ」

若干一名がサラリと危ないことを言っているようだが、基本は機構所属の害獣処理専任チームなんで、国家復興などという仕事はあまり専門でやりたくない。いや、やりがいはあるんだけどね。

あんまり、やったらダメだと思う。

「ＨＡＨＡＨＡ、頼もしいね。実は今のところは機構からの依頼はなくてね。待機してくれと言いたいところだが、実は派遣勇者の新規採用者が一人決まっている。その子の実地訓練に帯同してもらいたいんだよ。もちろん、機構がミスして依頼したＳランク緊急クエストじゃないから大丈夫さ」

新卒採用時期を終えたこの時期に入社してくるとなると、中途採用の人か。年上の人かな……。

「わ、分かりました。オレのチームでその新規採用者の実地訓練を引き受けますね。ちょうど、涼香さんのＬＶ上げとかもしたかったですし」

涼香さんやエスカイアさんも合成魔獣《キメラ》騒動の時は別行動をしていたため、ＬＶアップの経験値が割り振られなかったようだ。エルクラストでは、害獣を討伐することで得られる魔素《マナ》が経験値のもととなり、一定数値を超えるとＬＶが上がって能力が向上することになっているそうだ。そのＬＶも勇者適性によって上限が決められており、特殊なスキルを使用することでしか、突破はできないようになっているらしい。なので、ＬＶ上限を示す勇者適性が、この世界では強さの絶対基準とされているそうだ。けれど、色々と経験することで取得できるスキル構成によってはまた違った強さを発揮する者もいるため、一概に適性高い＝強いとは言えないらしい。ちなみに、オレの勇者適性ＳＳＳは上限が未知数らしい。誰一人取得したことのない適性であるため未確認なのである。

「そうか、助かるよ。新しい子はチーム『トレース』の赤沢《あかざわ》主任の息子さんなんだ。なんでも、親父さんの仕事を色々と勘繰ってうちの実情を一人で調べたとかいう変態ちっくな子だ。まだ、高校卒業したばかりの未成年であるけど、会社としても日本政府としても機密漏洩保全のため彼を雇用することにしたのさ。色々と頭の回る子だからよろしく鍛えてやってね」

「は、はぁ」

チーム『トレース』の赤沢主任とは入社式の際に少しだけお話しさせてもらったが、アラフィフに近い冴えない中年サラリーマン風のおじさんだったはずだ。その方の息子さんが色々とやらかして中途入社してくると聞かされて嫌な予感しかしなかった。気難しい子じゃないといいな。頭のいい人って結構口が立つので苦手なんだよね。

「なんにせよ。お仕事しないといけませんわ」

元事務員のエスカイアさんがいそいそと新規採用される子の準備を始めていった。

一方で別件の用事があると言って、そそくさと去ったクロード社長だが、慌てている様子を見ると日本政府から呼び出されたっぽい感じがする。残ったオレ達で公安警察が連れてくるはずの採用者が来るのを待った。

「お待たせしました。今日からオレが君の上司となります。柊翔魔と申します」

新規採用者として本社のオフィスに連れてこられた採用された赤沢聖哉《せいや》が、会社の応接用のソファーに座りながら、周りをキョロキョロと見渡していた。目の前に座っている聖哉は、黒髪短髪のスッキリとした髪型に引き締まった身体つきをしたいわゆる細マッチョのイケメンタイプの子であった。童顔とまではいかないが、母性をくすぐる顔立ちをしており、男のオレが見ても可愛がってやりたい弟みたいな愛嬌も持ち合わせている。け、けして狙っている発言じゃないけどさ。

「どうも、わたくしは『(株)総合勇者派遣サービス』のチーム『セプテム』副主任のエスカイア・クロツウェルと申します。赤沢聖哉様は本日付けで我が社に入社となりましたことをお伝えいたします。なお、住居も社員寮をご用意しましたので、そちらで過ごされますよう社長より伝言を承っています」

隣にいたエスカイアさんも聖哉に挨拶をすると、単刀直入に事実だけを伝えていく。

「ど、どうも初めまして。この会社に勤めている赤沢茂《しげる》の息子の聖哉といいます。僕自身もこんなこととなって戸惑っているんですけど。僕って何かマズいことをしたんですかね。家にいたら、黒い服を着た刑事さんが来て、ここに連れてこられたんですけど……。もしかして、僕がコッソリとこの会社のことを調べていたのが、偉い人達に見つかってしまったので、ここに連れてこられたとかですかね？」

屈強な公安警察のお兄さん二人に両脇を抱えられて、このオフィスまで連行されてきた聖哉は、強がった顔をしてこちらを見ているが、その眼は不安に苛まれて怯えているようにも見える。

「聖哉君、勘のいい子は長生きできませんよ」

「で、でも現代日本で異世界と交流しているなんてことが分かったら、調べるなと言う方が無理だと思いませんか？　少なくとも僕は親父が行き来している異世界がどんな所かが知りたくて、色々と調べていたのが悪いことなんですか？　それに、エスカイアさんとおっしゃった貴方は、もしかしてエルクラストの人ですか？」

聖哉が例の眼鏡で日本人と同じ黒目黒髪の普通耳になっているエスカイアさんをエルクラスト人だと見破っていた。思わずドキリとしてオレはエスカイアさんの顔を見てしまう。

「聖哉君の言う通り、わたくしはエルクラスト生まれのエルフです。ですが、日本でそれを口外すると、公安警察がコッソリと現れて収監されますからね」

聖哉の前でエスカイアさんが例の眼鏡を外して、エルフとしての姿を暴露していく。一緒にいたトルーデさんも同じように眼鏡を外していた。二人の姿を見た聖哉は感動したように眼から涙を流していた。

「ほ、本当に異世界はあるんだ……。僕の妄想じゃなかった。ネットでまことしやかにささやかれていた異世界エルクラストは本当にあるんだ……」

自分が探していた異世界が本当に存在すると分かり感動して泣いている聖哉であったが、オレはエスカイアさんが口にしたことの方が気になってしまった。オレ、お袋と妹に喋っちゃった気がするんだが……。その辺は親父がキッチリともみ消してくれたのだろうか。二人とも今のところは収監されずに済んでいた。

「この坊主はクソが付くほど真面目な奴じゃのう。見目も良いから誰からも好かれそうじゃ。案外掘り出し物かもしれんな」

「このダークエルフと思われる少女は、僕よりも年上の方ですよね……やっぱ、数百年以上生きておられるのですか？」

はっ!?　さりげなく爆弾発言を放り込んだ聖哉であったが、トルーデさんも呆気に取られて怒るタイミングを見失っていた。

「聖哉とやら、お主の言う通り、妾の方がかなり年上だ。妾を敬えとは言わぬが、女性の年齢に関する発言には気を付けるのじゃ」

「これは失礼しました。僕も初めてエルフっていう人種に会っていささか、動転してしまって失礼な言動をしてしまいました。お許しください」

年齢の件で、トルーデさんに平身低頭で謝罪をする聖哉だが、一向にテンパっているように見えないが、顔に見せないだけで、実は内心はドキドキなのであろうか？　父親の仕事を訝しんで一人で厳重に秘匿されたはずのエルクラスト世界のことを調べた行動力と推察力と知性はオレにはないものであった。

聖哉の父親の赤沢主任は勇者適性こそSランクだが、実直な人柄で正確に丁寧な仕事ができる職人肌の派遣勇者だとクロード社長からは聞いていた。そんな人がオレみたいに家族とはいえ、秘匿事項のエルクラストのことをベラベラと喋るようなことはないと思う。だから、聖哉の持つ洞察力や頭の回転の速さによってネットに散らばっていた情報を統合整理してエルクラスト世界が推察されたものと思いたい。

「んんっ！　とりあえず、今日から君はうちのチームで預かることになった。これは、断ることができない話になっているのは理解できているよね？」

聖哉は自分が知りたかった答えを知ってしまったために、日本政府の監視下に置かれている。この状態は一生涯に渡って継続する対応であるため、諦めてクロード社長の会社で勤めるしか選択肢が残されていなかった。

「公安警察の方が迎えに来た時点で、その選択肢は提示されています。でも、僕は自分の意思でこの（株）総合勇者派遣サービスに入社すると伝えています。だから、覚悟はしています」

整った顔立ちの聖哉は覚悟を決めたように真剣な表情でオレを見てきた。真面目な好青年といった印象の強い聖哉であるが、手元の資料によれば、今春高校を卒業して大学に入学していたが、（株）総合勇者派遣サービスに入社するとなると、大学は退学になると思われた。

「聖哉君、きみは大学生だよね。簡単に覚悟を決めたというけど、親父さんにはどうやって説明するつもりだい？」

「親父にはキチンと謝って、大学の費用は働いて返そうと思います。僕は親父と一緒の会社に入りたいですっ！」

「その心意気はよろしいですわ。赤沢聖哉君、今日から貴方は（株）総合勇者派遣サービス、派遣勇者七係の見習いメンバーとして頑張ってもらいますわよ。赤沢主任のお子さんであろうと、贔屓はしないので、一生懸命仕事に励んでもらうわ」

エスカイアさんが入社の決意表明をした聖哉に向かって入社の手続き用紙を渡していた。

「あ、ありがとうございます！　エスカイア主任!!」

「んんっ！　わたくしは副主任ですわ。チーム主任はこちらの翔魔様だと最初に挨拶していたはずですよ」

聖哉は頭が回り過ぎるので、どこか抜けているのか、オレとエスカイアさんの役職を間違えていた。すかさず、エスカイアさんが訂正をする。

「あ、すみません。柊主任、悪気はないんです。ただ、エスカイア副主任の方が仕事をやり慣れている感じがしてしまって、つい口が滑りました」

聖哉がオレの役職を間違えるのも無理はない。ついこの間まで就活に連敗していたダメ学生でしかなかったからだ。

まぁ、いいや。ちょっと天然で頭が切れる変わった子だけど、悪い子じゃないみたいだ。それに入社してすぐに後輩ができると色々と面倒を見てやりたくもなる。

「いいって、聖哉の言ったことは、あながち間違ってないからな。オレのチームはエスカイアさん、涼香さん、トルーデさんの三人が切り盛りしていると思ってくれ。オレは戦うこと専門なのさ」

「へぇー、柊主任が戦闘専門……？　戦闘？　ん？　この会社って異世界との交易を行っているだけじゃないんですか？」

頭に疑問符が浮かんでいそうな聖哉が会社の業務内容について質問してきた。クロード社長も採用までは決めたようだが、詳しい話は彼に全くしていないらしい。全く、困った社長だ。またジム通いか飲み屋でねーちゃん達におっさんギャグをかましているのかもしれない。

「まぁ、それについては場所を変えて話すことにするよ。さぁ、行こうか。待望の異世界『エルクラスト』へ」

「え？　行く？　いや、ここから？　僕の想像していたのと大分違うんですけど……。大きな門みたいなところで繋がっているんじゃ？」

「まぁまぁ、いいから、いいから」

オレは怯えた表情を見せた聖哉の肩をガシッと掴むと、一緒に大聖堂に転移する魔法陣が設置された部屋へ入っていく。薄暗い部屋の床に浮かんだ魔法陣を見た聖哉がガクガクと震え始めていた。

意外と怖がり屋さんなのだな。まぁ、いきなりこんな怪しい部屋に連れ込まれたら、普通は警戒するよね。オレは就活で追い込まれていたから気にしなかったけど、普通の心理状態なら絶対に怪しむはずだなぁ。

聖哉の様子を見て、自分が初めて来た時のことを思い出していたが、我ながらこんな怪しい様子の会社を不審がらなかったのは、アホの子であったと思わざるを得ない。でも、実は超優良企業なのであるのだが。

「あ、あの。こ、これってなんです？　ここから異世界に行くんですか？」

「そうですね。この魔法陣からエルクラストにある大聖堂に転移しますよ。最初は慣れないと思いますが、気を付けてくださいね」

「そうかの？　妾は心地よかったぞ」

「それはトルーデさんが変わっているだけで、オレも気絶したしね」

「え？　え？　異世界に行くのはこの変な魔法陣から行くんですか？　そ、そんなの聞いてないですよ。ま、まだ心の準備が――」

　聖哉の願いを無情にも打ち砕くように、魔法陣から眩しい光が溢れ出していき、転移が始まっていった。


　エルクラストの大聖堂に転移した際に聖哉は失禁こそなかったが気絶はやはりしていた。その後は頭の良い聖哉の理解力をもって、エスカイアさんがこの会社の業務内容をザッと簡単に説明し、社員証発効と各種適性試験を終えていた。ちなみに、主任になるとクロード社長と同じように社員証発効権限が与えられるようになり、チームメンバーの追加も八名までは自由裁量で採用できるらしい。まぁ、日本側の人間は社長決裁がいるそうだが、今回はすでに社長決裁が下りているので、問題なく社員登録できた。

「……真面目に異世界なんですね、ここって。未だに実感わかないな。でも、この装置とか社員証とかなんて日本よりも進んだ技術が多数使用されているし、エルフ以外にも獣人の方や、背中から羽の生えた方とお会いして、やっぱりここは異世界なんだと思わざるを得ないです。こんな世界と日本が繋がっているだなんて凄いですね。そんな異世界で最強クラスの勇者をされている柊主任は凄いです！」

大聖堂に到着してから、聖哉は見聞きする物すべてをオレやエスカイアさん達に尋ねて、子供のようにはしゃいでいた。それに、性格的に自分の興味を持った物に対しての探求心を抑えられない様子であった。オレも子供っぽいが、頭が回る分、オレよりもピュアな性格な奴のようだ。色々と知っていることを教えてあげると尊敬のまなざしでこちらを見ていた。そんな目で見られたら照れ臭いだろうがと言いたいが、歳下から受ける敬意は今まで感じたことがなく、微妙にオレの自尊心を高めてくれていた。

そんな聖哉も各種適性試験を終えたことで、ステータスが見られるようになったので、確認させてもらうことにした。

赤沢　聖哉（あかざわ　せいや）　年齢18歳　人間　男性　国籍：日本
社員ランク：F　勇者適性：S
LV1
HP：20　MP：20
攻撃：20　防御：20　素早さ：20　魔力：20　魔防：20

スキル：経験値増量　精密攻撃　弱点属性増大　槍　ローブ　水属性　攻撃魔術　回復魔術

ステータスの確認を終えると、オレの持ち合わせていないスキルを所持していたので、コピーするために聖哉の肩を軽く叩く。けして、やましい気持ちがあるわけじゃないが不思議と緊張をしてしまう。

「聖哉もSランクの素質を持つ派遣勇者として、親父さんに負けないようにオレとともに仕事に励んでいこうな」

「は、はい。頑張らせてもらいます」

経験値増量をコピーしますか？　Y／N
精密攻撃をコピーしますか？　Y／N
弱点属性増大をコピーしますか？　Y／N

聖哉が持っていたスキルは、取得できる経験値が増えるスキルと、狙った部位に攻撃が当てやすくなるスキルと、敵の弱点属性ダメージが増大するスキルがコピーできた。色々と戦闘に便利そうなスキルを所持している聖哉は、オレとともに戦闘系派遣勇者として害獣と戦闘にすることになりそうだった。

「オレも初めての時は戸惑ったことが多いし、まだ聖哉も戸惑うこともあるはずさ。そんな時はオレ達がキッチリとサポートしていくから、大船に乗った気でいてくれ」

「はぁ、そういうものですかね。異世界だと理解はしましたけど、柊主任が言われた害獣とかって本当にいるのか実感がわかないですよ」

「それも含めて、今日はいきなりの実地訓練だけど、頑張ろうな。更衣室でそれぞれの装備に着替えて現地に行こう。今日は獣人国家の中でも治安が悪いドラガノ王国の近くらしいからね。油断しちゃダメだよ」

聖哉の顔に緊張感が走る。ちょっとだけ、脅かし半分だが、今日の害獣討伐予定地のドラガノ王国は獣人国家連合の中でも特に治安の悪い国で、ミチアス帝国とためを張る貧乏国家らしい。そのドラガノ王国の近くの魔境に今回の害獣討伐地点が設定されていた。まぁ、Cランクの大口鰐《ビッグマウスアリゲーター》の討伐なので、多分余裕なはずだ。魔境地区を管理する機構から、LV上げも許可を得ているので、周辺の害獣も一緒に狩っていくつもりだ。社員証の発行を終えたオレ達は、それぞれ更衣室で自分の装備に着替えると目的地に転移していった。


目的地のドラガノ王国の王都ギブソンに到着したが、ここもミチアス帝国に初めて行った時のように住民達に活気があまり見られなかった。多くの住民は獣人で犬や猫、狼、牛、中には人魚とかもいるそうで、雑多な取り合わせの住民が住んでいる王国であった。

「やっぱり異世界なんですね。獣人が闊歩している国なんて日本じゃありえないですし……親父はずっとこの異世界で頑張って働いて僕達を養ってくれていたんですね。仕事ばかりで、いつも家にいなくて文句ばっかり言ってきたけど、今度親父に会ったら謝っておかないと」

「まぁ、この仕事は家族にも中々伝えられないからね。普通、こんな場所で仕事してますって言ったら、聖哉も親父さんの頭がイカレタと思うだろ?」

「確かに柊主任の言う通りですね。この現実を見てないなら、親父が壊れたと思います」

身内が異世界で害獣退治していると言い出したら、気でも狂ったのかと思われるのは、オレも実家で体験しているので、赤沢主任の心中を察するとホロリと泣きそうになってしまった。子供や嫁のために異世界で害獣を討伐したり、要人警護したりして頑張って稼いでいるのに、それを子供から不審がられるとは可哀想すぎる。そんな赤沢主任の気持ちを分かってもらうためにも、聖哉には社員として派遣勇者の仕事をキッチリと教えないといけないと思った。

「翔魔様、時間も余りありませんし、早速、魔境地区に行って害獣討伐と参りましょう。その前に主任権限でチーム編成をしてもらえると助かります。これをしておかないと経験値が皆に入らないので」

聖哉と話していたオレに、エスカイアさんがチームを組むようにと促してきた。

「え? そうなの? てっきり自動だと思ったけど……違うんだ」

「ええ、依頼《クエスト》ごとにチーム編成を替えるチームもありますからね。最大で八名までチームに編成できます。このチーム編成中は依頼《クエスト》内で倒した害獣の経験値は均等割で全員に割り振られますので、レベリングには有効なのですよ。涼香さんみたいな後方支援の方も楽々レベルアップできます。メニューから『チーム』と呟くと、編成画面がディスプレイに出ますので、任意に選んでくださいませ。とりあえず今回はトルーデ様以外をチームに入れてもらえると助かります」

エスカイアさんがトルーデさんを外せと言うと思わず首を傾げてしまった。サポートとして協力してくれるトルーデさんを外す意図が理解できないでいると、オレの疑問を感じ取ったトルーデさんが答えてくれた。

「妾はレベル上限に達しておるが、そんな人間が入っておっても経験値が頭割りされてしまうため、チームに入れるだけ損だというわけじゃ。聖哉の援護くらいはしてやるが、翔魔なら援護の必要もあるまい」

なるほど、均等割りになるから、トルーデさんをチームから外して経験値が目減りするのを防ぐのか。効率はそっちの方が良くなるというわけだな。元々、害獣との戦闘はオレの担当みたいなものだから戦わせる気はないけど、より安全に戦えるというわけか。

「分かった。トルーデさん抜きでチーム編成をするよ」

「おっと、柊主任から招待きた。僕はこれを承認すればいいのですか？」

「そうですね。承認するとチーム員としてメンバーの位置がマップに表示されるのとＨＰ、ＭＰの状態が表示されるようになります」

視界の端にチーム員として招待した三人のＨＰ、ＭＰの表示バーが現れた。そして、透過式ミニマップにはメンバーの位置が光点で表示されている。なるほど、これでお互いの情報を共有して害獣と戦闘をすることができるようになるのか。ますます、ゲームっぽい仕様だ。けど、強い害獣と戦う際はこうして連携が取れると戦い易くなると思うのでありがたい。

「さてと、準備も整ったし、害獣討伐といきますか」

涼香さんは支給品のセクシーな軽装鎧と銃を担いで目的地に先に歩き出していく。前回の合成魔獣《キメラ》戦の時は会社の制服だったが、今回は発注していた鎧が完成していたので、割と露出度が高い軽装鎧姿になっている。そう、涼香さんの鎧は肌色の割合が高い鎧なんですよ。そんな装備を発注する涼香さん、貴方は見せたがりなんですか？

その後ろを同じく露出度の高い民族衣装を着て杖を持ったトルーデさんが追っていく。とても目のやり場に困るが、ジロジロと見ると色々と問題になるので、視線を逸らす。

「翔魔様、置いて行きますよ。聖哉君もぼーっとしない」

「あ、はい。すみません。色々と考え込んでしまいました」

「ああ、今から行くよ」

エルフのコスプレ（？）じゃないと言い張る、エルフの正装を着たエスカイアさんから声をかけられたことで、我に返ったオレは先に行った聖哉の後を追って目的地に向かい歩き出した。

『魔境管理区D45094』。今回はここが、オレ達に設定されたクエスト討伐対象がいる魔境地区となっている。鬱蒼と生い茂る森林地帯であるが、この中に発生している害獣は強くてもCランクまでだと機構からのお墨付きをもらっていた。そして更に以前のオレの時のように、間違ってSランクの緊急依頼を受けていないことは確認しておいた。

「こういった場所にその害獣とかいうのが発生して、そいつらの持つ魔結晶があの高レベルな機器を動かすエネルギー源になっているんですね。希少資源だけかと思っていたけど、魔術や社員カードや転移装置なんかを解析すると日本にとっては宝の山に変化するんでしょうね。これは、極秘扱いになるはずだ」

聖哉は魔境の森を歩きながら、自分がどうして公安警察の怖い人達に連行されたのかを悟っていたようだ。ある程度の推察はしていたのだろうが、現実のエルクラストに来て日本国がとんでもない秘密と宝の山を抱えていることを改めて確認したようだ。

「このスマートフォンも二〇年前に、このエルクラストの身分証システムの一部を解析してデッドコピーした製品が出発点という話ですわ。最新機種でようやく身分証システムに近づいているけど、まだまだレベル的には本家との差は激しいですわね」

エスカイアさんがこの数年で爆発的に普及したスマホと社員証を見せながら、エルクラストのオーバーテクノロジーの凄さを説明していく。このカードは確かにスマホの親分と言われても遜色がないと納得できる便利機能満載のシステム性を獲得していた。

「このエルクラストはオーバーテクノロジーが多数あるし、地球人類とは違う生物進化した種族もいるんで、極秘情報ばかりだから喋っちゃダメだってさ。私もバイトでここに入る前にクロード社長から念を押されたからね。しかもエルクラストではスマホなんかの情報端末は全く使用不可になっていて、写真一枚も撮れないから、伝聞でしか伝わらないけど。スマホ以外の写真も大気中の魔素《マナ》が濃すぎてピンボケ写真になるからね。これは私が試しているから教えといてあげた」

涼香さんが言ったとおり、エルクラストでは、社員証や身分証から発せられるディスプレイ画面で用事が事足りるので、気にしていなかったが、現実世界の情報機器が全く使用できない世界になっていて、ネットも繋がらなければ、写真も動画も撮れない世界なのである。つまり、自分で見た物しか記憶に残せないのであった。

「そうじゃな。多分、ここが日本とは違う理でできた世界であるため、日本の物は全く使えないのであろうな。妾もエルクラストでは、メイドさんの動画が見られなくて寂しいのじゃ」

貴方、メイド好きすぎでしょ。ハマり過ぎ。トルーデさんは日本で訪れたメイド喫茶にハマり、支度金で買ったスマホに次々と動画や写真を溜め込んでいたのだ。そのうち、ミチアス帝国にトルーデさんプロデュースのダークエルフメイド喫茶が開店しないか不安でしょうがない。

そんな風に緊張感なく、ベラベラと喋りながら歩いていたら、前方から熊さんが集団で出てきてしまった。急いで、魔物鑑定を発動する。

ビッグクローベアー
魔物LV10　害獣系統：動物系
HP：350　MP：123
攻撃：127　防御：82　素早さ：65　魔力：98　魔防：82
スキル：斬撃耐性　痛撃
弱点：氷属性　無効化：なし

案の定、大した敵ではない。けど、LV1のままの涼香さんや聖哉には厳しい敵となるため、オレが一気に片付けて、経験値を分けてあげた方が、安全に事が進む。この程度の害獣なら魔術を使って退治するのもいいが、せっかくなので合成魔獣《キメラ》戦で手に入れたスキルである『稲妻』と『破壊光線』を使ってみることにした。五～六頭の群れがオレ達に向けて一斉に突っ込んでくる。ディスプレイの使用スキル欄から稲妻を選ぶ。すると、自分の全身が光を放つとともに、ターゲットサイトが出ている魔物に向けて轟音とともに稲妻が迸《ほとばし》った。

稲妻の命中したビッグクローベアーは直径一〇メートル以上抉られた地面ごと跡形もなく消え去っており、大きく抉られた地面には魔結晶だけが残されていた。周りの地面の爆発に巻き込まれた形の別のビッグクローベアー達は吹き飛ばされていた。

あぁ、威力が半端なく強かったな。これは怒られる案件だろうか。それにしても戦闘スキルのクールタイムが魔術と違って長いなぁ。このスキルは魔術との繋ぎの攻撃用かな、魔力も消費しないみたいだし。魔術連発でＭＰがヤバイ時に使う用だろうな。

「ひ、柊主任……。敵が消し飛びましたけど……。何しているんですか！　派遣勇者ってそれぐらいの能力が普通なんですか？　僕もＬＶアップしたらさっきみたいな稲妻とか撃てるんですか？」

　聖哉が持っていた槍を取り落としそうな勢いで慌てていた。今まで冷静さを失わずにいた聖哉がオレの放った稲妻を見て冷静さを失ったのを見ると、とても可愛気のある後輩だと思えるようになるから、不思議だ。

「聖哉君、柊君は別世界の人よ。さっきの柊君が普通の派遣勇者だって思っちゃダメ。普通の派遣勇者は身体から稲妻なんて出さないし、魔術を使うのが一般的だってエスカイアさんが言ってた」

　涼香さんもオレが身体から稲妻を出したことにビックリしているようだ。確かにスキル模倣《コピー》によって害獣からもスキルをコピーしているが、身体から稲妻を出す派遣勇者がいたっていいと思うんだが……。ダメかな。でも、もう一つの『破壊光線』も試してみたい。

　誘惑に負けたオレは破壊光線のスキルを選択し、発生したターゲットサイトでビッグクローベアーの一匹を狙う。自然に手が狙いを付けた害獣の方に向き、周りの魔素《マナ》を凝縮していく。すると眩い光球が出来上がって、その先から光条《レーザー》が目標に向けて放たれた。そして、光条《レーザー》が目標に命中すると簡単に貫いて、そのまま魔境地区の大地を切り裂くような形で突き進み、やがて猛烈な爆風がこちらへと押し寄せてきた。

「うわっぷ。ご、ごめん。ちょっとだけ強いスキルだったみたいだ」

消し飛んだビッグクローベアーはもちろんのこと、周りにいた敵も一緒になって爆風に巻き込まれて地面を転げ回っているうちに死んでしまっていた。死後ドロップされた害獣達の魔結晶がこちらに向かって集まってくる。

「翔魔……お主の力は強すぎじゃ。魔境地区が吹き飛ぶぞ。今回は翔魔は回復と防護魔術で援護決定じゃ。聖哉、お主が主力で戦え、翔魔の防護魔術とエスカイア、涼香の援護があればここは余裕で狩れるはずじゃ」

爆風で髪の毛が乱れたことを気にしているトルーデさんから、オレの戦闘禁止命令が出た。ちょっとだけ試してみたかったのだが、合成魔獣《キメラ》からゲットしたスキルは両方ともかなりヤバイ代物でS級討伐の時くらいしか使い道がなさそうであった。

「トルーデさんの申し出承りました。僕も何だかそっちの方が安全な気がしてきましたよ。柊主任の力はここの敵にはオーバースペックすぎますね。僕も何だか今ので少しレベル上がったんで、援護があればやれそうな気がします」

聖哉もオレがまた何かしでかすかと思っているようで、自分が次の害獣と戦うと言い張ってきた。

そんなに本気じゃなかったんだけどな……。色々と戦いのレベル調整が難しいわ。

「翔魔様、みんな。さっきの爆風でこの地区の害獣が一気に我々に近づいてきましたわ。翔魔様は防護と能力アップの魔術を皆さんに掛けてください。前衛はわたくしと聖哉君、涼香さんが援護、トルーデ様も援護お願いします。翔魔様は回復援護『だけ』してください」

エスカイアさんにも戦わないように釘を刺されてしまった。いや、オレも悪気があって、ああいった事態に陥ったわけではなくて……。つい、ものは試しと使ってみたら意外と威力が高すぎてさ。でも今後は気を付けます。はい。

戦闘禁止命令を受けたオレは、聖哉とエスカイアさん、涼香さんにありったけの能力向上魔術を重ね掛けして、防護魔術も付与しておいた。そして、常時、HPが回復する魔法陣の設置も完成しているので、誰一人苦戦することなく、ここの害獣を狩れると思われる。なので、オレは害獣のステータスチェックとスキル収集に勤しむことにした。

チームのみんなから戦闘禁止を言い渡されたオレは仁王立ちで戦闘を観戦していた。自分が放った破壊光線の爆風の影響で集まってきた『魔境管理区D４５０９４』に生息している害獣達が、聖哉を中心にしたチーム『セプテム』のメンバー達によって次々に倒されていく。オレは観戦している間、近寄ってきた害獣達からめぼしいスキルをコピーすることに勤しんでいた。戦利品として手に入れたスキルは『痛撃』、『噛み砕き』、『軟体化』、『硬化』、『火炎』、『MP吸収』で後は攻撃耐性シリーズで揃ったので、スキル創造して『全攻撃耐性』を手に入れることに成功している。

ますます、人外っぽくなってきたけど。これで、Sランク討伐でもほとんど苦戦らしい苦戦はしなくても済みそうであった。そんな、オレを尻目に、聖哉は支給された槍を器用に使い、害獣の立ち回りを一瞬で覚えながら、効率よく害獣を追い込んでいる。そして、涼香さんやエスカイアさんの援護を受けやすい位置を取りつつ、害獣に正確にとどめを刺していく。生真面目秀才君の戦い方だね。実に無駄が少ない。常に周りを見て最善の手を考えて攻撃を組み上げているようだ。

「聖哉はボチボチ使える勇者じゃやな。火力だけ無駄に強い翔魔とは、また違った戦いをする男じゃや。この分なら、雑魚戦は翔魔が戦わなくても聖哉に任せればいいじゃろう。翔魔は大物専門にしておけ、それ以外は回復支援。その方が周りの被害も少ないのじゃ」

「そうですね。オレは聖哉みたいに器用に立ち回れないし、威力が無駄にデカイので、後ろでしょんぼりしていますよ」

「そういじけるな。翔魔が凄すぎるのは皆が知っておる。じゃが、今のチーム『セプテム』は翔魔頼りになり過ぎておるのじゃ。それにエスカイアも涼香もお前に護られるだけじゃなく、共にサポートし合える関係を築きたいという気持ちを汲んでやるのじゃな。女子を護るのだけが男の仕事ではないのじゃ」

　トルーデさんはエスカイアさんと涼香さんがオレをサポートしたくて頑張っていると言っている。オレみたいな適当に生きてきた男のサポートがしたいと、更に努力をしている二人を見ていたら、オレももっと人間的に成長をしていかなければと思った。オレも戦うだけじゃなくて、信頼を勝ち取って色々と業務を任せてもらえる男になっていかないと、二人の横に並び立つのが恥ずかしく感じてしまう。

「トルーデさん……オレももっと頑張りますよ」

「その意気じゃな。といっても今回は回復支援役を全うせねばならんぞ。何と言っても聖哉と涼香のＬＶ上げだからのぅ。翔魔はここで妾と観戦するのじゃ」

トルーデさんが自分の座っている切り株の隣をパンパンと叩いて、そこに座るように促してきた。やる気は漲《みなぎ》っているのだが、禁止命令が出されてしまっているので、戦うことはできなかった。主任はオレのはずなのだが……。まぁ、あれだけのことをしたらさすがにオレでも止めるわな。

仕方なく、トルーデさんに勧められた切り株に腰を下ろして観戦モードに入った。あいかわらず聖哉は害獣の攻撃を、槍を使って上手くいなし、自らが致命傷を負わないような頭脳的な立ち回りを見せている。とても、今日派遣勇者としてデビューした男とは思えない戦いぶりだ。やはり、地頭の良い人は、こういった点で要領の良さを見せつけてくれる。そして、討伐対象の大口鰐《ビッグマウスアリゲーター》が木々をなぎ倒して現れた。

体長二〇メートルクラスの大きな鰐で、硬い皮膚と太い尻尾、そして人を丸呑みできるほどの大きな口を武器にするちょっと強め（多分）な害獣であるらしい。オレはエスカイアさんの代わりに会社に、害獣詳細ステータス報告書作成のため魔物鑑定を発動する。害獣詳細ステータス報告書は、社員の中で魔物鑑定スキルを持つ者に会社から義務付けられている報告書で、魔物鑑定をした際に表示されたステータス類を報告書に記入し、害獣データとして共有することが義務付けられているのだ。

でも、実際はスキル発動した際に社員証システムを介して機構のデータバンクに情報は集積され

るので、この紙の報告書はあまり重要視されていないが、書けば一枚当たり害獣ランクに応じて一万～一〇万の手当が付くのだ。そんな話を聞いたら俄然やる気が出てお小遣い稼ぎに先程からちまちまと合間を見て紙の書類を書いていた。

大口鰐《ビッグマウスアリゲーター》
魔物LV28　害獣系統：動物系
HP：898　MP：235
攻撃：302　防御：245　素早さ：134　魔力：139　魔防：111
スキル：打撃耐性　噛み砕き　痛撃
弱点：氷属性
無効化：なし

残念、全部被っているスキルか……。大口鰐《ビッグマウスアリゲーター》はすべて被りスキル持ちであったので、コピーする物がなかった。なので、三人の戦闘を応援するべく麻痺《パラライズ》、睡眠《スリープ》、猛毒《デッドリーポイズン》、盲目《ブラインドネス》を次々に大口鰐《ビッグマウスアリゲーター》に向けて放った。

「翔魔様！　ありがとうございます。聖哉君、涼香さん一気に畳みかけるわよ」

「「はい」」

三人は弱体化し、動けなくなった大口鰐《ビッグマウスアリゲーター》に向けて次々と攻撃を放つ。涼香さんは銃を構えて柔らかい目の部分を集中的に狙い、エスカイアさんは風属性の精霊魔術を操り皮膚を切り裂いていき、聖哉がその切り裂かれた皮膚に向けて槍を縦横無尽に突き込んで大口鰐《ビッグマウスアリゲーター》にダメージを蓄積していった。そして、大口鰐《ビッグマウスアリゲーター》は、ただの一度も攻撃するチャンスを与えられずに葬られて魔晶とさせられていた。

「案外、楽に落ちちましたね」

「馬鹿者……あれだけ弱体化された上に聖哉達は能力向上されておるのじゃ。一方的な戦闘になるのが当たり前じゃろうが……」

解説役のトルーデさんも茫然とする完封勝利の瞬間であった。ちと、やり過ぎたのかもしれない。でも、怪我人もなく、無事に依頼を完遂することができ、ディスプレイには依頼完了《クエストクリア》の文字が表示されていた。

「『安全第一』、これをオレのチームのモットーとしておきましょう。危険な依頼が多いと思うんでね。過剰なくらいがいいのかなと思ったりしてます」

オレ達のチームはエルクラスト害獣処理機構の中で、最高ランクの依頼であるSランクを中心に仕事が舞い込むので、常時過剰とも思える体制をとっておかないと死人が出ないとも限らないのだ。日本人勇者はHPゼロになっても大聖堂にリスポーンされて記憶が一部欠落するだけだが、現地人であるエルクラスト生まれのエスカイアさんや、トルーデさんの死は文字通りそのままの死に直結するのである。そんな事態に陥ったらオレには耐えられるか分からないので、常に安全過剰で業務を進めていくつもりだ。

「まぁ、それは翔魔のさじ加減に任せるのじゃ。妾はこれ以上強くならないからな。チームの助言役をさせてもらうぞ」

「歴戦のトルーデさんから助言してもらえるなら、オレも色々と助かるので、今後も頼みますよ」

見た目はロリダークエルフなトルーデさんだが、一国を興した英雄であり、人の使い方が上手い人であった。こういった部分は見習って自分の力にしていきたいとも思っているが、ただメイドさん趣味だけは見習わないようにしようと心に決めていた。

新規業務

依頼完了《クエストクリア》をして、ホッとした空気が場に流れると、不意に背後の草むらが揺れて何かが飛び出してきた。その物体は切り株に座っていたオレを押し倒すように覆いかぶさってくる。完全に皆が油断していて、飛び出した物体への対応が誰一人できていなかった。しまったぜ。完全に油断した。

「何者じゃ！　翔魔から離れろ！　そいつの近くにいるとひき肉にされるのじゃ！」

オレに覆いかぶさった者に対してトルーデさんが警告を発する。嫌でもひき肉になんてしませんよ。オレが血だらけのスプラッタになるのは勘弁してください。しかし、覆いかぶさった物体はトルーデさんの警告を真に受けていた。

「こ、殺さないでください!!　お願いします。ひき肉だけは止めてくださいぃ！」

オレに覆いかぶさっている物体Xがギュッとしがみつき、柔らかいものが顔に押し当てられて息が吸えなくなっていった。

「こら!!　翔魔様から離れなさい!!　今すぐ離れないと脳天に矢が生えますよ」

「エスカイアさん、私が銃で撃ちます！　任せて」

いやいや、二人とも戦闘の余波で出たアドレナリンで荒ぶっていますけど、狙いが外れるとオレも巻き込まれるんで、できれば自重をお願いしたい。まぁ、でも矢も銃弾も触れる前に弾いちゃいますけどね。

「ひゃあいいいいっ！　殺さないで！　殺さないでください!!　逃げ出したのは謝りますから、お願いです。殺さないで」

謎の物体Xが本気で怖がっている様子なので、いい加減この状況を改善することにした。こんな恰好は百害あって一利なしだ。オレはしがみついていた物体Xを引きはがすことにした。必死にとりすがろうとしていた物体Xだが、チート派遣勇者のオレの力の前になすすべなく引き剝がされていく。摘まみ上げた恰好になった物体Xは獣人の子供であったようだ。

「獣人の中でも犬族の子供のようじゃの」

茶色いフサフサの尻尾と垂れた犬耳をもった柴犬のような顔をした獣人の子供であった。よく見ると男の子のようで、オレの顔に何が押し当てられていたかは、考えることを放棄することにした。考えたら、絶対に病んでしまう案件である。

粗末な服を着た犬族の子供は尻尾を丸め、プルプルと震えながらこちらを向いてひたすらに『殺さないで』と言い続けていた。

「坊や、一体どうしたの？　ここは魔境区域よ。子供が入っていい場所じゃないわ。わたくし達は『(株)総合勇者派遣サービス』の者よ。坊やが禁止区域にいる理由を教えてくれる？」

オレから離れたことで、戦闘中に分泌されたアドレナリンで荒ぶっていた二人が落ち着き、優しい口調で獣人の子供にこの場所にいた理由を聞いていた。

「ぼ、僕が知りたいよ。僕はお父さんとお母さんがいないから、街で靴磨きして生活していたけど、知らないおじさんがご飯をいっぱい食べさせてくれるって言うからついて行ったら、この森のへんな小屋に集められたんだ。僕は盗み聞きした話で怖くなって隙を見て逃げ出してきたの!!」

犬族の子供はおぞましいことを思い出しているかの如く、顔を蒼白にしてここにいる理由を語っていた。

「小屋にいたおじさん達はみんな無口で怖くって……僕みたいな孤児の子がいっぱい集められていたの」

目の前の犬族の子供が喋っている内容が正しければ、何だかきな臭い話になってくるのだが、こういった話にはうちの会社は立ち入れないので、聞かない方が利口なのだ。しかし、ここまで聞いて放置するのも人としてどうかと思った。

「坊や、君はそこから逃げ出してきたのかい?」

「うん。その小屋のおじさん達が『取引先の男とは連絡が取れた。今日の夜には、ここにいる全員を引き渡すつもりだ。男が言うには全員生贄にするそうだぞ』って言っているのを聞いた時から、ここにいたら殺されると思って隙を見て逃げ出してきたの」

犬族の子供は泣き出しそうな顔でオレの方を見上げていた。そんな目でオレを見られると、とっても断りづらくなるじゃないか。メンバー達も子供の言葉を聞いた時から、顔が真面目に引き締まり、すぐにでもカチコミに向かいかねないほど怒りのオーラが漏れ出している。

「そうか、分かった。ありがとう。ところで、まだ名前を聞いてなかったな。坊やの名前は？　オレは翔魔。柊翔魔って言うんだ」

不安そうに眼が揺れ動いていた犬族の子供は名前を聞かれたことで、少しだけ顔を明るくさせた。

「僕はオルタ。犬族のオルタって言うんだ！　翔魔様、あそこに捕らわれている僕と同じ獣人の孤児の子を助けてあげてよ。お願いだよ。このままだと、みんな生贄にされちゃうんだっ！」

オルタは必死に捕らわれている獣人の孤児達を救ってほしいと申し出るが、こればかりはドラガノ王国の内政問題に関わってくるため、勝手な対応をするわけにはいかなかった。

「翔魔様、この場合はクロード社長に一度確認を取った方が……。独断での判断は危険と思います。一旦、社長に投げて判断を仰いだ方がいいかと」

エスカイアさんがすかさず、オレの心情を見抜いて提案をしてきた。

「エスカイアの言う通りじゃな。ここはクロード殿の判断を仰ぐのじゃ」

「私もそう思うわ。上長の判断を受けてから動くべき。クロード社長が反対するようなら、柊君が説得するべきね」

「僕もそう思いますよ。今回の話は緊急性を要するので、今すぐ判断を仰ぐべきです」

聖哉までオルタの健気な姿に心を打たれてクロード社長に直談判をするべきとまで言っている。

おおぃ、あの妖しいクロード社長に聞くのはオレなんですけど。だが、オルタがもの凄く期待を込めた目でオレを崇め奉りそうにしている。そんな目で見られたら断れねえぞ。ちくしょう。

この場にいる全員の期待の目を一身に浴びたオレはメニューから『トーク』を選び、絶対に使わないと心に決めていたクロード社長直通の呼び出しボタンをタップした。コール音が響き少し経つと、エルクラストに滞在していたクロード社長の顔が映し出されていた。繋がらないかとも思ったが、ここは魔境地区でも魔素《マナ》濃度が薄い場所でカードによる通話を阻害するほどではなかった。

「おぅ、これは翔魔君、君からオレにかけてくるのは珍しいね。何か困ったことでもあった？」

画面越しでも顔に傷をもつ男は威圧感を十分に放ち、サングラスを掛けたまま、にこやかに筋トレを頑張って行っていた。

「実は、緊急の事案が発生していまして。どうにもオレ達には判断をし辛いので、クロード社長に判断をしてもらいたくご連絡を差し上げました。このオルタ君が言うには、この地区に人攫いが拠点を作って生贄達を集めているようなんです。そこで、チーム『セプテム』として悪人どもを成敗して捕縛しようと思うのですが……」

オレの話を聞いたクロード社長の顔色がドス黒く変色していった。

「ほぅ……それは、大変だね。実に由々しき事態だ。早急に柊君のチームを派遣して、その人攫い達を捕縛して生贄の子供達を解放しないと――。っとでも言うと思ったのかね？」

クロード社長は普段からサングラスを掛けて、顔に傷を負ったイカツイ顔をしている人であったが、今日の顔は何時にも増して威圧感が凄かった。実際、ディスプレイを畳みたいくらい、怖い。久しぶりにちびりそうである。

「は、はぁ……そ、そのマズいのでしょうか？」

どうやら、クロード社長は怒っているようで、ギロリと視線をオレの後ろにいたエスカイアさんに向けていた。

「エスカイア……。君がついていながら、何でこんな話を私の元に報告させたのだ。こんな案件は我が社が受けられないことくらい知っているだろう」

クロード社長は苛立ったような声でエスカイアさんを叱責する。なにやら、うちの会社は依頼以外の仕事には手を出してはいけないという規約があるような感じの怒り方だった。

「で、ですが！　これは緊急事態であり、人道的な見地からもこの犬族のオルタ君の情報の真偽を確かめるべきです！　クロード社長のおっしゃられる通り、我が社はエルクラストの国家には、依頼以外のことは『不干渉』を謳っており、該当国からの依頼がない限りは力を行使することができないのは、重々承知しております」

やはり、この『(株)総合勇者派遣サービス』はエルクラストの国家の内政には不干渉を貫く会社であるようだが、ミチアス帝国の件は主権者代理になったトルーデさんから依頼を受けた形で国家運営を委託されていたのだろう。つまり、今回の案件は勝手に他国の犯罪者をオレ達が捕縛して犯罪を防ぐ行為は越権行為だということらしい。けどさ、目の前でこちらを見て助けてほしいっていう人を『業務外なんでごめんなさい、助けられないです』っていうのが、派遣勇者なのかと思うと、この会社に失望を覚えた。せっかく、凄く人のために役に立てる仕事に就けたと思っていた矢先のクロード社長のビジネスライクな対応だった。エスカイアさんを叱責したクロード社長はじっとオレの方を見て、『分かってるよね』といったような視線を送ってくる。

「翔魔様……僕はあの子達を翔魔様に助けてほしいです。国に任せたらあの子達は生贄としてどこかに売られてしまいますっ！　翔魔様！」

必死な形相のオルタがオレに縋って頼み込んでくる。しかし、ディスプレイに映るクロード社長の表情は硬いままだった。オレはクロード社長の判断に納得できずにもう一度直談判しようとした。こんな暴挙が許されて良い訳がない。

「……クロード社長!!　チーム『セプテム』の主任として、そして『(株)総合勇者派遣サービス』の派遣勇者として、今回のオルタ君の依頼をオレは正式な依頼として主任権限で受理しようと思いますっ!!」

「翔魔様!!　そ、そのような大げさなことを言われなくても……」

「よくぞ申した！　翔魔はいい男になると思うのじゃ」

「柊君が素敵過ぎる!!　あぁ、スマホで動画に撮りたかった。クスン」

「柊主任って意外と男気があるんですね。普通は会社の命令を無視したら、ヤバイなとか考えなかったんですか？　でも、今回は僕も賛成しますけどね」

メンバー達はオレの決定を支持してくれていた。勢いで言った部分もあるが、オレは派遣勇者としてエルクラストに住む人達の笑顔を守りたいと決意しているのだ。だからこそ、今回の会社の決定をそのまま粛々と受け止める訳にはいかなかった。

「……ほうぅ、柊君は私の指示に従えないというのかね？　君は『(株)総合勇者派遣サービス』に雇われている社員である自覚はあるんだろうね？」

ディスプレイに映し出されたクロード社長のサングラスが鈍い光を反射している。しばらくの間、クロード社長からの無言の圧力がオレに対して行われた。オレがやった行為は、会社からの指示に従わない命令不服従で、解雇の対象にされてもおかしくない行為なのは、頭の悪いオレでも理解していた。

「…………ククク、アハハハッ!!　いいねぇ！　柊君！　主任っぽい感じだっ!!　私は嬉しいぞ!!　君が派遣勇者として弱者の側に立つことを恐れないことに感動した!!　さすがはチーム『セプテム』の主任だね。騙して悪かったが、これも柊君の派遣勇者としての資質を見定めるためだ。悪かったね。さぁ、うちの会社のモットーである『弱きを助け、強きをくじく』を行使したまえ！　存分にやっていいぞ。むしろ、人攫いなどという非人道的犯罪組織は一人残らず捕縛して極刑にされてしまえばいい！　悪人に人権は存在しないのだよっ！　悪即斬でいこう！」

急に笑い出したクロード社長に、エスカイアさんとトルーデさん以外が呆気に取られる。今までのクロード社長の言動は、オレの派遣勇者としての資質を見る試験みたいなものであったようだ。

それにしても、『悪の指示でということは、内政不干渉とかいうのは、すべてブラフだったのだろうか？　それにしても、『悪人に人権はない』とか『悪即断』とか、不穏すぎる単語が並び過ぎていて、クロード社長の指示でカチコミに行くような気がしてならない。

「あ、あの。クロード社長？　内政不干渉云々の話は嘘なのですか？」

顔に手を当てて大笑いしているクロード社長は笑うのを止めると、オレの質問に答えてくれた。

「あー、それは本当だよ。一応、機構との取り決めでエルクラスト全土の国家には我が社は干渉する権限を持ち合わせていないが、皇城が吹っ飛ぶとか以外だったら、大抵どの国でも私が握り潰せるから、好きにやっちゃいなー。日本人の子は奴隷を解放するのが好きらしいからね。天木君もそうやって嫁を拾ったし」

べ、別に奴隷解放して女の子にモテようとか思ってねえよ。けど、『ありがとうございます。貴方のことが好きになりました』とか言われたら、我慢できないかもしれなかった。

派遣勇者のお仕事

クロード社長からの悪人討伐許可をもらったオレはチームのメンバーとオルタを率いて、孤児たちを集めた人攫いたちが拠点にしていると思われる、魔境区域に程近い廃墟となった牧場跡の建物に、気配を消して近づいていく。見張りが二人ほど建物の入り口に立って、辺りを警戒していた。

「さて、どうすればいいですかね？　オレ、こういった場合の対処の仕方を全く思いつかないんですけど……。中に人質っていうか、騙されて攫われてきた子達がいますよね？」

人質がいない悪人退治なら、オレの桁外れのチート能力でゴリ押しできるのだが、人質となりうる攫われた子達がいるため、細心の注意を払って事を慎重に進めなければならなかった。

「そうじゃな。こういった場合はまず敵の人数を把握した方がいいぞ。翔魔の魔術で生命探知《ライフ・ディテクション》はあるか？」

こういった荒事に慣れていそうな、元建国の英雄王であるトルーデさんが生命探知《ライフ・ディテクション》という魔術を使えるか聞いてきたので、マジックの一覧から探していく。そうすると、対象の魔術を発見することができた。

「ありましたよ？　これ発動させればいいんですか？」

「待て、それでは敵味方の判断ができない。オルタ、捕らわれているのは子供だけだったか？」

「あ、はい。トルーデ様の言われる通り、みんな子供でしたよ」

「なら、身分探知《アイデンティフイケーション》も併用しておくのじゃ。これで、身分証を持っている成人と子供の識別ができるはずじゃ」

なるほど、まずは建物内にいる人の数を知り、その後で大人と子供に分ける。これで、人攫いグループの人数を掌握するつもりか。さすが、トルーデさんだ。

「でも、トルーデ様。それだけだと、万が一の場合で大人の捕虜がいた場合、敵味方の判別ができませんよ。もしかしたら、オルタ君が見てない所でそういった大人の生贄もいるかもしれないので」

聖哉が大人の生贄の可能性を示唆したことで、考慮に入れるべきだと思った。生贄が子供だけの可能性もあるが、もしかしたら成人している女性なども攫われているかもしれないからだ。そういった人を敵判定して誤射する訳にはいかなかった。

「そうじゃな。聖哉の意見ももっともじゃ。では、あと危機探知《クライシス・センシング》も併用した方がいいかもしれないのう。これは、武装による脅威度を加味して色別に判定してくれるから、敵か味方かの判断を最終的に下せるはずじゃ。とりあえず、探知してみてくれ」

「分かりました。すぐにやってみますね」

トルーデさんに言われた三種の探知を辺り一帯に同時使用していく。生命反応の総数は三五名、その内、未成人の子供が二〇名、成人者が一五名、そして、脅威度の高い赤色に判定された者が一四名であった。

「敵は一四名かな。成人者のうち一人は丸腰みたいだし。建物をグルッと囲むように五名が歩哨として外にいるようで、二一名の人質を残りの九名で世話しているようだね」

探知範囲は周囲数キロに設定しておいたので、この建物以外には周りにオレ達と犯人グループしかいないと思われる。オレが探知した結果を表示したディスプレイを見つめてトルーデさんが考え込んでいた。

外の五人を速やかに排除しなければ、中にいる者達にこちらの接近を知られ、確実に子供達を人質に取られてしまうことになるからだ。

「わたくしが風の精霊魔術で音を消した矢を使い、狙撃しましょうか？　姿も精霊魔術でしばらくなら消せますので、ある程度まで近づけますし。近づけば外すことはまずないですからね」

エスカイアさんが精霊魔術を使用して姿と音を消して狙撃を試みてはと提案してきた。しかし、同時、もしくは若干の時間差で歩哨を無力化しないと、接近を察知されてしまう。そのためエスカイアさん一人では一気に五人を仕留めるのは難しいのだ。すると、沈黙していたトルーデさんが作戦を決定したように閉じていた目を見開いた。

「翔魔、眠りの霧《スリープミスト》と麻痺の霧《パラライズミスト》を使えるはずじゃな？　あと、念のために盲目の霧《ブラインドミスト》も」

トルーデさんが指定した魔術を一覧から探していく。多頭火竜《ヒドラ》と合成魔獣《キメラ》を退治したことでのLVアップによりMPの数値が高まり、全系統魔術適性スキルを持つオレの魔術一覧はエスカイアさん曰く、確認されている既存の魔術のほぼすべてが網羅されているらしい。だから、トルーデさんが言った魔術も使用できた。

「あぁ、さっきの害獣討伐でやった奴ですね。それの範囲を拡げて建物ごとで行い、敵を無力化させるつもりなんでしょうか？」

聖哉がトルーデさんの作戦の意図をすでに読み取っていた。なるほど、それなら一気に無力化して子供を人質に取られることもないか。

「でも、魔術に抵抗されたらどうします？」

「基本的に、このエルクラストの人間で翔魔クラスの魔力を持った魔術に抵抗できる者はおらぬぞ。妾でも抵抗できる気がせぬ。断言してもいいが、翔魔の魔術に抵抗できるのはSランク以上の高レベル派遣勇者くらいじゃな」

「そ、そうですね。わたくしも翔魔様の魔術に抵抗できる気が全くしません」

エスカイアさんもトルーデさんと同じ感想のようで、オレの魔術には抵抗できる気が全くしないようだ。エルクラスト生まれの二人がそう断言するなら、よっぽどのことが発生しない限り、抵抗されることはないらしい。

「分かった。トルーデさんの作戦で行こう。とりあえず、聖哉、エスカイアさん、涼香さん、トルーデさんもすぐに突入できるようにバックアップお願いします。突入はオレも行くんで。オルタはここで待つように」

「はい。みんなを助けてね。翔魔様」

「任せておけ、オレは派遣勇者だからな。オルタ達を怖がらせた悪人を懲らしめてやる」

オレは安全性の更なる確保のため、能力向上魔術を使い限界まで魔力を引き上げると、不安そうにこちらを見ているオルタの頭をワシャワシャと撫でた。そして、魔術の発動のカウントダウンのため指を折って数え始める。5・4・3・2・1・ゼロ！

カウントゼロと同時にバックアップの四人が一斉に建物に向けて走り出した。オレもすかさず眠りの霧《スリープミスト》、麻痺の霧《パラライズミスト》、盲目の霧《ブラインドミスト》の三つを建物の周辺部を巻き込んだ形で発動させた。

三種の霧の発動を確認し、ディスプレイ上の脅威度が高い赤い輝点から、行動不能を示す白い輝点に一斉に変わっていく。もちろん、脅威度が低いと判定された青い輝点だった者達も含めてなのだが。けれど、限界まで魔力を上昇させたことで、誰一人抵抗に成功した者はいなかった。

「よし！　成功だっ！　とりあえず、武装している者を優先して捕縛！　子供達は怪我をしていないか確認してくれ」

魔術の成功を確認したオレは、先行したメンバー達に追いつくため、転移《テレポート》していた。建物の周辺の敵は聖哉が捕縛を担当し、建物内にはトルーデさん、エスカイアさん、涼香さん達がすでに人攫い達を武装解除をして捕縛を終えて床に転がしていた。実に手際の良い仕事ぶりである。そして、懸念された子供達も擦り傷程度の怪我を負った子が数名いる程度であった。

「どうやら、引き渡し寸前だったみたい」

「そうか……ギリギリのところだったね。オルタが逃げ出してくれなかったら、この子供達は引き渡されていたんだな」

「予想通りに抵抗できた者は皆無だったようじゃのう。さて、捕まえたこやつらは見せしめに首を刎ねて、この国の王都の広場に晒すとするか」

トルーデさんが捕縛した人攫い達を殺そうと、オレの腰から剣を引き抜こうとしていた。

「ま、待って！　それはドラガノ王国に任せるから、殺したらダメだって！」

こっちの世界生まれの人は、違う価値観で生活しているので、命のやり取りが現代日本よりかなり身近なのだ。その中でもミチアス帝国を築いたトルーデさんは、建国するために何百年もそういった命のやり取りをしてきた猛者であった。

慌てて剣を引き抜こうとしたトルーデさんの手を推し留めようとするが、先見の眼によって躱されてしまった。だが、おかげで犯人達を斬首する気は失せたようだ。せっかく、血を見ずに問題を収められたのに、子供達の前で血なまぐさいことは止めてほしかった。こういったところは日本人としてのオレとの考え方の違いだろうが、『(株) 総合勇者派遣サービス』の主任が日本人で占められている理由の一部かもしれない。エルクラスト生まれの人が主任に付くとその価値観の違いから、派遣勇者が介入した国家同士の争いになりかねず、会社としても大きな損失を受ける可能性がある。その点、日本人は勇者として素質は高いのに、命のやり取りを回避することを重視する性格の人物が多くいることで、問題の重大化を避けているのかもしれない。

「そうですね。トルーデ様、翔魔様が官憲に突き出すだけで良いと仰っているので、ここは穏便に行きましょう」

「そうか……翔魔は日本人じゃったな。まぁ、よかろう」

「外の奴等も捕まえてきましたよ。けど武装解除しようとしたら、こいつら、日本円持っていました。一〇〇万近い額を持っている奴が一人いましたし、もしかしたら、取引相手って日本人とかじゃないですよね？」

外の奴等を武装解除していた聖哉が気になることを報告してきた。聖哉が捕らえた人攫い達の中に日本円で一〇〇万近い大金を持っている男がいるという報告を受けた。日本円は通常エルクラストの一般人が持つ紙幣ではなく、機構と取引のある商会や国家など一部の人間だけが使用しているのだ。現地通貨に換金こそできるが、あまり一般的ではない。気になったので子供達の安全を確保した上で、捕らえた犯人グループを覚醒させてトルーデさんの思念感知を使って尋問をしていく。

「ほほぅ、この人攫い組織はエルクラスト全土に根を張る組織のようじゃの。こやつらは末端の構成員らしいが、各国のスラムや農村で子供を騙して連れてきて上部組織に引き渡して利益を得ているようじゃ。しかも、この国の人攫い組織の元締めは領地持ちの貴族様らしいぞ。ブッヘバルト子爵というらしいな。この近くに領地を持つ貴族でそいつがドラガノ王国内で集めた子供達を上部組織に送っているそうだ」

思考の中身を読み取られた人攫い達が顔色を蒼白にさせながら、トルーデさんの話す内容を聞いて震えていた。マジであの思念感知をコピーしてやりたい。けど、幼女姿のトルーデさんを無理矢理に捕まえるのも、男として恥ずべき行為だと思われるから二の足を踏む。有能なスキルだが、コピーするのは至難の技に思われた。

有能な尋問官であるトルーデさんの聞き出した情報では一〇〇万円の出所が分からないが、エルクラストでも一応各国の首都で両替が行えるくらいの流通はしているが一般人が持っている通貨ではないのである。人攫い組織にエルクラストの上流階級層が一枚噛んでいるなら、各国に跨る広範囲組織という性格上、決済は各国間で換金がしやすい日本円で取引が行われているのかもしれない。

「日本円はそのブッヘベルト子爵からもらった物かい？」

オレの質問に人攫い達が顔を背けてトルーデさんに思考を読み取られまいと、必死に工作していた。けれど、彼らの工作は覗き見トルーデには通用しなかった。

「子供二〇名を攫う仕事の前金だそうだ。後は引き渡す時に残りの半金をもらえる予定になっているそうじゃぞ。どうする？　そのブッヘベルト子爵もぶちのめすのか？」

「トルーデ様、貴族を相手にするなら、一気に物証を押さえて殲滅してあと腐れなく国に引き渡さないと揉めますんで。やるなら、このまま取引の現場を押さえて一気にブッヘバルト子爵を捕まえないと」

エスカイアさんもやる気が漲っているようで、なんだか暴走している気がしてならないが、クロード社長からは『とことんやっちゃえ』的なご許可を得ていると思いたい。証拠さえキチンと押さえておけば、国も絶大な力を持つ派遣勇者に対しては高圧的な態度に出られないと思われた。なにより、トルーデさんとエスカイアさんが乗り気なので、止める気はサラサラなかった。『弱きを助け、強きをくじく』の会社のモットーを推進するべく、オレ達はドラガノ王国の人攫い組織を壊滅させることにした。

「あのぼんやりしていた柊君が随分立派になったわ……。これも、責任あるお仕事に就いたことによる成長なのね……」

大学時代のダメダメだったオレを知っている涼香さんが、ハンカチを目に当てて、コッソリと拭っているのが見えた。そんなにダメな……子だったね。確かにダメだったかも。今は多少マシになったと思いたい。

「柊主任、凄いかっこいいですね。相手はこの国の偉い貴族なんでしょ？　そんな人を相手に一歩も引かず正義の味方を行うとは……僕は柊主任みたいな派遣勇者になりたいです」

頭のいいはずの聖哉がなんだかキラキラとした眼でオレを見つめている。頭がいいけど、未成年であり、根は純真無垢な性格であるようだ。

「あ、ありがとう。そんなことを言われると照れるが……」

「翔魔様、僕もカッコイイって思いました。さすがは派遣勇者様です。僕も翔魔様みたいな派遣勇者になりたいなぁ」

オルタまでも聖哉と同じキラキラした眼でオレを見つめてくるが、そんな眼で見つめられると、なんだかこそばゆい気持ちになってしまう。こうして、ドラガノ王国の人攫いの元締めであるブッヘバルト子爵の組織と取引を行い、その現場を押さえてドラガノ王国の人攫い組織を一網打尽に捕縛する計画を立てていった。

エルクラストを覆う闇

捕縛した人攫いのリーダーから、もうすぐ取引の時間だと聞き出してあったので、チームのメンバーを組織の人間に偽装して取引現場を現行犯で取り押さえるつもりであった。人質となる子供達には十分に強固な防護魔術を施し、流れ矢が飛んでも突き立たないほど強固に守っておいた。そして、捕らわれていた孤児たちの中で、一人だけいた成人した猫族の女性が子供達の面倒を見てくれると言ってくれ、建物の外でみんな固まって取引の時間を待つことにした。

しばらくすると、街道から豪奢な馬車が二台の荷馬車と、二〇名ほどの騎馬を引き連れてこちらに向かってきていた。人攫いのリーダーの顔を見ると、どうやらアレが元締めの乗る馬車らしい。

馬車はオレ達の前で止まると、騎馬に乗った獣人の兵士達が馬車の扉の前に整列する。そして、扉が開くと中からはでっぷりと太り、禿げあがった中年がゆっくりと降りてきた。トルーデさんが人攫いのリーダーを脅して取引を進めていく。

「今回も多くの生贄を集められたようだな。良いぞ。これで組織でのワシの覚えもめでたくなるというものだ。後金を渡すから代表者は我が城まで取りに来い。生贄どもは荷馬車に押し込んでおけ」

兵士達が生贄の子供達を一緒に来た荷馬車に乗せようと近づいてきた。取引を成立させるために、捕らえていた人攫いのリーダーを太った男の方へ蹴り飛ばす。そして、オレは被っていた外套を脱ぎ捨てると、大声で見得を切った。

「そこまでだっ！　『(株)総合勇者派遣サービス』所属、チーム『セプテム』主任、柊翔魔！　ブッヘバルト子爵の悪事を許す訳にはいかないっ！　大人しくしろっ！」

「げぇっ!!　派遣勇者だとっ!!」

蹴り飛ばされた人攫いのリーダーの隣にいた太った男が、ブッヘバルト子爵のようで、顔色が明らかに変わった。元々血色は悪そうだったが、蒼白を超えて白くなっているのだ。心なしか足元もガクガクと震えているようだ。

「犯罪行為が派遣勇者によって告発されたらどうなるか。ブッヘバルト子爵様は知っておられますよね？」

エスカイアさん達が姿を隠していた外套を脱ぎ去り、得物を兵士達に向ける。

「ええぇい!!　皆の者!!　斬れ！　斬れぇえ!!　派遣勇者を殺して、事実の隠ぺいを図るのだ!!」

「「「おおぉ」」」

どう見ても悪代官の末路しか見えないセリフを吐いたブッヘバルト子爵は、兵士達にオレ達の抹殺の指示を出す。これで、敵対行為は鮮明になったので、遠慮せずに超重力《スーパーグラビティ》を範囲指定して発動させていった。もちろん、死にはしないが下手に抵抗すると骨が折れるくらいの痛みを伴う重力数値に設定しておいた。

「あがぁあぁあぁ、しぬぅ……しぬううう……あがぁあぁあぁ。ワシを殺す気かぁ！」

発動した超重力《スーパーグラビティ》によって自重が一五倍に増えて、立つことを維持できなくなった兵士やブッへバルト子爵が地面に倒れ込んでもがいていた。メキメキと骨がきしむ音と苦悶の声がそこかしこから聞こえてくる。

「これは、これで痛そうじゃ。お主らの悪行は翔魔の怒りを買ったみたいじゃぞ。大人しく罪を認めれば、国に突き出すだけで勘弁してくれるそうじゃ」

地べたを這いまわる兵士やブッへバルト子爵にトルーデさんが投降を呼びかける。

「柊主任、半端ないわー。僕もアレくらいの魔術を早く使えるようにならないと。マジで力の差が歴然としている……」

そういえば、いつの間にか人攫いを壊滅させる話になっていたが、大元は聖哉の初実地訓練だったのを思い出した。初実地訓練で、悪人退治とかって派遣勇者としてはいいのか、悪いのかの判断をしかねるが『弱きを助け、強きをくじく』という会社のモットーは見せられたのかもしれない。

「痛い、痛い、ワシはドラガノ王国のブッへバルト子爵だぞっ！　領地を持つ貴族にこのような狼藉をぉおおおおおおおおおおおおおぉ!!」

ブッへバルト子爵は罪を認めようとはせずに権力をチラつかせてきたので、さらに重力を増してあげた。ちなみに社員証のディスプレイに搭載されているエルクラスト各国の情報を集めた検索サイトみたいなツールで、ドラガノ王国における人身売買や奴隷売買を認めているか探したところ、ドラガノ王国法に自国領民の不当な売買契約を結んだ者を斬罪に処すと書かれていたので、奴隷制を認めていないし、人身売買は犯罪行為だと国家で定められていた。

「ドラガノ王国法では、人身売買は犯罪行為なんでね。ブッヘバルト子爵がどんなに偉い人だろうが、オレは犯罪行為を許さないよ。大人しく、国の裁きを受けるんだね」

「クソがぁあああ!!　ワシは、ワシはあの方のために……ひ、ひか……さま……お、お慈悲を……ゴハッ、ゲフゥ、ゴフッ!!」

ブッヘバルト子爵が犯罪組織について喋ろうとした瞬間、急に口から大量の吐血をすると、そのまま息を引き取ってしまった。

「なっ!?　急にどうした」

「そやつが人攫いの上部組織について語ろうとしていたから、妾が思念を読もうとしたら、ブロックされたのじゃ。これは、口封じかもしれぬ」

そして、地べたに這いつくばっていた兵士達も次々と多量の吐血をして絶命していく。オレはすぐに超重力《スーパーグラビティ》を解除して、子供達に惨劇を見せないように透けて見えない目隠し《スクリーンウォール》で彼らの視線を覆った。

惨劇は下っ端の人攫い達にも次々に波及していき、現場にいた者でこの組織に関わっていたとされる者は残らず息を引き取ってしまった。

「情報隠蔽じゃの……。それにしても、外部から思念をブロックしたり、命を操ることができたりする魔術など聞いたことがないぞ……」

トルーデさんも息絶えた兵士や人獲いを見て首を傾げている。

「これは、意外と大がかりな組織なのかもしれませんね……。クロード社長には連絡を入れておきます」

エスカイアさんも目の前で起こったことに戸惑いを覚えたようで、すぐさま直通でクロード社長と連絡を取り合っていた。

「柊主任……こいつら、ドラガノ王国に突き出しますか？　死んでしまったようですけど……うっぷ……」

聖哉もオレと同じように死体を見慣れていないため、胸から突き上げる吐き気を抑えるのに精いっぱいの様子で話しかけてきた。日本に暮らしているため、こういった死体を直に見ることはほとんどない。そのため、血だまりができるほどの大量吐血をして人が次々と死んでいく場面はトラウマになりそうなほど怖かったのだ。

落ち着け……主任のオレがビビってたらダメだ……血がいっぱい流れているが……ドラマの死体だと思えばいいんだよ……ウップ。

オレは物陰に走ると突き上げてきた物を吐き出していた。

「柊君、大丈夫？　あんなに人が死ぬなんて見たことないからショック受けるよね」

おう吐したオレの背中をさすってくれたのは涼香さんだった。彼女も日本人でオレと同じようにショックを受けているかと思ったが涼香さんは案外平気そうな顔をしていた。

「涼香さんは大丈夫なの？」

「私は大丈夫よ。私は親の仕事の都合で、子供の時に紛争地帯に住んでたからね。死体は見慣れているの」

涼香さんが衝撃の告白をしていた。普通の大学職員かと思っていたけど、割とぶっ飛んだ生活をしていたとカミングアウトしたのだ。

「え？　マジで？」

「そうよ。両親はカメラマンでね。各地の紛争地帯を渡り歩く戦場カメラマンだったの。小さい時は私を連れて戦場を渡り歩いていたのよ。頭おかしい両親でしょ？　でも、おかげで戦争の起きる理由が、大概は為政者の無能さが引き起こしていると理解できるようになったわね」

涼香さんの為政者に対する猛烈なダメ出しは、幼少期に受けた戦争のショックのトラウマみたいなものであると判明した。

「……涼香さん……」

「いやあねぇ、別にそんなに悲しい目で見ないでよ。案外、世界を飛び回るのは面白かったし、色々と友達もできたからね。それに、こういった異世界に来てもあんまり驚かない耐性も付いていたし」

涼香さんはバンバンとオレの背中を叩くと、大学職員時代と同じようにサバサバとした表情をしていた。


その後ドラガノ王国から司法関係者が到着し、死体となった犯人と生贄にされかけていた孤児達を引き渡すと、事実関係を司法関係者に報告してその日の業務を終えた。

土日の休みを挟んで出勤すると、ドラガノ王国からの呼び出しがあるとクロード社長から伝えられ、オレ達は一路、ドラガノ王国王都ギブソンの王城へ行くことにした。

社員兼任領主

王都ギブソンはミチアス帝国よりも更にみすぼらしい街並みをしており、この国がミチアス帝国とためを張る貧乏国家であることが再確認できていた。それでもミチアス帝国は皇城の方は綺麗に整備してあったが、ドラガノ王国はその王城すらも補修の手が行き届かずに荒れ放題にされているのだった。

王としての個人資産はミチアス帝国の皇帝よりも少ないのかもしれない。

「ドラガノ王国って随分と貧乏している国なんだね。なんか、王都全体がみすぼらしいというか、スラム街というか」

「このドラガノ王国は領主貴族の力が強くなりすぎて、王家が一番貧乏な国家なんです。わたくしが知る限り、ドラガノ王家の領地は王都だけであったはずですわ。鉱物資源や特産品もなく、これといって産業もない王都なので、衰退し始めていると噂を聞いておりますが」

王都の街並みに活気が見られない理由をエスカイアさんが補足してくれた。領主貴族というのは、王家から領地を与えられた貴族で、王国に軍事力を提供する代わりに領地から上がる税を自由に使えることになっているらしい。

「ドラガノ王家はなんでそんなに領地が少なくなっているのさ」

「元々、獣人種族間で争っていた地域をドラガノ王家が統一してできたのが、ドラガノ王国なんですが、その際に種族の代表者を厚遇して領主貴族に据えた緩い連帯国家なので、多くの領地を持つ領主貴族達に歴代の王は対抗できなかったようです。おかげで、王都から外に出ると王国法も十分に機能しない国家に成り果てていますわ」

「妾から言わせてもらえば、ドラガノ王国は国家ではなく、領主貴族の寄り合い所帯じゃな。この前、エスカイアとドラガノ王を表敬訪問したが、若い女王であったので、翔魔が入り婿になって王国ごと乗っ取り、領主貴族どもを殲滅すれば、今回のような事件も起こらずに済むんじゃがのぅ」

トルーデさんが非常に過激なことを呟いているので、華麗にスルーすることにした。ああいった発言にいちいち反応していると、身の危険が増すことを最近学習していた。

「そろそろ、王城につきますわ」

エスカイアさんの先導でドラガノ王国の王城に到着する。目に飛び込んできたのは、周りの家より少しだけ大きな平家の一軒家であった。

「ん？　これが王城ですか？」

聖哉が目の前の家を見て首を傾げていた。どう見ても一国の王城とは名ばかりのボロ家であり、オレがミチアス皇帝の家として贈ったログハウスの方がまだ見てくれが良かった。

「そうじゃぞ。我がミチアス帝国とためを張る貧乏国家と言ったであろう。王都の税収で国家の支出を賄うと王家には借金しか残らないはずじゃ」

ボロ家を見て聖哉が茫然としていた。そんな時、ドアが開いて中から、年若い女性が顔をのぞかせていた。

「(株)総合勇者派遣サービスのチーム『セプテム』の皆様ですか?」

「え、ええ。チーム『セプテム』主任、柊翔魔と申します」

ドアから顔だけを出した女性が慌てて戸外に出て深々と挨拶をしてくる。

「ご挨拶が遅れました。私はドラガノ王、イシュリーナと申します。此度は我が国の犯罪を未然に防いでいただいたそうで、とても助かりました」

目の前の女性が王と名乗ったため、オレと聖哉と涼香さんが驚きの声を上げていた。どう見ても一般の若い女性にしか見えなかったからだ。

「あ、し、失礼しました。ドラガノ王とは知らずに無礼を致しました。平にご容赦を」

咄嗟にエスカイアさんに教えられていた王族に対する儀礼である拝礼を行う。オレに従って他のメンバー達も同じように拝礼していた。

「そのような儀礼は無用です。私は王ですがその力微々たるものなので……内密にお頼みしたいお話もありますので、中にお入りください」

イシュリーナと名乗った女王は、疲れたような顔をしてこちらを手招きしていた。オレ達は促されるままにドラガノ王国の王城であるボロ家の中に入っていった。

室内は小綺麗に掃除されており、外のボロさとは別の印象を与える落ち着ける雰囲気を醸し出していた。イシュリーナに勧められたソファーへ皆が腰を下ろしていく。皆が座った頃合いを見てイシュリーナが内密の話を切り出してきた。

「早速で申し訳ないのですが、実は昨日の件で色々と困ったことが発生しておりまして、不躾ながら柊様のお力をお借りできないかと、御社の社長であるクロード氏に泣きついたのでございます」

イシュリーナは一〇代後半の女性で王族らしからぬ、庶民的な衣服を身に着け、化粧っ気もないが、見た目の良さは抜群で天然の美人といっても差し支えない女性であった。おかげで、彼女と出会った時から聖哉の視線が彼女に釘付けになってしまっている。オレもエスカイアさんと涼香さんに出会っていなければ確実に一目惚れしたはずだ。そんな美少女が徹夜したようで、眼の下に隈を作って困った顔をしていた。

「はぁ、困った件ですか？　人攫いの件ですよね？」

「ええ、我が国のブッヘバルト子爵が引き起こした人身売買の件です。お恥ずかしい話ですが、我が国は領主貴族達の力が強く、王である私の力は微力すぎて、危うい力関係で国家を維持してきたのです。ところが、今回の件でブッヘバルト子爵が後継者を残さずに死亡したことで、その力関係が崩れ、大問題になっているのです。元々、ブッヘバルト子爵は王家に入り婿として入ろうと狙っていた御仁で、側女こそいたものの、子を作らずにいたそうなのです。それが、今回の事件で急死してしまい、ブッヘバルト子爵領の後継者が不在となってしまったのです。彼の親族は領主就任後に自らの手で粛清をしてしまっており、後継者と呼べる血縁はどこを探しても皆無なのですよ」

イシュリーナが疲れた顔で、オレ達を呼んだ理由を話し続けている。

「では、イシュリーナ様がブッヘバルト子爵領を接収すれば良いのではありませんか？　僕だったら、自分の地盤を強化するためにそうしますが？」

見惚れながらも話を聞いていた聖哉が自分の意見を提案していく。その提案にイシュリーナは首を振った。

「私がブッヘバルト子爵領を接収すれば、他の領主達が次は自分達がお取り潰しになるのではと勘繰って、こちらを潰しに来てしまいます。実際、この二日間は各領主からの恫喝じみた訪問で私はとても神経をすり減らされてしまいました」

ブッヘバルト子爵の死去は瞬く間に王国内に伝わったようで、たった二日しか経っていないのに、有力領主達から吊るし上げを喰らっていたそうだ。こうなると背景に力を持たない王としては接収を強行することは自殺行為であり、困りきってうちの社長に助けを求めたというのが、今回の呼び出しの背景のようだ。

「それで、オレ達に何をしてもらいたいんですか？　言っておきますが有力貴族を潰せとかは止めてくださいね。派遣勇者はエルクラストの民のためにいる存在なので」

イシュリーナの呼び出しの真意を掴めないので、あらかじめ予防線を張っておいた。国内の政治的な話に派遣勇者が絡むのはよろしくないのだ。だが、心情的にはこの無力な若い女王様のお手伝いはしてあげたい気もしている。

「簡単なことです。問題となっているブッヘバルト子爵領を貴様が我が国の名誉子爵の叙任を受けて、領地として受け取ってもらえれば、すべて上手く解決するのです」

「ほぅ、それは思い切ったことをされるのぅ。翔魔を番犬代わりに使うつもりか？」

イシュリーナの申し出にトルーデさんが口を挟んでくる。例のスキルでイシュリーナの思考を読みとったのであろう。けれど、イシュリーナは顔色一つ変えずに頷いていた。覗き見トルーデの噂は各国の王族の間では有名で、隠しても無駄であると悟っているのだろう。確かに下手に隠されるよりは好感が持てるが、あからさまの番犬扱いとなるとご遠慮もしたくなる。

「翔魔は嫁がすでに二人おるから、そっちの聖哉にしておけ。あやつならお主の身を懸命に護ってくれるだろうよ。思いっきり一目惚れしておるしのぅ」

トルーデさんに内心を指摘された聖哉がイシュリーナの方をチラチラと見ている。ピュアな奴め。好意があるのが丸分かりの態度ではないか。だが、未成年だし、赤沢主任から預かっている子なので、結婚を前提にしたお付き合いまでにしておいてほしいぞ。

「ト、トルーデ様！　僕はそ、そんなことを思ったり――」

「しておるのぅ。『イシュリーナさんカワイイ』、『イシュリーナさん素敵』、『イシュリーナさんが僕の嫁だったら』で思考が埋め尽くされておる。元々、騒がしい思考の持ち主だが、今はとても騒がしいのじゃ」

トルーデさんによって暴露された聖哉の好意を聞いたイシュリーナも先程までの疲れた顔を一変させ、年相応の恥じらいを見せて、聖哉と同じくチラチラと相手の顔を見ていた。年齢的にも容姿的にもお似合いではあるし、女王の恋人が勇者適性Sランクの派遣勇者であると知れば手出しする馬鹿もいなくなると思われた。

「聖哉、任せた」

「いやいやいや、柊主任！　僕に丸投げしないでくださいよ。彼女を守ることに関しては全力を以て当たらせてもらいますが、領地経営なんて無理ですから」

「クロード氏には内々に柊様を名誉子爵に叙任してブッヘバルト子爵領を下賜することを打診して内諾を受けていますので、どうかお受けください。これは彼の領地の住民達のためでもあります。ブッヘバルト子爵領は我が国で一番裕福な領地でしたが、代が変わると重税によって虐げられていた地でもあるのです。お願いですから領地をお受けとりください」

ついにイシュリーナがオレの足元で土下座をして床に頭を擦りつけて名誉子爵就任と領地を受け取ってほしいと頼み込んだ。

「や、止めてください。そんなことをされたらオレが悪者みたいじゃないですか。せ、聖哉もそんな目でオレを見つめるな。ああ、分かりました。分かりましたから、頭を上げてください」

「では、お受けしてもらえるというわけですね」

にこりと笑うイシュリーナであったが、弱小王家に生まれたことで、色々と苦労してきたのか、顔に似合わぬしたたかな一面も見せていた。生真面目で頭が良くピュアな聖哉であれば、上手く尻に敷いて活躍させてくれそうな女傑の素質もあるのかもしれない。

「女は怖いのぅ」

「わたくしはそのような無理難題は翔魔様に押し付けませんわ」

「領地経営ってことは、魔改造してもいいのかしら？　う、腕が鳴るわ。柊君、運営管理全般は私に任せてよ。理想国家をきっと作り上げて見せるからね」

若干一名が異様なやる気を見せているが、領地を持つとなると色々な諸雑事が発生し、業務の負担が増す可能性もあるので、人員の充足を考えねばならなくなった。

「では、お金もないので、柊様の叙任式典はなしで、勲章授与だけをさせてもらいますね。あと引継ぎ用の書類はこちらです。それと、救出した孤児達ですが、王都では満足に食べさせてあげることもできないので、柊様に引き取ってもらえるととても助かるのですが……」

例の人攫いによって集められた孤児達は王都に収容されているらしいが、財政上の理由で保護が難しいとイシュリーナが切り出してきた。

「お、お任せください。イシュリーナさんの頼みなら、僕が柊主任に掛け合いますから」

早速、彼女の前でいい恰好を見せようと聖哉が張り切っている。そして、やる気に満ちたキラキラとした目でこちらを見てきた。

「柊主任！　孤児達は主任の領地で保護できますよね？　あの子達もきっと柊主任の下で生活したいと思っていますよ。それに涼香さん、予算はどれくらい出せそうですか？」

オレがイシュリーナさんからもらった領地の書類を受け取った涼香さんが、眼を光らせていた。

「日本基準で保護しても結構な人数は大丈夫ね。その子達をキチンと教育して人材にしちゃいましょう。柊君、孤児達は引き取っても大丈夫よ」

涼香さんのお墨付きを得た聖哉がずいっと顔を寄せる。『距離感仕事して』と言いたくなるほどの近さだ。

「涼香さんのオッケーもでました。あと、エスカイアさん、この会社は派遣勇者が領地経営をしてはいけないという規定はありますか？」

「ないですわよ。クロード社長の内諾も取れているし、他の主任クラスの人達は結構領地とか爵位をもっているからね。ドラガノ王国の爵位を受けても会社的には問題は全くありませんわ。むしろ、副業として社長も推奨していますわ」

マジでこの会社はヤバイ……社員が副業で稼いでも文句言わないのか……。キッチリと仕事をこなせば、あとは自由にしていいというスタンスとかって会社としていいのだろうか。でも、二〇年続いているからアリなんだろうけど。だが、これで断る理由がほぼなくなってしまったため、諦めたオレはイシュリーナからの申し出を丸呑みすることに決定した。

「分かりました。叙任の件も孤児の件もお引き受けします」

「クロード氏も柊様ならきっと受けてくれると申されていました。本当にありがとうございます」

ぺこぺこと頭を下げているイシュリーナに対して、オレは聖哉に目配せをおくる。すぐに意図を察した聖哉がイシュリーナを助け起こしていた。こうして、オレはドラガノ王国の名誉子爵として名を連ねることとなり、下賜されたブッヘバルト子爵領をヒイラギ領と名を変えることにした。余談だが救出した孤児達以外に、ブッヘバルト子爵の城にも三〇名ほど捕らわれており、総勢五〇名近い数の孤児達になった。

新規業務：孤児院経営

国王から孤児五〇名をいきなり任せられた上に、領地まで任されたため、オレのチームはまた残業体制に移行してしまったが、涼香さんが水を得た魚の様に嬉々として領地の経営にやる気を見せてしまっていた。しょうがないので、ブッヘバルト子爵の住んでいた領主の館を孤児院として使用することとなり、領民から孤児院の職員を雇うと同時に、攫われていた唯一の成人女性であった猫族の人を孤児院の施設長として雇うことになった。

彼女の名はクラウディアさんといい、元々王都の孤児院で、孤児達の面倒を見ていた女性らしいが、オルタが騙されて連れていかれる際に巻き込まれてしまったのだそうだ。監禁中は、人攫い達から子供達の面倒を見るように言われ、食事や洗濯の下働きをさせられていたと聞いている。彼女と話していると整った顔立ちで非常に美人なのだが、おっとりとした人柄から醸し出される雰囲気になんだか癒されてしまい、彼女に対しては反抗ができない気がしているのだ。実際、人攫い達も彼女には手を出さずに色々と要求を聞いていたらしく、監禁された子供達の栄養状態がそれほど悪くなかったのと、傷を負っていなかったのは彼女の功績だとオルタが言っていた。

「クラウディアさん、色々とお手数をかけてしまってすみません。お給金は多めに支払いますんでオルタを始めとした孤児たちの面倒を見てもらえますか。必要な物は涼香さんかエスカイアさんを通してくれれば用意します」

オレは元応接室だった所でソファーに座り、クラウディアさんと孤児院の運営について話し合っていた。茶色い髪に黒い猫耳を生やし、黒と茶色が混ざったぶち色の尻尾を生やしているクラウディアさんは真剣な表情で、涼香さんが立てた孤児院の予算書を覗き込んでいた。スラリと伸びた手足と衣服の胸元を大きく盛り上げて存在を主張する胸につい目が行ってしまう。けれど、鼻筋が通りハッとするような美人顔もずっと眺められるような優しい表情をしているのだ。エスカイアさんや涼香さんとは、また違ったタイプの穏やかな女性だな……。

真剣に予算書を見つめるクラウディアさんの姿に、オレの目は釘付けになっていた。

「柊様……本当にこんな予算で孤児院を運営なさるおつもりですか……」

予算書に目を通し終えたクラウディアさんが、慌てた様子で運営資金の質問をしてきた。予算は最大限適正額を付けられるように、涼香さんには依頼をしていたし、会社からも派遣勇者が行う慈善事業への補助制度があるとエスカイアさんから聞いたので、申請を出して補助金ももらっていたが、それでも全然足りなかったのであろうか。孤児院の運営なんてやったことないけど、親のない子供達を育てる責任もオレには発生したため、色々と頑張って予算を工面してきたのだが。領地収入や会社補助金、オレの給料からも一部引き落としで、何とか年間予算一五〇〇万を付けたのだ。

これで、足りないと言われるとお仕事をもっと励まないといけなくなる。

「た、足らなかったですかね？　結構、涼香さんにも無理言って回してもらった予算ですけど……」

クラウディアさんはブンブンと端整な顔を振りながら慌てていた。

「ち、違います。桁外れに多すぎるのですよ。これだけの予算が付いたら、この国では一〇年は普通に運営できますよ。私が元いた孤児院はこの予算の二〇分の一しかなかったんですから。それに、この大きな貴族様のお屋敷を施設として提供していただけるという話ですから、建物代の返済がなければ、この予算で二〇年は運営できます」

「お、多すぎましたか……。足りないのかと思って焦りました。年間予算なんで、来年度も一応、同額を運営資金として提供できますが……」

予算書を持ったクラウディアさんが、顔を紙で覆って涙目になり始めた。

「お、多すぎます。こんな金額は使い切れないですよ。そ、そうだ！　この額の予算を付けてもらえるなら、王都の孤児院にいる子達も引き取っていいでしょうか……。お恥ずかしい話ですが、あそこは職員も困窮していますし、子供達も食べるのに事欠く有様で……。柊様さえよければ、この予算で運用はいたしますので」

多すぎる予算にクラウディアさんが、元いた王都の孤児院の子供や職員も引き取りたいと申し出てきた。国王の許可が得られ、予算内で収まるなら、別に子供の数が増えても差し支えはない。それで、子供達が腹いっぱい飯を喰えて、夢を語れるようになるなら、是非やってほしかった。

「予算内で運営できるなら、国王の許可は聖哉に取ってもらい、その王都の孤児院ごとこちらに移ってもらうことにしようか。スタッフもクラウディアさんが決めていいよ。とりあえず、施設長は君なんだからね」

大任を拝したクラウディアさんだが、彼女の人柄や雰囲気、言動は敵を作らず、むしろ応援者を多数獲得してくれるはずなので、頑張って孤児院を運営してほしい。

「ありがとうございます！　孤児達も柊様を見て派遣勇者に憧れているようなので、お時間がある時でいいですから、男の子達の指導をしてもらえると嬉しいです」

ニッコリと笑ったクラウディアさんの顔はとても眩しくて、思わず『はい』と頷いてしまった。その笑顔はとても女性の魅力に溢れた魅惑的な笑顔であった。

「翔魔、鼻の下が伸びておるのじゃ」

「ひゃあああい」

スッと背後から現れたトルーデさんが、オレの思考を読み取っていたのか、頰を膨らませて怒っているようだった。すでに生活している孤児達にトルーデさんはエルクラスト共通文字を教え、更には『帝王学』とも言えるリーダーシップ論や、経営術、部下を統制する方法といった理論や、様々な幅広い知識、経験、作法などの人格や人間形成に到るまでをも含む全人的教育を行っている。

教えている内容は、子供に分かりやすくかみ砕いているが、エスカイアさん曰く、完全に貴族子弟に教えるような内容を講義しているそうだ。

　孤児達の中にも知恵が回る子は一定数いるようで、トルーデさんの講義を受けて感銘を受け、向学心が芽生えた子もいるそうだ。特にオレに憧れているらしいオルタは色々と知識の吸収が早いらしい。将来はこの孤児院からエルクラストの指導者が輩出されるかも知れないとコッソリと思ってしまった。

「トルーデ陛下の講義は皆が楽しみにしておられますので、今後も講師を続けていただけるとありがたいですね。あの子達も見違えるほどの向学心を見せていますし……成人後のことを考えれば、多くの知識を持つことはプラスになりますから、よろしくお願いします」

　クラウディアさんがトルーデさんに頭を下げる。頭を下げられたトルーデさんは小鼻を拡げて得意気であった。最近発見したトルーデさんの癖だが、褒められると小鼻が少しだけ拡がるのだ。

「そ、そうか。妾の講義を皆真剣に聞いておるからの。妾も教えがいがある。妾も後継者でしくじった妾はアレクセイという人間的にできた血縁のおかげで奇跡的に国を維持できた。甥の時は弟に遠慮して厳しくやれなんだからなぁ。あのような無能王になってしまったのは痛恨の極み」

「トルーデさん、あ、あくまで自立を助ける知識を伝授してもらえば、大丈夫ですよ。その、向学心に燃える子はオレも支援したいと思いますが……」

「ドラガノ王国に限らず、為政者の資質は国の趨勢に直結するので、この孤児院で育った者がエルクラストの上級指導者層になれるように、しっかりと妾の学んできた帝王学を叩き込んでやるつもりじゃ」

トルーデさんの帝王教育と、涼香さんの為政者論を真面目に学んだ子が出たら、とんでもない指導者が出てくるかもしれない。まぁ、でも早くても十数年はかかる話だから、気長にやっていくしかないけどね。あとはトルーデさんが暴走してカワイイ女子にメイド教育をし始めないかだけを注視するのが、オレの仕事かな。孤児院の運営は猫耳と尻尾が素敵なクラウディアさんにお任せできそうだしね。

こうして、後の世にエルクラスト最高学府と呼ばれるようになるヒイラギ学舎は孤児院として出発することが決定した。

ドラガノ王国のクラウディアさんに任せた孤児院が軌道にのる頃には、入社して二カ月が過ぎ去っており、二度目のお給料日がやってきていた。ちなみにだが、クラウディアさんもうちのチームのメンバーとしてスカウトしており、主に孤児院の経営とドラガノ王国にもらった領地の運営役員として名を連ねてもらっている。彼女の人柄は領民となった人達からも受けが良く、オレ達が領地に常駐できないこともあり、彼女に連絡役を受けてもらう代わりに『(株)総合勇者派遣サービス』チーム『セプテム』の現地スタッフとして採用することにしたのだ。現地スタッフ採用は、クロード社長からオレに一任されていたので、主任決裁でとりあえずFランク社員から始めてもらっているが、早々に社員ランクは上がっていくことになるのは間違いないと思われる。その理由は彼女の持つスキル能力のおかげからだ。

クラウディア　年齢27歳　獣人（猫族）　女性　国籍：エルクラスト（ドラガノ王国）
社員ランク：F　勇者適性：B
LV5
HP：121　MP：153
攻撃：134　防御：123　素早さ：164　魔力：129　魔防：153
スキル：弓　ロープ　防護魔術　風属性　癒やす者＋　人望　栽培　加工　運営者

社員証登録の際に『癒す者』、『人望』、『運営者』という三つのレアスキルを所持していることが判明したからである。本人申告では、『身分証登録』の際に『癒す者』は所持していたそうだが、色々な経験をしたおかげで『人望』、『運営者』を新規スキルとして取得していたらしい。

エルクラストでは、一般人は成人の儀式である『身分証登録』した後は、スキルの中身をあまり見ないのが通例だそうだ。なので、今回はクラウディアさんもレアスキルを取得していて驚いているようだった。とりあえず、レアなスキルらしかったので、オレもお相伴に預かり、美味しく（？）頂きました。いや、スキルをですよ。

コピーした『癒す者』は常時発動型のスキルで周囲の人の敵意を和らげる効果を持ち、『人望』

は所属する組織の部下の信頼度が上昇しやすくなるスキル、そして『運営者』は運営する施設に属する職員及び関係者の不満度を低下させるといった効果を持っており、彼女に領地や孤児院を任せておけば、とかくギスギスしがちな運営会議もほんわかとした彼女の雰囲気で和気あいあいとしたものに変わるのだった。そのスキル能力をコピーさせてもらったが、スキル能力の根幹となる人格まではコピーできないので、彼女の域に到達するまでには、オレも更なる修練を重ねなければならなかった。

そんなことを思いながら、クロード社長から手渡された給料明細を孤児院にいたチームメンバー達に手渡していく。

「今月も残業多かったわねー。そういえば、今月分から私は社員ランク上がっているんだったわね。お給料が楽しみだ――」

ニコニコとした顔で自分の給料明細を開けていた涼香さんが、中身を見て硬直していた。先月はバイト扱いのFランク社員であったが、残業やその他諸々の手当を含んで手取り一〇〇万は超えていたが、今回は社員ランクが上がっているし、残業も多かったので、更に増えているはずだが。

「柊君!!」

「ひゃい！　なんですかっ！」

急に涼香さんに大声で呼ばれてビックリして声が裏返ってしまった。

「あ、あのさ。特別報奨金って何？　二〇〇万くらい給料に上乗せされて凄いことになってるんですけど!?」

聞かれた意味が咄嗟に理解できなかったので、エスカイアさんに助けを求める視線を送った。オレの視線で意図を察してくれたエスカイアさんが説明を始めてくれた。

「あぁ、特別報奨金ですか。そちらは、この度、翔魔様が頂いた領地から運営予算を抜いた収入をチームメンバーで分けるとの書類に判子を頂きましたので、貢献度に応じて特別褒賞金という形で各メンバーに加算されています。涼香さんは予算見直しと税収構造の見直しでかなりの功績を挙げられていたので、多めの配分となっていますよ。あと、トルーデ様、クラウディアさんも多めに割り振ってますわ。わたくしや聖哉君、翔魔様はお手伝いがメインだったので、若干少なめに支給がされていますよ」

そういえば、少し前にエスカイアさんが、そんな書類を持ってきたような記憶があるが、決裁資料に埋もれていたオレは中身も見ずに判子を押したような気もしていた。

「そ、それで手取りが三五〇万もあるのね……。これ、一カ月の給料よね？　私の前職の年収分以上あるんだけど……。この会社にいると金銭感覚がおかしくなりそうだわ……」

給料明細を見た涼香さんが頭を抱えていた。その様子を見ていた初めての給料組である聖哉、トルーデさん、クラウディアさん達も緊張の色を隠せないでいた。

「柊主任……僕もこの場で見ていいですか？」

涼香の給料額を聞いたことで、聖哉が恐る恐る給料明細を開けていいか聞いてきた。

「涼香さんよりは少ないはずだから安心して開けていいぞ。けど、ちびるなよ。それと、普通の会社じゃないからな。この会社は」

「……はい」

初めての給料明細を開けた聖哉がプルプルと震えている。

「本当にこの金額ですか？」

「ああ、月末には銀行に振り込まれるぞ」

「マジか……一二〇万が手取り……」

聖哉は初めての給料明細にショックを受けていた。バイト扱いの社員だが、手取り額がバイトの範囲を逸脱しているのである。それが、この『(株)総合勇者派遣サービス』における派遣勇者なのだ。

食い入るように明細を見ている隣で硬直している者が一名いた。トルーデさんである。今なら、スキルコピーできるかなと思い、ほっぺをつねりに行くと、寸前で気が付いたようで躱されてしまった。むぅ、残念である。中々にガードが堅い。

「翔魔……これで、妾は大金持ちじゃ……苦労しているであろうアレクセイに仕送りを送ってやれるのじゃ。それでも、余るからお休みは秋葉原のメイド喫茶を貸し切ってメイド豪遊ができるのぅ!!　待っておれ、メイドさん。今度こそ妾専属メイドになってもらうのじゃ」

色々と欲望がダダ漏れのトルーデさんであったが、メイド豪遊は少し控えてほしい。それにしても秋葉原メイドにハマり過ぎでしょ!!　その内、本当に専属メイドを雇いかねないので、トルーデさんの給料はアレクセイさんに預けて、お小遣い制にしてもらった方がいいかもしれない。

孤児院では講師としてキリッとした姿で講義して、子供達から尊敬を受けるトルーデさんの中身がこんなに残念な人だと知られると、子供達に悪い影響が出るかもしれないので、メイド遊びは程々にしてもらうつもりだ。そして、そんなトルーデさんの隣で新しくメンバーに加わったクラウディアさんが明細書の額を確かめていた。

「柊様……私は施設長としてすでにお給料を頂いている身ですが……その、このお給料はそれとは別にという形でしょうか……?」

「ああ、あっちはあっちで給料が出るよ。こっちの給料は主に領地運営のお礼の兼ね合いが高いね。中々、常駐することができないから、クラウディアさんには苦労をかけるけど、何かあったら遠慮なく連絡して。クロード社長にはチーム『セプテム』の現地オフィスはこの領地に置くと言ってあるからね。現地常駐スタッフとしての給料もキチンと受け取ってください」

領地をもらったことで、オレのチームの現地事務所もこの領地に設置することにした。機構専属の緊急対応チームではあるが、オフィスの場所は自由に設定できるので、常駐職員としてエルクラスにいるクラウディアさんの孤児院をオフィスにすることにしていた。そういった面で彼女には緊急連絡以外の日常業務の負担が多くかかるため、給料の二重取りでも足りないくらいだとも思っていた。

「なら、このお給料で施設を卒業する子達から、お手伝いをしてくれる子を探しますね。私は孤児院の施設長としてのお給金だけで食べていけますので、孤児院から卒業をする子達に働き口を紹介できるなんて……嬉しい」

クラウディアさんは、自分の給料を投じて、施設を卒業する子を雇うようだ。お金の使い道は本人に一任しているので、孤児達に仕事を与えたいというのであれば、オレが止める筋合いはなかった。それに、本人も喜んでいるのでよしとしておくことにしよう。ちなみにオレも明細を確認したが四桁万円だったため、そっと閉じてポケットにしまった。

給料日からしばらくしたある日のことだが、ヒイラギ領のオフィスで仕事中にオレ宛に一通の手紙が送られてきた。差出人はミチアス帝国の皇帝アレクセイさんとなっており、封を破って中身を読み始める。手紙には国を再建してくれたお礼とともに、復興期間中に一緒に過ごしたミチアス帝国の人達からの手作りのお守りが添えられており、アレクセイさんからミチアスの庶民達が希望を胸に抱いてキラキラした眼で生活を始めたことなどが書き記されてあった。その手紙を読んで、就活で『必要ない』と切って捨てられてきたオレが異世界の人とはいえ、他の人の役に立ってお礼を言われるなんて考えていたら、心の奥が温かくなって、ホロリと涙が溢れそうになった。派遣勇者はサラリーマンとしてはビックリするくらいの給料をもらえる職業であるが、仕事のやりがいはお金だけではないことを（株）総合勇者派遣サービスに入社してより強く感じるようになっていた。

物思いにふけりそうになるオレを現実に引き戻したのは、オフィスの入り口からした物音であった。気になったので、入り口を確認しに行くと、そこには孤児達の中の幼児組達が書いたと思われるオレの顔を描いた画用紙がたくさん並べられており、その一枚一枚に書き慣れない日本語で『しょうまさまだいすき』とたどたどしく書いてあった。

「こんなの卑怯だろ」

廊下いっぱいに並べられた画用紙を眼にして思わず、我慢していた涙腺が崩壊し、この歳で号泣をさせられる羽目になった。

でも、派遣勇者って最高に素晴らしいお仕事だって改めて認識することができた。誰かの役に立つ仕事ができるってこんなに心が温かくなって、嬉しくって、頑張ろうって前向きになれると知ったオレは、この仕事に就けて本当に良かった。派遣勇者の仕事は最高だぜ！

—完—

書き下ろし「始まりの時」

翔魔が（株）総合勇者派遣サービスへ入社し、エルクラストへたどり着くことになる二三年前のある日、東京駅の地下街の更に深くに掘られていた新たな地下通路の作業現場では作業者が次々に倒れて植物状態に陥る原因不明の病気が流行り、工事を請け負った会社が困り果てていた。原因不明の奇病によって工事が進められない会社は、あらゆる病理学者、細菌学者、伝染病学者など総動員して原因を突き止めようとしたが、一向に原因を究明できずに途方にくれていた。そんな、会社の状況を見かねた会社ＯＢが一〇〇〇年以上続く陰陽師の家系である西園寺家を訪れていた。東京の中で緑豊かな八王子市にある数万坪にも及ぶ西園寺の屋敷の一室で建設会社の社長は二〇代と若い、長く艶やかな黒髪が特徴の和装をした女性と対面していた。女性の名は西園寺穂乃花《ほのか》。一〇〇〇年以上続く陰陽師の家系である西園寺の現当主であり、現代最高の怪異狩りの一人であった。

「お話は電話でお伺いしておりますが、なにぶん現地を確認しないと私でも何とも言いようがありませんね」

穂乃花は建設会社の社長から事前に伝えられていた内容から、怪異の仕業であろうとの推察はしていたが現地を確認した訳でないため、断言することはしなかった。穂乃花の元に持ち込まれる怪異の物と思われる案件は年間で一〇〇件以上あり、怪異が起こしている物もあれば、全くの違う原因の物もあったので、常に現場を確認してから仕事を引き受けることにしていたのであった。

「ご高名な西園寺先生のお力をお借りして、奇病の原因を解明してもらう今回の依頼、何卒お引き受けしてもらいたく……。私達にはもう残された手段がほとんどないのです。それにこのプロジェクトが頓挫すれば我が社は破産してしまいます」

建設会社の社長は畳に額を擦り付けるように年若い穂乃花に向けて土下座をしていた。

「できるだけお力添えできるようにいたしますので、頭を上げてください。私はただの陰陽師です。頭を下げてもらうほどの人物ではありません」

穂乃花が土下座している建設会社社長に頭を上げるように言っているが、古来より現世の境から現れる怪異と呼ばれる生物はファンタジー世界からやってきたような、ゴブリンであったり、オークのような人型から、キメラやドラゴンといったモンスターのような生物であった。

そのような怪異が境を渡って、古の日本の闇を徘徊していたのを、西園寺家を始めとした陰陽師たちが調伏という名の討伐で守ってきていたのだ。そして、現代でも闇範囲は減ったものの、怪異たちは地下という闇を得て、日本の闇を徘徊していたのだ。その怪異を狩ってきた西園寺家は日本の有力者たちに対して広範囲な人脈を持ち、日本の権力者に対しても絶大な影響力を持つ家にまで成長していた。穂乃花はその西園寺家の当主として二〇代ながらも一目を置かれる人物となっていた。

「西園寺家の当主様にそのようなお声がけしてもらえると心強いばかりです。現場への視察はすぐに手配させてもらいます」

「ならば、すぐに参ることにいたしましょう。怪異であれば被害はもっと広がってしまうはずですので」

「なら、このまま現場へご足労いただき、検分してもらってよろしいでしょうか？」

原因の解決を焦っている社長は穂乃花の言葉にすぐに反応し、一分一秒でも早く解決してもらえるよう現場へ穂乃花を連れて行こうとしていた。

「分かりました。今から準備を致しますので、現場までお連れください」

穂乃花は建設会社の社長に一礼すると、仕事着である陰陽師の服に着替え、車に乗り込み、原因不明の奇病が蔓延る東京駅の地下深くに向かうことになった。


東京駅に着いた穂乃花は現地の社員の先導で地下深くの現場に向けて階段を下りていく。地下の工事区間は湿気からかカビ臭い匂いが充満しており、会社が支給したヘルメットを被って階段を地下へと下りていた。問題の奇病が発生している最下層の建設現場はコンクリートの壁で塗り固められており、電気こそ来ているものの、絶対的な光量は足りておらず、闇の奥までは見通せないほどであった。

「ここから先の現場が奇病の発生する工区です」

穂乃花を先導していた建設会社の社員は緊張した顔で闇の奥を見ていた。社員が照らしている懐中電灯の光も届かぬ深遠とも言える闇の奥から微かに感じる怪異の気配を穂乃花は敏感に感じ取っていた。しかも、穂乃花が今までに戦ったことないほどの強烈な瘴気を放つ怪異であり、自分の実力で調伏できるか不安を感じたが、今自分が逃げ出せば闇の奥にいる怪異が地上に出て暴れ回る可能性が高い。

「やはり、ここは怪異が紛れ込んでいるようです。しかもかなりの上位種だと思われるため、ここから先は私だけ進みます。ですから、貴方方は上へお戻りください。もし、私が戻らぬ時は西園寺家と東雲家に事態を伝え、全陰陽師を派遣してもらうようにしてください」

「へ？」

「は、早く！　行ってください！」

穂乃花の焦った顔に怯えた社員は懐中電灯だけ残すと、今来た道を全速力で駆けあがっていった。そして、残った穂乃花は怪異を狩るための道具である札を狩衣の袖から取り出し霊気を流しこみ始めた。札を構えた穂乃花の頰をブワッと濃い瘴気が吹き抜けていく。吹き抜けた瘴気はとても生臭く、咽《む》せるような血の匂いを纏わせていた。

「いるのは分かっています。出て来なさい」

地面に転がっている懐中電灯の照らす先の闇で蠢《うごめ》く怪異に向けて穂乃花が大きな声で呼びかけて

いた。だが反応は見られずに不安定な電圧のため、明滅する電灯の光のみが空間に変化を与えていた。

「こちらに来ないなら、行くまでよ」

霊気を札に漲らせると闇の奥へ向けて投げ放った。放たれた札は闇の奥へ向かい一直線に飛ぶと闇に触れた途端に眩い光が辺りの闇を一斉に消し去っていった。闇の塊を消し去った後、そこに現れたのは、獅子の顔を持ち、竜の鱗に覆われた巨大な体軀、鷲のような羽毛を持つ大きな翼、そして大蛇のような太い尻尾を生やした原色外見が目に眩しいくらいの気味の悪さをもった生物が穂乃花の前に現れた。闇を纏っていた正体を見た穂乃花は明らかに今まで戦ってきた異世界の生物とは特徴が違う相手に緊張し、生物の醜悪さにゴクリと生唾を飲み下していた。

「なんという禍々しい生物なの……」

醜悪な生物は姿を見つけられると、穂乃花に向けてありえない速度で一気に駆け寄り、そこで穂乃花の意識は途絶えることとなった。

西園寺穂乃花が東京駅の地下構内で姿を消して一年が経った日、エルクラストでは一人の全身鎧を着込んだ騎士風の男が部下達を率いて鉱山の廃坑内を歩いていた。男の名はクロード。エルクラスト特殊害獣処理軍の最精鋭部隊である『獅子の牙』を率いる指揮官をしている男であった。エルクラスト世界における各国の猛者を集めたエルクラスト特殊害獣処理軍の中でも、更に選抜されて選ばれる勇者達を集めた『獅子の牙』は文字通り、『最強』という看板を背負った男達であった。

その男達を率いて害獣を処理するのがクロードに与えられた任務であり、今回も廃坑となったこの鉱山の奥で害獣が潜んでいるとの通報を受けて現場に急行している最中である。

「クロード隊長、この奥からヤバイくらいの量の瘴気が漏れ出していますがどうしましょうか?」

部下の一人が闇の奥をカンテラで照らしながら報告を上げていた。

「どうするもこうするも私達に与えられた任務は害獣処理だけだ。各員、戦闘準備だけは怠るな。すぐに戦えるようにだけはしておけ」

部下の報告を受けたクロードはカンテラに照らされた先の闇を見て、戦闘準備をさせると、自らも腰の剣を引き抜き、盾を構え始めた。エルクラストにおける最高の騎士としての栄誉である『大陸騎士』の称号を持つクロードは、住民の生活を脅かす害獣に対する最強の勇者であった。その最強の勇者であるクロードからしても足元まで漂ってくる瘴気の量は、今まで屠ってきた害獣の比ではなかったため、焦りを感じていた。

「油断するなよ。これは今までの害獣とは次元が違う強さかもしれないからな」

クロードの行った注意喚起に部下達が答えると、血生臭さを纏った一陣の風が吹き抜けていく。

「ガハッ! た、隊長……—」

クロードの隣にいた騎士が着込んでいた鎧ごと胴体を真横に両断され、ずれた上半身からは腸が飛び出して地面に落ちると、血が辺り一帯に噴き出していく。部下を殺されたクロードは一切感情を表に出さずに部下達へハンドサインを送り、闇から飛び出してきた害獣へ向けて攻撃を開始させる。エルフの部下が魔術の詠唱を始めると薄暗い坑内が一気に明るくなり、飛び出して味方を殺した害獣の姿が浮かび上がった。

浮かび上がった害獣は獣のようであり、人のようにも思えるいかにも獣人然とした出で立ちをしていたが、身体は妊婦のような姿をしていた。だが、明らかにエルクラストに暮らす獣人種族とは一線を画した姿形をしており、異様さを感じさせている。

「ハッ！」

照らし出された異形ともいうべき獣人に向かい、クロードは盾をかざして接近し、気合一閃の斬撃を放つ。キィンと硬いものどうしがぶつかり合う澄んだ音を奏でる。隊長であるクロードの一撃が弾かれたことを見た部下達が援護するべく息つく暇を与えずに次々と斬りかかり、異形の獣人へと剣を振り下ろしていく。しかし、振り下ろされた剣はどれ一つとして獣人に対して傷を負わせるものはなかった。

「攻撃魔術」

物理が通じないと悟ったクロードは、すぐさま魔術に切り替えるように短く部下達に指示を出す。『獅子の牙』に選ばれる者は剣術だけでなく魔術も修めていることが必須のため、クロードの指示に従い、各々が得意とする攻撃魔術を選択して撃ち放っていた。火・水・風・土・光・闇の属性色をまとった魔術の光が次々に獣人へと向けて命中していく。獣人の周りは属性を帯びた光が乱舞して目に眩しいほどにまで明るくなっていた。

「魔術も通じないい模様——ウッ!?」

部下から放った魔術が通じないという悲痛な声が上がったかと思うと、獣人によって頭を握り潰され、血のみを噴き出す一個の血袋に変化させられていた。頭を失った部下の身体から噴き出す血は獣人が放つ黒い瘴気によって地面に落ちる前に吸い込まれ、妊婦のような腹が一段と大きく膨らんでいく。その姿を見た他の部下達は、目の前の害獣の醜悪さに顔を歪めさせた。

「この化け物めっ!」

こらえきれなくなった一人が剣に魔力を付加して威力を上げると、血を貪る獣人に向けて斬りかかる。魔術の光を帯びた剣はヴォンという音を響かせ、異形の獣人へ振り下ろされた。ジュッという皮膚が焼ける音とともに獣人の顔に今までにない苦悶の表情が浮かんだ。部下が行った攻撃をクロードは効果ありと見て、すぐさま剣に魔術を帯びさせると自らも斬撃を加える。

「効いているぞ。切り刻め。回復の暇を与えるな」

クロードの斬撃は獣人の皮膚を切り裂き、切り口からは黒い瘴気が先程よりも一層多く吐き出され、辺りを黒く染めていく。攻撃が通じることに士気を取り戻した部下達が、魔術で威力を増した剣で動きを止めていた異形の獣人へ斬撃を叩き込んでいった。魔力を帯びた刃が獣人の皮膚を食い破り続け、大量の瘴気が噴き出し、一帯の明るさを奪い去っていく。瘴気の闇がうっすらと辺りを包み込むと、切り裂かれるのに任せていた獣人の口の端がクイッと上がり笑っているようにクロードには見えた。次の瞬間、獣人は身体がブレるほどの速さで動き、自らを切り裂いていた『獅子の牙』の隊員たちの喉を一気に切り裂いていた。

「カハッ――ヒュ、ヒュー」

喉を鋭利な爪で切り裂かれた部下の一人が、声を出そうとしても声にならず、血を噴き出して膝を突く。同じように喉を切り裂かれてしまった者は血を噴き上げながら地に跪いて生命活動を止めていった。

「ひぃ。化け物」

味方が一瞬で殺されたことで普段は焦りを見せないように訓練されている『獅子の牙』の隊員たちも恐怖が口を突いて出ていく。隊員たちの怯えを感じ取った異形の獣人は喉を切り裂いて噴き出している血を瘴気に吸わせると、ぎょろりとした大きな眼を赤く光らせた。

「落ち着け。怯えは害獣に侮られる」

味方が怯んだと察したクロードは自ら害獣の前に出て、魔術で威力を増した剣で横薙ぎしていく。だが、黒い瘴気に触れた剣の刃は粉々に吹き飛び、割れた刃がクロードの唇と眉を深く抉っていた。

「隊長！　みんな、クロード隊長を守れ！」

剣を失い、顔面に深い傷を負ったクロードの視界は真っ赤に染まり、討伐するべき相手である害獣の姿を見失っていた。そして、一陣の風が吹き抜けるとむせかえるような血の匂いが辺り一帯に充満していた。獣人は瞬く間にクロードの部下たちの命を終わらせ、大量の血液を坑内にまき散らし、その血を瘴気で吸い取って自らの身に取り込んでいく。あっと言う間に自らの鍛え上げた部下を殺されたクロードは目の前の生物に対して初めて恐怖の感情をいだいていた。

『怯えるな。私は二つの世界を繋げる役目を帯びた者だ。今よりこの穂乃花という女の身体を使い、二つの世界を繋げる鍵を創り出していく。お前にはその儀式の証人としてこの場に集わせてやろう。我がが――』

獣人が一瞬ガクガクと身体を震わせると、部下達の血を吸った獣人の腹は臨月の妊婦のように膨らんでいた。

「何を言っている。私には理解ができぬぞ」

『理解などせずともよい。ただ、この場に居合わせるだけのことだ。それに何の意味もない。二つの世界が繋がることで私は違う世界へ旅立てるのだだ――』

そこまで言った獣人がガクリと頭を下げると、赤く光っていた目に僅かに理性の灯った光が宿ったようにクロードは思えた。

「す……すみません。私がこの怪異を押さえられるのはほんの少しの間だけです。だから、誠に勝手なお願いですが、これから驚くことが起きても、私の子を助けてあげてください。この子が交わるべきではない世界線を元に戻す鍵になる子になるはずなので……頼みます。貴方にしか頼めないのです」

獣人がクロードの手を取り、懇願するような声音で臨月のお腹で動く胎児に手を当てさせていた。

自らの血によって片目の視界を奪われていたクロードも獣人の腹に宿る胎児の鼓動を感じ取れていた。

「言っている意味が分からないぞ。お前は何者だ？　害獣ではないのか？　なぜ、喋れる？」

「お願い。お願いだからお腹の子を頼みます。私は穂乃花、西園寺穂乃花……日本で陰陽師をしていた……者――」

獣人が再び大きく震えると、理性を宿していた眼は先程の赤い目に戻っていた。

『女の言葉は叶えてやれ、私が旅立った後のことはどうなろうが自由にするがよかろう』

赤い目に戻った獣人が呟くと身体から虹色の光が拡がり、坑道内の闇を包み込んで色を失わせていった。クロードもその光の渦の中で意識がすべて消え去っていく。

『やっと旅立てる。この時を待ちわびたぞ。下界の一年がこれほど辛いとは――!?　な、なぜだ。儀式が完了したのになぜだ――旅立てぬだと』

――再びクロードが目を開けると、見慣れぬ明かりを灯した地下坑内であった。明らかに自分がいたエルクラストでは見たことがない機器によって明かりが煌々と灯され、自分の着ている鎧とは似ても似つかぬ服を纏った男達に囲まれていた。

「あ、あの？　貴方は何者です？　それにこの光の渦はなんですか？」

緊張した面持ちで話しかけてきた男の言葉は、エルクラストで使われる言葉と同じ言葉で言っている意味が理解できていた。

「ほぎゃあ、ほぎゃあ」

周りの様子に呆気に取られていたクロードの手には、黒髪黒目の可愛らしい赤子が抱えられていた。クロードは赤子を見て、先程の獣人が言っていた二つの世界を元に戻す鍵となる子という意味を思い返して、抱きかかえている赤子を見たが特に変わった外見をしているような子ではなく、ごく普通の赤子に思われた。

「ここはエルクラストではないのか？」

未だに現状が把握できないクロードは話しかけてきた男に質問を返す。男は赤子とクロードの様子を訝みながらも質問に答えた。

「エルクラスト？　いや、ここは日本ですよ？　貴方は外国の方ですか？　ここは日本国東京都にある東京駅の地下構内で立ち入り禁止区域に指定されておりまして――」

男の言葉にクロードの頭の中は更に混乱していた。自分があの獣人のせいで別の世界に飛ばされてしまったと思うしか、理解できない現象がそこかしこで散見されるからだ。

「ほぎゃあ、ほぎゃあ、ほぎゃあ」

クロードが悩む暇を与えようとはせず、抱きかかえている赤子は勢いよく泣き声を上げていた。それもそのはずで赤子は服を纏わずに素っ裸のため寒くて泣いているのだ。

「お話は後で聞かせてもらいます。ですが、その前にまずその赤子が凍えないように暖かい場所に行きましょう。話はそのあとです」

男の誠実そうな申し出に対してクロードもすぐに行動を起こす。

「すまないが、そうしてくれると助かる。私はクロードと呼んでくれ」

こうして、異世界に飛ばされたクロードは獣人の残した赤子とともに日本国によって保護されることとなった。後に日エ友好条約による害獣討伐協定を結び、日本人を派遣勇者としてエルクラストに赴任させる専門の会社、（株）総合勇者派遣サービスを立ち上げることになるのだが、その派遣された日本人勇者の中に、クロードが抱いていた一人の赤子であった子も参加することになったのは運命の綾と言うべきものであったかもしれない。


――クロードが日本に現れたのと同時刻。東京都内の個人産院で一人の子が生まれていた。母の名を柊玲《れい》子《こ》、父の名を柊伸《しん》二《じ》。そして、二人の間に生まれた長男である赤子の名は柊翔魔。分娩を終えて元気な産声を上げていた翔魔はこのまま健やかに育ち、二人の愛の結晶として幸せな生活を送ることが期待されていた。だが、生まれて数時間後に急変によりこの世での生を終えてしまっていた。

「翔魔の死因は何なのだ？　私に理解できるように話してもらえないでしょうか？」

玲子の実家と繋がりのある産院の院長に伸二は詰め寄っていた。先程まで幸せの絶頂にいて、妻の玲子とともにこれからのことを語り合い、希望に胸を弾ませていた時から、一転した今の現状を受け入れられないようであった。それも、そのはずでつい三〇分前まで自らの手で抱きかかえて、赤子の泣き声と体温を感じ取っていたからだ。

「私も詳しくは解剖して見ないと分からないですが、突然死としか言えないような急変でして……説明できる言葉を持ち合わせておりません。残念ですが運がなかったというしか……」

院長の言葉に伸二は抑えていた激情を解き放っていた。

「う、運がなかっただと!! ふざけるな! 私と玲子の子である翔魔に運がなかっただと!!」

激高した伸二は院長に摑みかかり、殴りかかろうとした。だが、あまりの悲しみに膝は力を失って座り込み、握っていた拳は力なく床を叩いていた。

「こんなの嘘だ。私は翔魔が死んだなんて信じないぞ……うぅう、本当に私と玲子の子である翔魔は死んだのか? 嘘だ。嘘に決まっている」

あまりに取り乱している伸二を心配した院長がソファーに座らせようとすると、医院長室をノックする音が聞こえた。

「取り込み中だ」

「ほぎゃあ、ほぎゃあ、ほぎゃあ」

院長はノックの主の入室を認めようとはしなかった。産院で起きた乳児の死亡事故であれ、産院としてもあまり大っぴらに言えることではないため、関わる人数を制限しておきたかったからだ。

だが、赤子の泣き声を聞いた伸二は跳ね上がるように飛び起き、ドアを開いていた。すると、そこには亡くなった翔魔そっくりの黒髪黒目の赤子が看護師の女性に抱えられていた。

「実は産院の前に真っ裸で捨てられていた子でして……。院長、どういたしましょうか？」

赤子は伸二の顔を見ると泣き声を上げるのを止めてキャッキャと笑い始める。その姿を見た伸二に看護師の手から赤子を奪い取るように受け取ると、すぐにあやし始めていた。その姿はまる自分の子をあやしているかのように愛情溢れる姿であった。

「置き去りだと……全く困ったものだ。すぐに警察に――」

「院長、うちの翔魔は死んでなかったじゃないですか？　現にここにこうしている？　この子は私と玲子の子である柊翔魔、本人ですよ」

置き去りにされた赤子をあやしていた伸二は院長に詰め寄ると、常軌を逸したような血走った目で赤子が自らの子であると言い放っていた。さすがにマズいと思った院長は看護師に目配せすると赤子を取り上げるように促す。明らかに息子を亡くしたショックで、精神に異常をきたしているとしか思えない言動を放つ伸二を心配しての行動であった。

「柊さん、気を確かに。お子さんはお亡くなりに――」

「違う！　この子が私の息子の翔魔だ」

「柊さん!!」

「いいから、私の言う通りにしなさい。この子を私の息子翔魔として出生登録をするんだ。私が知り合いの力を使えばこの産院を潰すことなんて容易だ」

「それはできない。できないんだ。柊さん」

「いいからやるんだ。産院を潰したくないだろ。出生届を書き換えるだけでいいんだ。それでこの産院は助かる」

狂気を宿した表情で詰め寄る伸二によって押し切られた院長は、この後、出生届を改ざんすることに手を貸した。これにより柊翔魔は本来の柊翔魔ではなく、産院の前で置き去りにされていた子が身代わりになることとなった。そのことを知っていた産院の院長や看護師は固く口を閉ざし、柊家でも事態をすべて知っているのは伸二、ただ一人だけであった。

あとがき

〜とある都内の高級ホテルでの出版祝賀会場にて〜

翔魔：「本日は（株）総合勇者派遣サービス、書籍化出版記念パーティーに参加していただき、まことに感謝しております。私の就活からの大逆転を波乱万丈に描いた自叙伝の出版ということで――」

マイクを持って、金屛風の前に立つ翔魔に一斉に、取材にきた記者からのフラッシュがたかれる。

クロード：「ちょっと、そこ。まだ、柊君が話しているところだろう。君達は、どこの社かね。今日は柊君の晴れの舞台なのだよ」

イカツイ顔のクロードが記者たちに凄むと、会場からざわめきとも、悲鳴ともつかない声が上がる。

エスカイア：「クロード社長。参加されている方が怯えていますから。ちょっと引っ込んでいてください。社長が前に出ると、我が社の評価も同時に急降下してしまいますわ」

クロード：「なっ！　仮にも私は社長なのだぞ。社員である柊君が達成した成果が、シンギョウ先生によって紙の本になったとあれば、全社を挙げてのバックアップをするべきだ」

エスカイアによって、舞台上から引き摺り降ろされようとしているクロードだが、懸命に抵抗していた。

エスカイア：「クロード社長の魂胆は見え透いていますわ。この翔魔様の自叙伝を出汁にして、また六本木か銀座のクラブで綺麗なお姉さん達と、楽しい時間を過ごそうと――」

クロード：「なっ、何を馬鹿なことを！　私がそのようなことをするわけが」

とぼけようとするクロードに、エスカイアはスーツのポケットからスマホを取り出し、画面を見せた。

エスカイア：「これでも、しらばっくれますか？」

スマホ画面を見たクロードの顔が真っ青に染まると、すごすごと舞台上から立ち去っていった。立ち去ったクロードの顔には、薄っすらと涙がにじんでいたようで、とても心に傷を負う画像であったようだ。

エスカイア：「これで、邪魔な方はいなくなりましたわ。翔魔様、シンギョウ先生、どうぞ続けてください」

翔魔：「えーっと。まぁ、めでたいことで……シンギョウ先生に書いてもらえることになりまして――」

クロードの乱入によって、前日までに必死に覚えた祝辞の挨拶の文面が、完全に飛んだ翔魔はしどろもどろになって、眼を泳がせ始める。

翔魔：「ええっと。というわけで、あとはシンギョウ先生にお任せで」

テンパった翔魔は、隣にいたシンギョウにマイクを渡した。

シンギョウ：「あー、只今、ご紹介に預かりました。作家のシンギョウガクです。翔魔君の上司のクロード氏が、なにやら、しょげておられたようですが、あの方はアレが平常運転なので、ヨシとしておきましょう。さて、この度、アース・スターノベル様より、隣にいる柊翔魔君が、日本と異世界を行き来する日々を書いた、（株）総合勇者派遣サービスの第一巻が発売となりました。まずは、作品を応援してくださったWEB読者の方に感謝を申し上げます。そして、私の作品を面白いと、後押ししてくれた編集のM氏とF氏にも多大なる感謝とともに、出版できたことでお礼に代えさせてもらいます。そして、美麗で魅力的なヒロインズを描いてくださいました、イラストレーターの冬馬来彩先生には、手を合わせて日夜拝まざるを得ないと思っております。こうした、大勢の方の手助けを借りて、出版に漕ぎつけた作品でありますので、書店にて、このあとがきを先に読まれましたら、是非ともレジへお持ちいただけると、ここに居並ぶ（株）総合勇者派遣サービスの社員の面々が喜ばれると思います。どうか、よろしくお願い申し上げます。それでは、この次は二巻のあとがきで、再びお会いできることを祈っております」

シンギョウがマイクをスタンドに戻し、一礼して舞台上から立ち去ろうとすると、誰かが、舞台に上がってきていた。

トルーデ：「妾を紹介せぬとは、なんという失態だ。シンギョウ氏、約束が違うではないか。妾の挨拶の時間が五分は取ってあると聞いていたぞ」

着飾ったドレスで登壇したのはトルーデであるが、すでに挨拶が締められており、参加した人たちの興味はテーブルに並べられた、贅を凝らした飲食物に移っている。

トルーデ：「理不尽じゃ！　やり直しを要求するぞ。妾がどれほどまでこの会の祝辞を――」

舞台上で暴れはじめたトルーデを、涼香とエスカイアが口を塞いで引き摺りおろしていった。

翔魔：「えーっと、えーっと、とりあえず。（株）総合勇者派遣サービスをよろしくお願いします。で、いいんだよね？　え？　違うの？　え？」

舞台上には混乱する翔魔一人が取り残されることとなった。

■あとがき■

メインキャラデザインラフです。
コンセプトはフォーマル。
異世界衣装や他キャラは
いつかどこかで…

シリーズ累計20万部!!
突破の大人気作
一〜八巻、大好評発売中！
戦国小町《せんごくこまち》苦労譚《くろうたん》
夾竹桃
イラスト 平沢下戸
五 宇佐山の死闘、信長の危機
六 崩落、背徳の延暦寺
七 胎動、武田信玄
八 岐路、巨星墜つ

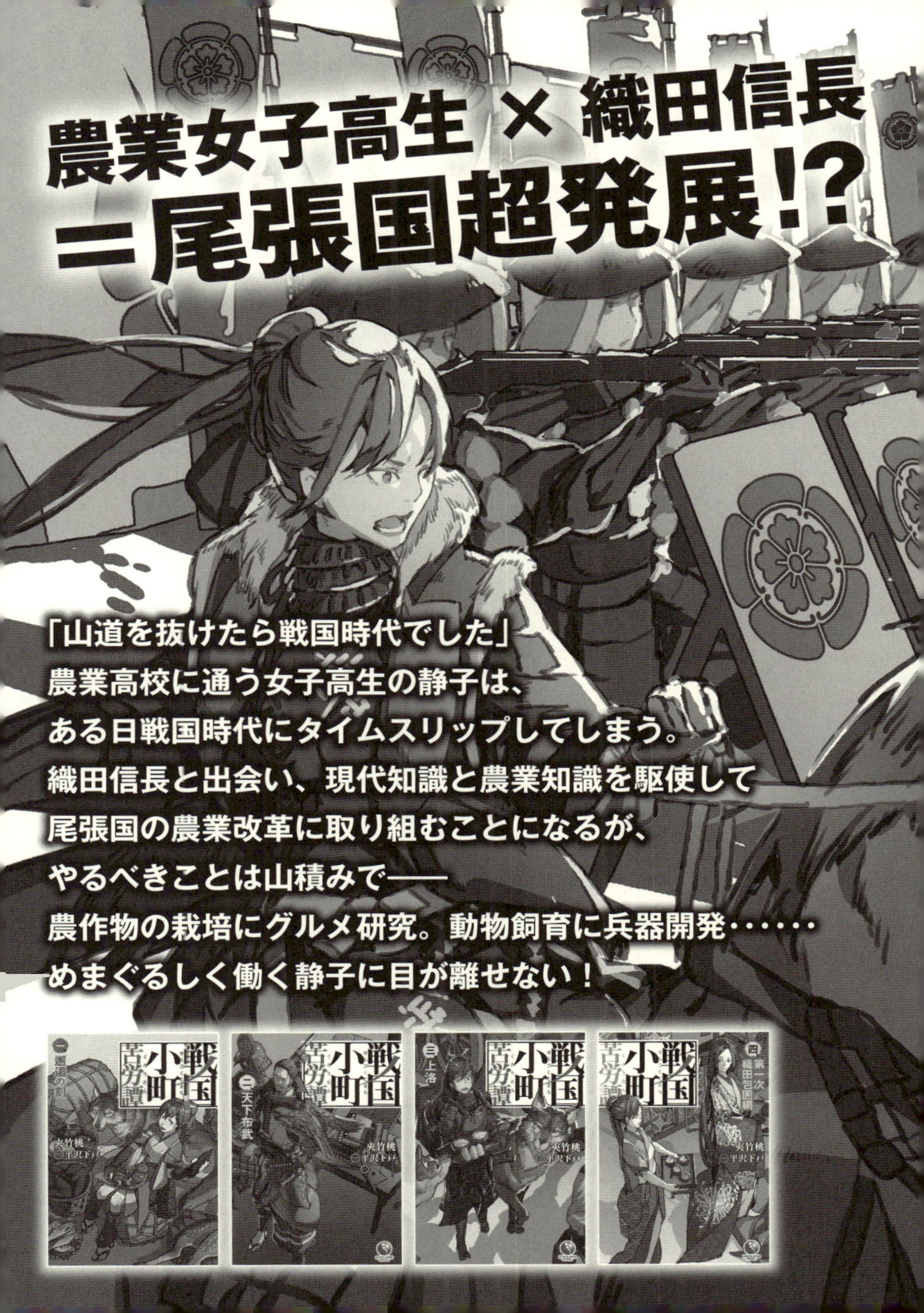
農業女子高生×織田信長
＝尾張国超発展!?
「山道を抜けたら戦国時代でした」
農業高校に通う女子高生の静子は、
ある日戦国時代にタイムスリップしてしまう。
織田信長と出会い、現代知識と農業知識を駆使して
尾張国の農業改革に取り組むことになるが、
やるべきことは山積みで――
農作物の栽培にグルメ研究。動物飼育に兵器開発……
めまぐるしく働く静子に目が離せない！
戦国小町苦労譚 一 邂逅の刻 夾竹桃 平沢下戸
戦国小町苦労譚 二 天下布武 夾竹桃 平沢下戸
戦国小町苦労譚 三 上洛 夾竹桃 平沢下戸
戦国小町苦労譚 四 第一次織田包囲網 夾竹桃 平沢下戸

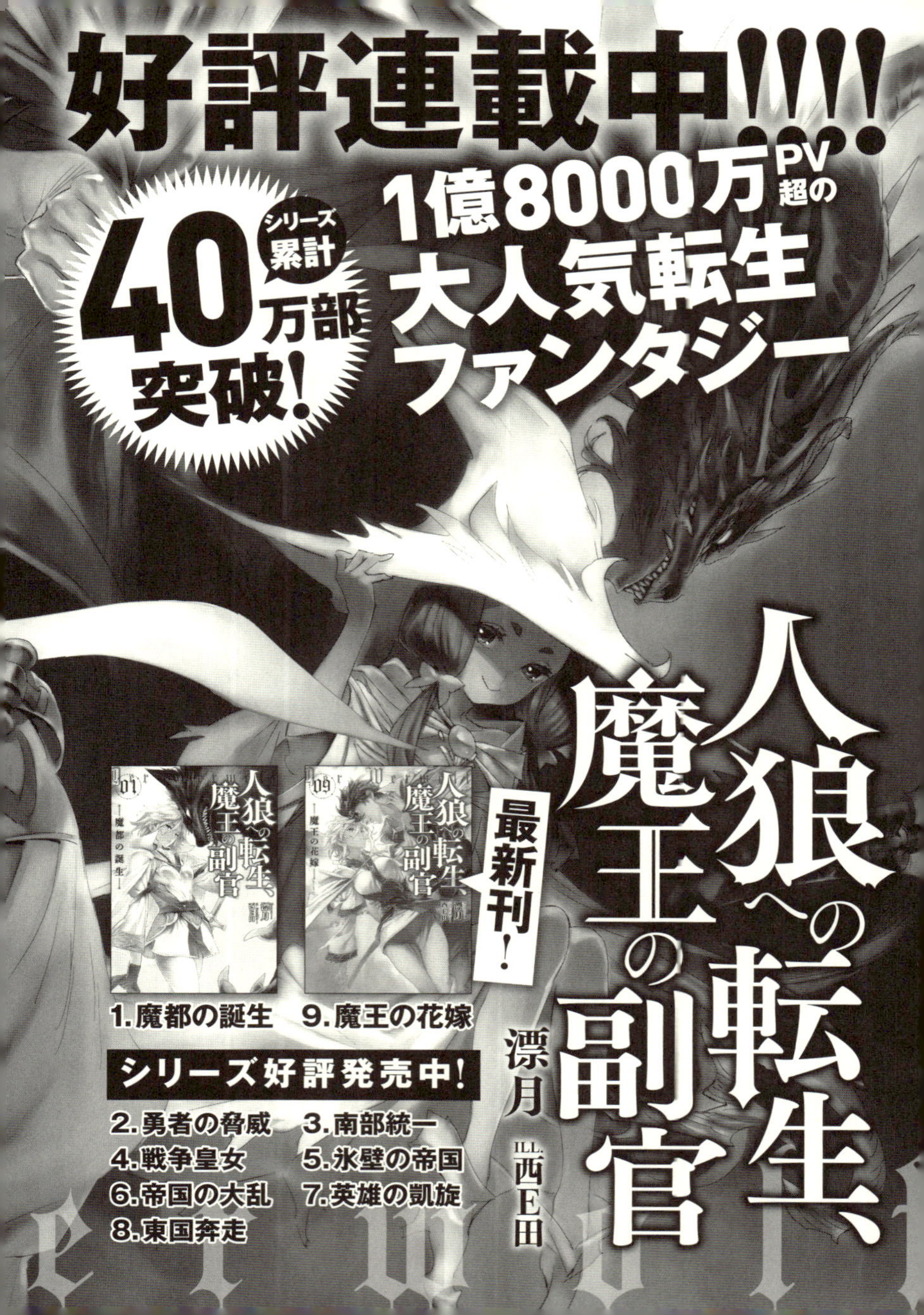
好評連載中!!!!
シリーズ累計
40万部突破!
1億8000万PV超の
大人気転生ファンタジー
人狼への転生、魔王の副官
漂月
ILL.西E田
最新刊!
1.魔都の誕生
9.魔王の花嫁
シリーズ好評発売中!
2.勇者の脅威
3.南部統一
4.戦争皇女
5.氷壁の帝国
6.帝国の大乱
7.英雄の凱旋
8.東国奔走

コミカライズも
魔王軍第三師団の副師団長ヴァイト――それが、
人狼に転生した
俺の今の姿だ。
そんな俺は交易都市リューンハイトの
支配と防衛を任されたのだが、
魔族と人間……種族が違えば考え方も異なるわけで、
街ひとつを統治するにも苦労が絶えない。
俺は元人間の現魔族だし、両者の言い分はよくわかる。
だからこそ平和的に事を進めたいのだが……。
やたらと暴力で訴えがちな魔族を従え、
文句の多い人間も何とかして、
今日も魔王軍の中堅幹部として頑張ります！

EARTH STAR NOVEL

『(株) 総合勇者派遣サービス』 ～綺麗なお姉さんと異世界《派遣先》無双ライフ～

発行 ―――――― 2018年5月16日 初版第1刷発行

著者 ―――――― シンギョウ ガク

イラストレーター ―――― 冬馬来彩

装丁デザイン ―――― 舘山一大

発行者 ―――――― 幕内和博

編集 ―――――― 古里 学

発行所 ―――――― 株式会社 アース・スター エンターテイメント
〒107-0052 東京都港区赤坂 2-14-5
Daiwa 赤坂ビル 5F
TEL：03-5561-7630
FAX：03-5561-7632
http://www.es-novel.jp/

発売所 ―――――― 株式会社 泰文堂
〒108-0075 東京都港区港南 2-16-8
ストーリア品川
TEL：03-6712-0333

印刷・製本 ―――――― 株式会社廣済堂

ISBN 978-4-8030-1188-3